Über den Autor

Léo Malet, geboren am 7. März 1909 in Montpellier, wurde zunächst Bankangestellter, ging in jungen Jahren nach Paris, schlug sich dort unter dem Einfluß der Surrealisten als Chansonnier und „Vagabund" durch und begann zu schreiben. Zu seinen Förderern gehörte auch Paul Éluard. Eines von Malets Gedichten trägt den bezeichnenden Titel „Brüll das Leben an". Der Zyklus seiner Kriminalromane um den Privatdetektiv Nestor Burma – mit der reizvollen Idee, jede Folge in einem anderen Pariser Arrondissement spielen zu lassen – wurde bald zur Legende. René Magritte schrieb Malet, er habe den Surrealismus in den Kriminalroman hinübergerettet. „Während in Amerika der Privatdetektiv immer auch etwas Missionarisches an sich hat und seine Aufträge als Feldzüge, sich selbst als einzige Rettung begreift, gleichsam stellvertretend für Gott und sein Land, ist die gallische Variante, wie sie sich in Burma widerspiegelt, weitaus gelassener, auf spöttische Art eigenbrötlerisch, augenzwinkernd jakobinisch. Er ist Individualist von Natur aus und ganz selbstverständlich, ein geselliger Anarchist, der sich nicht von der Welt zurückzuziehen braucht, weil er sie – und sie ihn – nicht versteht. Wo Marlowe und Konsorten die Einsamkeit der Whisky-Flasche suchen, geht Burma ins nächste Bistro und streift durch die Gassen" („Rheinischer Merkur"). 1948 erhielt Malet den „Grand Prix du Club des Détectives", 1958 den „Großen Preis den schwarzen Humors". Mehrere seiner Kriminalromane wurden auch verfilmt; unter anderen spielte Michel Serrault den Detektiv. Eine achtteilige Fernsehserie „Nestor Burmas Abenteuer in Paris" lief auch im deutschen Fernsehen. Inzwischen ist Burma auch Held einer erfolgreichen Comic-Serie.

In der Reihe der rororo-Taschenbücher liegen bereits vor „Bilder bluten nicht" (Nr. 12592), „Stoff für viele Leichen" (Nr. 12593), „Marais-Fieber" (Nr. 12684), „Spur ins Ghetto" (Nr. 12685), „Bambule am Boul' Mich'" (Nr. 12769), „Die Nächte von St. Germain" (Nr. 12770), „Corrida auf den Champs-Élysées" (Nr. 12436), „Streß um Strapse" (Nr. 12435), „Wie steht mir Tod?" (Nr. 12891), „Kein Ticket für den Tod" (Nr. 12890), „Die Brücke im Nebel" (Nr. 12917), „Die Ratten im Mäuseberg" (Nr. 12918), „Ein Clochard mit schlechten Karten" (Nr. 12919), „Das stille Gold der alten Dame" (Nr. 12920), „Wer einmal auf dem Friedhof liegt ..." (Nr. 12921) und „120, rue de la Gare".

Léo Malet

Nestor Burma in der Klemme

Krimi aus Paris
Nestor Burma ermittelt

Aus dem Französischen
von Hans-Joachim Hartstein

rororo
Rowohlt

Veröffentlicht im Rowohlt Taschenbuch Verlag GmbH,
Reinbek bei Hamburg, September 1995

Die Originalausgabe erschien unter dem Titel
„Nestor Burma contre C.Q.F.D."

Lektorat Anima Kröger
Umschlagillustration Roland Reznicek
Umschlagtypographie Walter Hellmann
Gesamtherstellung Clausen & Bosse, Leck
Printed in Germany
990-ISBN 3 499 12965 5

Nestor Burma in der Klemme

Für Louis Chavanne, der mich auf
den Weg des Verbrechens geführt hat.

1
Das junge Mädchen vom Boulevard Victor

Wäre mein Tabaksbeutel am 17. März 1942 gut gefüllt gewesen, dann hätte das zwar einen gewissen Briancourt auch nicht daran gehindert, sich zwei 7,65er Kugeln ins teure Fell jagen zu lassen; aber ich hätte wenigstens mit der Sache nichts zu tun gehabt! Doch am Morgen des 17. März 1942 hatte ich schon genau vierundzwanzig Stunden ohne Tabak auskommen müssen.

Wirklich sehr deprimierend! Ich saß stundenlang wie ein Häufchen Elend in meinem Sessel, zu keiner Reaktion fähig. In solch traurigen Momenten hört sich mein Künstlername „Dynamit-Burma“ verdammt übertrieben an!

Mein Kopf war leer. So langsam verblödete ich, ohne die geringste Idee, wie ich mich aus dieser hoffnungslosen Lage retten könnte. Um nämlich eine Idee zu produzieren, brauchte ich etwas Kraut. Ich hatte aber keins, also... Ja, ich bewegte mich in einem Teufelskreis.

Glücklicherweise hatte ich Hélène Chatelain, meine Sekretärin. Sie ist nicht nur da, um den seltenen Kunden der Agentur *Fiat Lux* meinen guten Geschmack *in puncto* schöner Frauen zu beweisen. Nein, ihr hübscher Kopf ist voll von genialen Einfällen und ihr Herz übervoll von Mitleid. Als sie mich so manövrierunfähig im Sessel hängen sah, übernahm sie die Initiative. Sie schnappte sich einfach das Telefon und überraschte mich kurz darauf mit einer göttlichen Adresse, die ihr mein Freund Marc Covet, der Journalist, geliefert hatte: Café du Pingouin, Boulevard du Lycée in Vanves, Metrostation *Petits-Ménages*. Der entsprechende Kellner hieß Jean und machte ausschließlich „in Tabak“.

Das ließ ich mir nicht zweimal sagen.

* * *

Mit drei Päckchen Tabak bewaffnet, kam ich wenig später aus dem Café du Pingouin. Ich riß eins auf und stopfte meine Pfeife. Nach dem ersten Zug fühlte ich mich wie ein neuer Mensch. Die Hausfrauen, die vor den Geschäften Schlange standen, schienen mir alle ganz reizend. Sicher, sie zankten sich darum, wer als nächste an der Reihe war; aber ich hörte nicht auf das, was sie sagten. Wohlwollend schrieb ich ihr Gekeife einer fröhlichen Ausgelassenheit zu.

Ein Flic stand am Straßenrand. Ob er im Dienst war oder auf ein Dienstmädchen wartete, konnte man schlecht sagen. Jedenfalls langweilte er sich zu Tode. Sah ganz nett aus, der Junge. Na ja, vielleicht war's auch 'n falscher Flic...

Die metallenen Katzenbuckel der Fußgängerüberwege glänzten wie neue Münzen in der Sonne. Und sogar die war viel weniger blaß als heute morgen, als ich mein Büro verlassen hatte. Ja, er wurde tatsächlich Frühling!

Es kam überhaupt nicht in Frage, daß ich die Treppen zur Metro hinunterging. Dort verbieten nämlich irgendwelche lächerlichen Bestimmungen das Rauchen. Schließlich hatte ich nicht einen vollen Tag an meiner kalten Pfeife gesaugt, um sie so schnell wieder loszulassen, jetzt, da sie endlich qualmte! Einhundertzwanzig Gramm Tabak beulten die Tasche meines Trenchcoats aus. Ich hatte es nicht eilig. Also konnte ich ruhig noch ein wenig spazierengehen und rauchen. Ich warf einen Blick auf den Metroplan, um mir eine Route zurechtzulegen. Dann machte ich mich auf den Weg, euphorisch, gutgelaunt, die Hände in den Taschen und die Pfeife zwischen den Zähnen.

Auf der Uhr an der Metrostation *Porte de Versailles* war es fünf vor elf. Gerade als ich feststellte, daß meine Armbanduhr etwas vorging, näherte sich ein dumpfes Geräusch, aus allen Himmelsrichtungen gleichzeitig, wie mir schien. Noch bevor ich es genau orten konnte, donnerte ein ohrenbetäubender Lärm über meinen Kopf hinweg.

Das dunkle Flugzeug mit dem schwarzen Kreuz auf den Tragflächen flog eine Schleife über dem Parc des Expositions, rasierte

Baumkronen und Dächer und verschwand in Richtung Viaduc d'Auteuil.

Das Getöse in der Luft löste in mir eine ganze Gedankenkette aus. Ich dachte an den Krieg, an die Bombardements der letzten Tage und den eventuellen Alarm bei diesem hellen, freundlichen Wetter. Und wieder funktionierte mein sechster Sinn: Noch hatte ich das Wort „Alarm" nicht einmal gedacht, als auch schon die Sirenen aufheulten. Das mußte ja so kommen!

Kaum hatte ich meinen Fuß auf den Boulevard Victor gesetzt, wo ein Buch im Schaufenster einer Buchhandlung mein Interesse weckte, antwortete ein wohlbekanntes Brummen auf die Sirenen.

Ich fluchte innerlich und entzifferte den Preis des interessanten Buches. Verlorene Liebesmüh! Ich faßte an die Klinke der Ladentür. Die Klinke war herausgezogen. Auf einem Schildchen konnte der Kunde lesen, daß die Buchhandlung nur nachmittags geöffnet war. Ich warf noch einen Blick auf das Buch im Schaufenster...

... als das junge Mädchen mich beinahe umrannte.

Ich stand sechzig Zentimeter neben dem Hausflur, aus dem sie buchstäblich wie ein Wirbelwind herausgestürmt kam. Noch nie hatte ich jemanden gesehen, der es so eilig hatte!

Und schon entfernte sich die Kleine federnden Schrittes, fast lautlos auf ihren hohen Absätzen. Ihre wohlgeformten Beine steckten in eleganten Seidenstrümpfen, was in jener Zeit ein ziemlich seltener Anblick war. Unter einer Pelzjacke trug sie ein blaues Kostüm. Die kastanienbraunen Haare gingen in das gekräuselte Schaffell über. Das Gesicht des Mädchens hatte ich nur flüchtig gesehen, aber häßlich schien es mir ganz und gar nicht. Mit anderen Worten: Es entfernte sich eine höchst angenehme Erscheinung.

Ich sah jetzt ebenfalls zu, daß ich wegkam. Das dumpfe Dröhnen einer Flugzeugstaffel näherte sich bedrohlich. Eine Flakbatterie spuckte ihre Geschosse aus. Wie auf Kommando gaben noch weitere Geschütze Laut. Die Luft vibrierte.

Inzwischen hatte ich das eilige junge Mädchen eingeholt. Als ich ihr buchstäblich auf dem Fuße folgte, donnerten die Geschosse wie Hagelkörner auf den Boulevard.

„Sauerei!“ schimpfte ich laut, womit ich den Hexensabbat der Artillerie übertönte.

Wie von einer Schlange gebissen, wirbelte das Mädchen herum. Ich mußte lachen.

„Ich meine den Krieg im allgemeinen“, erklärte ich, „und die verdammten Gesetze der Schwerkraft im besonderen! Deswegen kommt doch der ganze Schrott, der irgendwo abgefeuert wird, wieder auf die Erde zurück...“

Die Kleine zuckte die Achseln und rannte weiter.

Sie mochte zwanzig, einundzwanzig Jahre sein. Wirklich ein hübsches Kind. Aber unter dem dezenten Make-up schien sie etwas blaß um die Nase. Und in ihren großen braunen Augen mit den herrlichen Wimpern hatte ich einen Schimmer von Angst entdeckt. Wahrscheinlich schlug ihr der Bombenalarm auf den Magen, was ihrer Schönheit jedoch keinen Abbruch tat.

Im Schweinsgalopp erreichten wir die Rue Lecourbe. Plötzlich tauchten ein Flic und ein älterer Mann vom Zivilschutz mit einem zu großen Helm vor uns auf. Wie zwei Sprungteufelchen aus der Schachtel! Der Ordnungshüter pfiff wie wild auf einer kleinen Trillerpfeife herum. Als er uns erblickte, nahm er das Ding aus dem Mund und schrie uns an:

„In den Luftschutzkeller, los! Um Himmels willen! Sind Sie taub? Hören Sie nicht, daß es höchste Zeit ist?“

„Schon gut“, beruhigte ich ihn. „Regen Sie sich ab! Luftschutzkeller, haben Sie gesagt? Genau so was such ich! Wo ist denn der nächste?“

„Da, verdammt nochmal!“ brüllte er und zeigte auf ein Haus, das sich kaum zwei Schritte von uns entfernt befand.

Gehorsam ging ich zu dem Eingang.

„Sie auch, Madame.“

Das war nicht die Stimme des Polizisten, sondern die des Alten vom Zivilschutz. Sie klang etwas höflicher, aber ebenso bestimmt. Ich drehte mich um. Das junge Mädchen war meinem Beispiel nicht gefolgt, sondern hatte offenbar die Absicht, ihren Weg fortzusetzen. Leider – für sie – verstand man in diesem Arrondissement keinen Spaß in Bezug auf die Vorschriften. Vielleicht deshalb, weil wir uns ganz in der Nähe eines Ministeriums befanden. Jedenfalls versperrten die beiden Männer der aufsässigen jungen Frau den Weg.

„Aber...", stammelte sie, „ich verpasse meinen Zug... und..."

Ihre Stimme war sanft, melodisch, ein wenig verängstigt... oder beunruhigt.

„Das interessiert mich nicht", unterbrach sie der Flic.

Der Alte schüttelte bekräftigend den Kopf. Um ein Haar wär der Helm im Rinnstein gelandet, aber der Mann riß seine Hand hoch und hielt ihn fest.

„Los, in den Keller", sagte er.

Die junge Frau trat einen Schritt vor und versuchte, die Männer zur Seite zu drängen.

„Sie sollen da reingehn", wiederholte der Flic.

„Aber, Monsieur..." flehte sie, „hören Sie, ich... weil..."

„Gehen Sie jetzt in den Luftschutzkeller oder nicht?"

Der Höllenlärm in der Luft machte den Flic rasend. Er legte seine große Pranke auf die Schulter des Mädchens.

„Wenn Sie nicht sofort da reingehen, nehm ich Sie mit aufs Revier!" brüllte er.

Die Leute, die sich in den Flur des Luftschutz-Hauses geflüchtet hatten, verfolgten neugierig die Szene. Ein altes Weib flüsterte halblaut:

„Der macht das, der Flic! Wär nicht das erste Mal. Also der... wirklich!"

Das junge Mädchen fügte sich. Lächelnd machte ich Platz für sie. Sie trat in den Hausflur, würdevoll, mit abweisendem Gesicht.

„Ziemlich ungemütlich, der böse Mann, was?" bemerkte ich lachend.

Sie schenkte mir keinen Blick. Wie eben auf dem Boulevard zuckte sie nur verächtlich die Achseln. Wir führten eine recht einseitige Unterhaltung...

Das Flakfeuer wurde heftiger. Ein richtiger Geschoßhagel ging auf die Straße nieder. Eine Explosion ganz in der Nähe ließ die Conciergesloge erzittern.

Gefolgt von dem Zivilschützer mit dem schwankenden Hut,

kam der Flic zu uns in den Flur. Obwohl er Sieger geblieben war, hatte er die Widerspenstigkeit der jungen Frau noch nicht verdaut.

„Na?“ sagte er lachend in ihre Richtung. „Meinen Sie, das ist die richtige Zeit für einen Stadtbummel?“

Triumphierend sah er in die Runde der Anwesenden und fügte hinzu:

„Und was machen Sie noch hier oben? Sind Sie lebensmüde? Gehen Sie in den Keller, um Himmels willen!“

Wie um ihm recht zu geben und seinen Worten den nötigen Nachdruck zu verleihen, knallte es wieder ganz in der Nähe. Der Boden vibrierte. Eine Tür schlug zu, wie von einem heftigen Windstoß bewegt. Oben im Hausflur flogen klirrend Scheiben aus einem Fenster. Einige blaue Glassplitter landeten vor unseren Füßen.

„Scheint wirklich angebracht“, meldete ich mich zu Wort.

Zum ersten Mal in meinem Leben war ich einer Meinung mit einem Flic.

Zwei Frauen, eine alte und eine junge, saßen bereits auf Seifenkisten in dem geräumigen, gut ausgeleuchteten Luftschutzkeller. Die Alte brummte etwas vor sich hin. Die Junge hielt ihr in ein Tuch gewickeltes Baby an die Brust gepreßt. Angst spiegelte sich in ihren Augen wider. Das Baby nuckelte im Schlaf am Daumen.

Wir machten es uns gemütlich, so gut es ging. Viele waren wir nicht, ungefähr zehn. Dabei zählte das Klatschweib, das sich eben so respektlos über den Vertreter des Gesetzes geäußert hatte, für zwei. Sie schien den Flic nicht grade ins Herz geschlossen zu haben. Pausenlos versorgte sie uns mit Anekdoten über ihn. Wenn man sie so hörte, mußte der Mann das Schreckgespenst des Viertels sein. Ein Erbsenzähler, was Fahrradplaketten, Rücklichter und ähnliches angehe. Und Bombenalarme seien seine Spezialität, dabei könne er sich so richtig austoben. Na ja, das hätten wir grade miterlebt, nicht wahr? Und sehr unkonventionell in seinen tyrannischen Methoden! Einmal sei ihm jemand frech gekommen und daraufhin hätten er und ein Kollege (es folgte ein kleiner Exkurs über den Kollegen mit witzigen Vergleichen aus dem Tierreich) alle Anwesenden kontrolliert, im Luftschutzkeller, Männer wie Frauen! Ja, so einer sei das... „Und wenn ich der Polizeipräsident wär..."

Alle amüsierten sich köstlich. Oder fast alle. Über uns ging der Tanz weiter. Der Lärm drang gedämpft in unsere Höhle, weshalb einige Gesichter ernst blieben. Die Alte brummte immer noch vor sich hin, und die Junge war auch nicht zum Lachen zu bringen. Genausowenig wie das junge Mädchen, das es eben so eilig gehabt hatte. Unruhig ging die Kleine auf und ab und sah nervös auf ihre Uhr. Dafür schob sie jedesmal ihren braunen Handschuh vom Handgelenk. Neben der Treppe lehnte ein Kerl an der Wand. Man brauchte sich nur sein Gesicht anzusehen, dann wußte man Bescheid: Ihm wäre es hundertmal lieber gewesen, wenn die Bomben in einem fernen Land abgeworfen worden wären.

Plötzlich erschütterte ein besonders starker Stoß das Gebäude. Das Licht ging aus. Es wurde geflucht, eine Frau schrie auf.

„Das galt uns", stellte jemand mit tonloser Stimme fest.

„Sie bombardieren das Ministerium", versuchte ein anderer uns zu beruhigen.

Klick. Das Licht ging wieder an.

„Das... das war... gar nichts", stotterte der Blasse neben der Kellertreppe verlegen. „Ich... ich bi...bin nur an den Lichtschalter gekommen."

Die Anwesenden atmeten auf. Solange es noch Strom gab...

Der Duft von hellem Tabak kitzelte meine Nase. Ich sah mich um. Das unruhige junge Mädchen rauchte in aller Ruhe eine *Fashion*. Der Zigarettenlänge nach zu urteilen, hatte sie sie soeben angezündet. Das mußte während des kurzen Stromausfalls geschehen sein, obwohl ich mich nicht daran erinnern konnte, das Aufflammen eines Streichholzes oder eines Feuerzeugs gesehen zu haben.

2
Möbliertes Zimmer ... mit Leiche

Die folgenden Minuten kamen uns wie eine Ewigkeit vor. Niemand sagte einen Ton. Die Klatschgeschichten der Alleinunterhalterin waren vergessen. Die letzte Erschütterung hatte das Baby aufgeweckt. Sein Geplärre war, außer der tröstenden Stimme der Mutter, das einzige Geräusch in dem Luftschutzkeller. Das wütende Bellen der Flak war kaum noch zu hören. Die Artillerie in der Nachbarschaft war verstummt. Die Gefahr schien vorüber. Als wieder vollkommene Stille herrschte, ging ich nach oben. Die beiden charakteristischen Heultöne einer Feuerwehrsirene waren das erste, was ich hörte. Durch die Haustür sah ich gerade noch, wie die roten Leiterwagen vorbeirasten.

Die Straße lag so verlassen da wie am Morgen des 15. August. Nur der Flic lehnte gegen die Häuserwand und wartete auf Entwarnung. In diesem Augenblick wurde die bedrückende Stille von dem Sirenengeheul zerrissen, das das Ende des Bombenangriffs verkündete.

„Gar nicht weit weg hat's wohl 'n Treffer gegeben, hm?" sagte ich.

Der Polizist antwortete nicht. Er nahm seinen Helm ab, befestigte ihn am Gürtel und rief seinen Gehilfen vom Zivilschutz, der um die Ecke bog und auf uns zukam.

„Zwei Bomben in der Rue Desnouettes", stieß er keuchend hervor, ohne zu wissen, daß er damit meine Frage beantwortete.

„Rue Desnouettes?"

Jetzt kamen auch die anderen aus dem Luftschutzkeller auf die Straße. Das eilige junge Mädchen natürlich als erste, wie es nicht anders zu erwarten war. Sie war es, die den Straßennamen wiederholt hatte.

„Ist was passiert?“ fragte ein anderer.

„Nein“, brummte der Alte vom Zivilschutz ärgerlich. „Die Bomben waren aus Pappmaché. Eine ist in eine Küche gefallen und hat den Abfluß verstopft.“

„Ich mache keine Witze, Mann“, gab der andere zurück.

„Ich auch nicht, verdammt nochmal! Sie stellen vielleicht Fragen!... Zwei Häuser sind völlig zerstört.“

„Wo denn genau?“ fragte das junge Mädchen.

„Zum Boulevard hin.“

Ich hatte den Eindruck, daß die Augen des Mädchens ganz kurz aufleuchteten.

„Großer Gott!“ rief ein Passant, der sich zu unserer Gruppe gesellt hatte. „Doch wohl nicht die Nr. 103? Da wohne ich nämlich!“

„Nein, ich glaub, das war nicht die 103“, beruhigte ihn der Mann vom Zivilschutz. Klang nicht sehr überzeugend.

Der Bewohner des Nr. 103 hielt es für besser, sich selbst davon zu überzeugen, und rannte in Richtung Rue Desnouettes. Auch unsere Luftschutzkeller-Gruppe löste sich auf.

Das junge Mädchen überquerte, eilig wie immer, die Straße. Die Märzsonne ließ ihr kastanienbraunes Haar kupferrot leuchten.

Gleich in mehrfacher Hinsicht hatte die hübsche Kleine meine Neugier geweckt. Da ich nichts Dringendes zu erledigen hatte, konnte ich ihr folgen.

Ich folgte ihr.

* * *

Wir gingen die Rue Lecourbe wieder zurück und bogen dann in die Avenue de Suffren ein. Das junge Mädchen blickte sich nicht ein einziges Mal um. Offensichtlich interessierte es sie nicht, ob sie beschattet wurde.

Die Metrostation *Sèvres-Lecourbe* war erst vor ein paar Tagen für den Verkehr freigegeben worden. Es war zwölf Uhr fünfunddreißig. Das Mädchen mischte sich unter die Fahrgäste, ich rannte direkt hinter ihr her. Schließlich wollte ich nicht durch die automatische Sperre von ihr getrennt werden.

Man konnte nicht behaupten, daß wir in Windeseile auf den Bahnsteig Richtung *Nation* gelangten; aber es hätte auch noch länger dauern können. Fast sofort kam die Metro. Wir stiegen in den ersten Waggon. Ein pickliger Gymnasiast schien von dem Mädchen ganz geblendet zu sein. Aufgeregt flatterten seine Augenlider. Wo sollte er angesichts einer solchen Schönheit auch hinsehen? Um wie ein Gentleman zu wirken, stand er auf und bot ihr seinen Sitzplatz an. Von ihrem Lächeln wird er wohl heute noch träumen.

Ich stand im Gang. Das junge Mädchen saß mir direkt gegenüber. Manchmal kreuzten sich unsere Blicke. Ihre wundervollen braunen Augen sahen mich mit demselben Interesse an, wie sie einen Holzklotz angesehen hätten.

An der Station *Pasteur* stieg ein Mann mit Krücken zu. Wahrscheinlich war das junge Mädchen in einer Klosterschule erzogen worden. Sofort überließ sie dem Behinderten ihren Platz, den sie den Frühlingsgefühlen des Pennälers zu verdanken hatte.

Kurz vor *Montparnasse* wurde ich durch die Menge weiter nach hinten gedrängt. Mühsam arbeitete ich mich wieder zu dem Mädchen vor. Sie hatte sich nicht von der Stelle gerührt. In *Montparnasse* stiegen viele Fahrgäste aus, aber mehr noch stiegen zu. Jetzt war ich durch einen zeitunglesenden Arbeiter im Overall von dem jungen Mädchen getrennt. Die Türen schlossen automatisch, ein Pfiff ertönte...

Ich stieß einen Fluch aus.

Blitzschnell hatte sie die Tür an den Griffen zurückgeschoben und war auf den Bahnsteig gesprungen. Im selben Moment setzte sich der Zug in Bewegung.

So dynamisch und waghalsig ich auch bin, ich konnte ihrem Beispiel nicht folgen. Die Waggontür hatte sich endgültig geschlossen. Wir befanden uns bereits im Tunnel.

Ich war wie ein Anfänger reingelegt worden.

* * *

Die Stationen *Edgar-Quinet* und *Raspail* waren geschlossen. In *Denfert* stieg ich in den Zug Richtung *Etoile* um, und in

Pasteur nahm ich die Linie zur *Porte de Versailles*. Hier endete meine unterirdische Reise.

Daß ich von einem ebenso schlauen wie kaltblütigen Mädchen hereingelegt worden war, ließ mein Interesse an dem Abenteuer alles andere als verfliegen. Im Gegenteil, ihr seltsames Verhalten weckte meine ganz besondere Neugier. Ich sagte mir, es könne sehr anregend sein, das Haus, vor dessen Eingang sie mich beinahe umgerannt hatte, mir mal genauer anzusehen.

Die Buchhandlung war immer noch geschlossen. Die Bomben hatten ihrem Schaufenster keinen Schaden zugefügt. Durch den schmalen Hausflur gelangte ich auf einen Innenhof. Nach einem kurzen Rundblick versuchte ich mich zu orientieren, ohne genau zu wissen, wonach.

Plötzlich vernahm ich über mir einen Schrei. Sogar meinen Namen meinte ich zu hören. Ich sah nach oben. Vor den Fenstern hing jedoch nur Wäsche zum Trocknen.

Trotzdem, ich hatte es mir bestimmt nicht eingebildet. Entschlossen, mir Klarheit zu verschaffen, ging ich zurück in den dunklen Hausflur und tastete mich zur Treppe vor.

Aus einer noch dunkleren Nische trat ein Flic auf mich zu. Der heutige Tag stand wohl im Zeichen der Blauuniformierten. Ich konnte keinen Schritt tun, ohne über einen Gesetzeshüter zu stolpern.

„Wohin wollen Sie?“ fragte er. „Wohnen Sie hier?“

Ich wollte gerade antworten, als jemand die Treppe hinuntergestürzt kam.

„Guten Tag, Nestor Burma!“

Der Besitzer der Stimme war groß und hager. Das Tageslicht, das durch eine Art Luke fiel, ließ sein bauernschlaues Gesicht mit dem frühzeitig ergrauten Schnurrbart erkennen. Der Mann trug einen beigen Regenmantel und einen schokoladenfarbenen Hut. Nichts von beiden saß wie angegossen.

Es war mein Freund Florimond Faroux, Inspektor der Kripo.

Schon die Anwesenheit des Polizisten im Treppenhaus war mir verdächtig vorgekommen. Als ich aber Faroux sah, schlug mein Herz ein paar Takte schneller. Mein Instinkt für Geheimnisse hatte mich auch diesmal nicht getäuscht. Zweifellos eine prima Idee, dieses Haus unter die Lupe zu mehmen!

„Na, was laufen Sie denn so schnell die Treppe runter?“ fragte ich meinen Freund. „Ist man hinter Ihnen her?“

„Hab Sie im Hof stehen sehn“, antwortete er und schüttelte mir die Hand. „Sie machten den Eindruck, als suchten Sie was. Wollte Ihnen dabei behilflich sein.“

„Sehr nett von Ihnen“, sagte ich lachend. „Spielen Sie schon länger den hilfreichen Samariter?“

„Von Zeit zu Zeit, ja... Also, was machen Sie hier?“

„Nichts Besonderes. Und Sie?“

„Dasselbe.“

Ich lachte wieder. „Tatsächlich? Hab gelesen, daß eine Zeitschrift einen Höflichkeitswettbewerb startet. Bei einem Ehrlichkeitswettbewerb könnten wir glatt den ersten Preis holen, meinen Sie nicht auch?“

„Kann schon sein“, brummte Faroux.

Zum Beweis wiederholte er seine Frage.

„Hören Sie mal“, erwiderte ich statt einer Antwort, „das muß doch was zu bedeuten haben, oder? Ich nehme nicht an, daß Sie vom Roten Kreuz hergeschickt worden sind. Und der Knabe da? Schiebt der nur so zum Spaß Wache?“

„Wenn Sie mir bitte folgen möchten“, sagte Faroux, jetzt sehr offiziell. „Ich kann Ihnen etwas zeigen, was dringend einer Erklärung bedarf.“

Er führte mich in ein möbliertes Zimmer ganz oben unterm Dach. Drei Männer, davon einer in Uniform, machten sich an einem vierten zu schaffen, der auf dem Teppich lag. Den hatte der Lärm des Bombenangriffs eben wohl nicht übermäßig gestört.

Zwei Kugeln hatten sich einen Weg in seinen Magen gebahnt und wollten gar nicht mehr raus. Wollten bestimmt wissen, was der Mann zum Frühstück zu sich genommen hatte. Angeekelt von den morgendlichen Kugelgästen, war das Leben durch die beiden Löcher entwichen, die die Kugeln hinterlassen hatten.

* * *

Das einfache, unpersönliche Zimmer bot den trostlosen Anblick aller möblierten Zimmer, die fade an die Vormieter erinnern. Das Nußbaumbett in der Ecke, der Toilettentisch, das runde Tischchen und der Fransenteppich in der Mitte, all das mochte den Gipfel der Eleganz zu der Zeit dargestellt haben, als die Hauswirtin geheiratet hatte. An dieses Ereignis erinnerte übrigens ein vergilbtes Foto in einem Plüschrahmen, das neben einer Uhr auf dem Marmorkamin stand. Die Uhr zeigte zwanzig nach eins.

Über der Lehne eines Stuhls mit abgewetztem Veloursitz hingen eine Unterhose, eine Weste und eine graue Cheviotjacke. Das Futter der rechten Jackentasche hing heraus. Unter dem Bett stand ein gelbes Schuhpaar, in das der Träger seine Socken gestopft hatte. Ein Mantel diente als zusätzliche Decke auf dem zerwühlten Bett.

Ein kleines Öfchen kämpfte mit seinem verlöschenden Feuer verzweifelt gegen die kühle Luft an, die durch die kaputten Fensterscheiben ins Zimmer drang. Ein Glassplitter hatte das Gesicht des Mannes auf dem Boden verletzt – wahrscheinlich während des morgendlichen Bombenangriffs.

Trotz der ausgeprägten Züge, die der Tod noch stärker hervortreten ließ, war das Gesicht nicht unangenehm. Es hatte sicherlich einige Frauenherzen höher schlagen lassen, als in ihm noch die grünlichen Augen leuchteten, die jetzt an die Decke starrten... ohne den feuchten Fleck zu sehen, den der letzte Regen zurückgelassen hatte. Wir standen vor einem leicht ergrauten Vorstadt-Casanova von vielleicht vierzig Jahren.

Ein Hemd und eine Hose bedeckten die Leiche notdürftig. Die Füße steckten in Leinenschuhen ohne Schnürsenkel.

Während ich das Ganze mit einem Blick erfaßte, stellte mich Florimond Faroux den Anwesenden vor.

„Messieurs, das ist Monsieur Burma."

Drei interessierte Augenpaare richteten sich auf mich. Sehr schmeichelhaft, aber... Die Atmosphäre war sehr gespannt, und das Interesse der drei rief bei mir eher gemischte Gefühle hervor. Ich bemühte mich um einen möglichst gleichgültigen Gesichtsausdruck und nutzte die Zeit, mir eine Erklärung für mein Auftauchen zurechtzulegen.

„Hübscher Anblick", bemerkte ich ironisch und zeigte mit meiner Pfeife auf die Leiche. „Wer ist das?"

„Ein gewisser Briancourt", antwortete Faroux. „Henri Briancourt, Schauspieler", präzisierte er, so als eröffne mir die Zusatzinformation ganz neue Horizonte.

„Schauspieler?" wiederholte ich. „Und wer hat ihm die Rolle des Rindviehs in der heimlichen Schlachthausszene zugeteilt?"

„Irgend so ein Vogel."

„Wie im Märchen! Und ich soll diesen komischen Vogel für Sie einfangen, stimmt's?"

„Wer sagt das?" meldete sich einer der drei Männer zu Wort, ein dicker, kurzbeiniger Kerl mit rotem Gesicht.

Das war der zuständige Kommissar des Viertels. Ich schenkte ihm mein bezauberndstes Lächeln.

„Niemand, aber ich nehm das mal an. Warum sonst hätte man mich, einen einfachen Privatdetektiv, hierher gebeten, damit ich in aller Ruhe den Tatort inspiziere? Dafür muß es doch einen Grund geben, oder?"

„Allerdings."

„Und welchen, wenn ich fragen darf?"

„Lieber Monsieur Burma", erwiderte der Kommissar. Sein höflicher Ton flößte alles mögliche ein, nur kein Vertrauen! „Auch wenn wir, Polizei und Privatdetektive, ständig, wie Sie es zu verstehen geben, im Clinch miteinander liegen, so haben wir doch einige Prinzipien gemeinsam. Eins dieser Prinzipien besagt, daß man nichts außer acht lassen darf, was..."

„Das wende ich stets gewissenhaft an", stimmte ich ihm zu.

„Dann werden Sie verstehen, warum Inspektor Faroux, als er Sie im Hof stehen sah, sich gesagt hat, Ihre Zeugenaussage könne uns vielleicht weiterhelfen. Im Laufe Ihrer... äh... Laufbahn hatten Sie die Gelegenheit, mit allen möglichen Menschen in Berührung zu kommen. Es könnte doch also sein, daß..."

„... ich den Toten kannte?" vollendete ich seine Frage.

„Genau."

„Eine abenteuerliche Methode", stellte ich seufzend fest. „Wenn Sie alle Zeugen auf gut Glück herausfischen, werden Sie eines Tages den Mörder darunter finden. Daran zweifle ich nicht.

Aber Frankreich hat vierzig Millionen Einwohner. Das könnte lange dauern."

„Vor allem, wenn alle wie Sie daherschwätzen, ohne was zu sagen", warf Faroux ein. „Kennen Sie den Kerl, ja oder nein?"

Mir war klar, er hätte von mir gerne ein „Ja" gehört. Ich antwortete, ich könne nicht lügen, nur um ihm einen Gefallen zu tun. Nein, leider sei mir der Tote nicht bekannt. Faroux sagte lachend, er verstehe schon, Nestor Burma und Märchen, das sei dasselbe, alle Welt wisse das.

In diesem Augenblick kamen zwei Flics herein. Der erste berichtete von seinen Ermittlungen in der Nachbarschaft, der zweite teilte mit, daß die Leute vom Erkennungsdienst eingetroffen seien. Die Fotografen und zwei Gerichtsärzte nahmen lärmend das möblierte Zimmer in Besitz. Ich zog mich in einen Winkel zurück, zündete mir eine Pfeife an und sperrte Augen und Ohren auf. Abgesehen von Faroux, der mir hin und wieder einen ärgerlichen, beinahe wütenden Blick zuwarf, schien man mich vergessen zu haben.

„Ihr habt euch ja Zeit gelassen", sagte der Kommissar vorwurfsvoll zu den Fotografen.

„Wenn Sie unsere Schrottkiste sehen würden, würden Sie's gar nicht für möglich halten, daß wir überhaupt angekommen sind", verteidigte sich einer der Männer.

„Ist ja auch egal", mischte sich Faroux vermittelnd ein, „die Fotos sind sowieso was für'n ... äh ... Papierkorb. Die Leute, die die Leiche entdeckt haben, haben sämtliche Spuren verwischt."

Ober- und Unterflics, Fotografen und Medizinmänner machten abwechsend ihre Bemerkungen über den Fall. So konnte ich mir nach und nach die Geschichte zusammenreimen:

Junge Leute, die in einem Nachbarhaus damit beschäftigt gewesen waren, Trümmer zu sortieren, hatten durch das Fenster mit den kaputten Scheiben einen Mann auf dem Boden des Zimmers liegen sehen. In der Annahme, es handle sich um einen Angehörigen der Flak, waren sie rübergerannt ... um festzustellen, daß der Tod durch Erschießen eingetreten war. Unglücklicherweise hatten sie vor dieser Entdeckung aber schon die Leiche berührt und herumgedreht und so die eventuellen Spuren es Täters verwischt. Als dann der Kommissar des 15. Arrondissements auf der Bildfläche erschienen war – zusammen mit Faroux, der zufällig bei ihm auf dem Revier herumgelungert hatte –, konnte von irgendwelchen Indizien natürlich keine Rede mehr sein.

Die Papiere des Toten wiesen ihn als Henri Briancourt aus, dreiundvierzig Jahre, Beruf: Schauspieler.

Nach den Aussagen der anderen Mieter – die Vermieterin, Madame Planchais, war nicht zu Hause – hatte er erst seit dem 13. hier gewohnt. Ein ruhiger Mann, ebenso schweigsam wie leise. Sei immer gegen Mittag fortgegangen und kurz vor der Sperrstunde wieder heimgekommen. Nur am Abend zuvor, da habe er Lärm gemacht, als er die Treppe hinaufgegangen sei. Müsse wohl einen sitzen gehabt haben.

„Schauspieler war der?" fragte einer der Fotografen.

Er kannte sich aus in Film und Theater, hatte alle einschlägigen Zeitschriften abonniert. Ein *aficionado*, ein Besessener, einer, der Fernandel nicht mit Harpo Marx verwechselte. Er habe dieses Gesicht nirgendwo gesehen, meinte er, und auch den Namen des Mannes nie gehört. Einer seiner Kollegen mutmaßte, er könne vielleicht seine Rollen unter einem Pseudonym gespielt haben. Faroux bemerkte daraufhin, daß die Garderobe des Toten nicht sehr raumfüllend sei. Offensichtlich glaubte der Inspektor nicht so recht an die Berufsbezeichnung im Ausweis, vor allem nicht wegen der Schuhe unter dem Bett. Das aggressive Gelb gefiel ihm nicht! Wahrscheinlich knarrten sie nicht „akzentfrei"...

Die Ärzte diskutierten eine Weile, bevor sie sich auf ein gemeinsames Urteil einigen konnten. Danach waren die Schüsse auf Briancourt aus einer Entfernung von etwa vierzig Zentimetern von schräg unten abgefeuert worden. Tatwaffe: eine *Browning*, Kaliber 7,65. Das verriet ihnen eine der beiden Hülsen, die von dem Aufräumtrupp nicht plattgetreten worden war. Der Mörder mußte demnach sehr viel kleiner gewesen sein als das Opfer. Niemand in der Nachbarschaft hatte die Schüsse gehört.

Briancourt war noch nicht lange tot. Die Fachleute konnten nicht sagen, wann genau der Tod eingetreten war, aber es mußte ungefähr während des Bombenangriffs gewesen sein. Faroux und der Kommissar schlossen das daraus, weil die Schüsse in dem Lärm untergegangen sein mußten. Der Tathergang ließ sich folgendermaßen rekonstruieren: Briancourt war gerade dabei, sich anzukleiden – um diese Zeit stand er gewöhnlich auf –, als er von seinem Mörder überrascht wurde. Der mußte eine gute Portion Kaltblütigkeit besessen haben, um seine Tat in dem Moment zu begehen, in dem es überall ringsherum knallte.

Durch die Fachsimpelei erfuhr ich noch, daß es sich nicht um einen Raubmord handelte. Zehntausend Francs waren auf dem Tischchen gefunden worden und weitere zweitausend in Briancourts Hosentasche. Außerdem hörte ich, daß das Totenhaus zwei Eingänge hatte: einen am Boulevard und einen in der Rue Desnouettes. Hier lautete die Hausnummer 103.

Anscheinend waren die hohen Herren der Meinung, daß ich jetzt genug gehört hatte. Faroux und der Kommissar tuschelten miteinander und sahen in meine Richtung. Dann kam der Inspektor auf mich zu. Ich packte den Stier sofort bei den Hörnern.

„Nett, daß Sie mich verdächtigen", sagte ich möglichst sanft, „aber..."

„Ich halte Sie nicht für den Mörder", fiel mir Faroux ins Wort und schob mich hinaus auf den Flur.

„Ach nein? Und wofür halten Sie mich dann?"

„Ich habe Ihnen nur eine Frage gestellt", brummte er. „Mehr wollte ich gar nicht von Ihnen. Sie haben reagiert, wie es Ihre Art ist. Dafür tragen Sie selbst die Verantwortung, schließlich sind Sie volljährig. Ich für meinen Teil will nichts weiter von Ihnen. Außerdem sage ich nichts mehr..."

„Florimond, mein Freund", säuselte ich, „Sie werden mir doch wohl noch sagen können, warum Sie mir unbedingt die Leiche zeigen wollten! Wie kommen Sie eigentlich darauf, daß ich diesen Briancourt kennen könnte?"

„Er ist ein ehemaliger Kriegsgefangener", antwortete Faroux langsam. „Wurde Anfang des Monats repatriiert und am 10. in Marseille demobilisiert... Hier ist der Schein", fügte er hinzu und zog das Dokument vorsichtig aus einem Umschlag.

Während ich es mir ansah, fuhr der Inspektor fort:

„Als ich Sie da unten im Hof stehen sah, dachte ich, der Tote sei einer Ihrer früheren Kameraden aus dem Lager. Vielleicht wollten Sie ihn ja besuchen..."

„Es war im *Stalag* VIII C", unterbrach ich ihn und gab ihm das Papier zurück. „Ich war im X B. Die beiden Lager liegen ungefähr tausend Kilometer auseinander... Kann ich jetzt gehen?" fragte ich ironisch.

Mein Freund zuckte ungeduldig die Achseln.

„Ich kann Sie nicht festhalten... Davon abgesehen, könnten wir Sie bis morgen früh verhören und nichts anderes als Ihr dummes Gequatsche zu hören kriegen. Na ja, zur Not wissen wir ja, wo wir Sie finden können."

„Genau! Kommen Sie doch mal vorbei... und vergessen Sie nicht, mich bei der Gelegenheit zu fragen, ob ich Briancourt kannte... oder sonst jemanden, der sich im Laufe der nächsten Woche abknallen läßt!"

Mit diesen Worten drehte ich mich um. Faroux hielt mich am Arm zurück. Seine Schnurrbarthaare sträubten sich.

„Wenn Sie Briancourt also nicht gekannt haben", knurrte er, „was lungern Sie dann hier rum?"

„Aha!" rief ich und pfiff durch die Zähne. „Der Ton kommt mir schon bekannter vor! *Herumlungern*! Hören Sie, Florimond, vielleicht quält Sie der Hunger. Schließlich ist es gleich drei. Und da Sie mich hier nicht mehr brauchen, werd ich mir gleich was auf die Gabel legen. Mir knurrt nämlich auch der Magen. Aber vorher will ich noch meine Ehre retten und Ihnen meine Anwesenheit in diesem Hof erklären. Kommen Sie mit!"

Kurz darauf betraten wir die Buchhandlung. Ich kaufte das Buch, für das ich mich vor einigen Stunden interessiert hatte: *Der Schrei der Medusa*, von Henri Pastoureau.

„Ein sehr seltenes Exemplar", erklärte der Buchhändler.

Um mir das zu beweisen, schlug er noch zehn Francs auf den Preis auf, der mit Bleistift in dem Buch markiert war. Dabei betrug der schon das Doppelte des normalen Preises dieser Ausgabe!

„Ja, eine Rarität", sagte ich nickend. „Deswegen hab ich auch darauf gewartet, daß Sie Ihren Laden aufmachten. Um viertel nach eins hatten Sie Mittagspause, nicht wahr?"

„Ja, Monsieur. Ich bin gerade gekommen."

„Deswegen bin ich auf dem Hof ‚rumgelungert', wie Sie es ausdrücken", sagte ich zu Faroux, als wir wieder auf der Straße standen. „Hab versucht, durch die Hintertür an den Buchhändler ranzukommen... Also dann, mein lieber Faroux, *salut*!"

Damit ließ ich ihn stehen. Bei meinem plötzlichen Abgang rempelte ich einen jungen Mann an, der sich von den Aufräumarbeiten erholte und eine Zigarette mit hellem Tabak rauchte. Ohne mich zu entschuldigen, ging ich zur nächsten Metrostation. Dort kaufte ich mir eine Zeitung, die für nicht zu komplizierte Kreuzworträtsel bekannt ist. Auf dem Bahnsteig zermarterte ich mir das Hirn auf der Suche nach einem Wort mir vier Buchstaben für jemand, der „nicht zugänglich" ist. Dann kam auch schon die Metro.

Für Kreuzworträtsel habe ich nicht viel Talent. Automatisch kritzelte ich die Kästchen voll und dachte dabei an etwas anderes. Das „nicht zugängliche" Wort mit vier Buchstaben ergab sich ganz von selbst, ohne intellektuelle Leistung meinerseits. Andere, leicht zu findende Wörter ergaben die Buchstaben: S-T-U-R. Da ich gleichzeitig an Faroux und sein Verhalten dachte, fiel mir die geglückte Gedankenverbindung auf. Eher unbewußt schrieb ich auf den Rand der Zeitung: *Inspektor Faroux ist ein sturer Bock*. Dann versenkte ich mich wieder in das Kreuzworträtsel und in meine Gedanken.

3
Die Nacht von Bois-le-Roi

Hélène begrüßte mich mit einem Seufzer der Erleichterung. „Halb vier!" sagte sie. „Ich hab schon angefangen, mir Sorgen zu machen. Ihre Tabakleidenschaft wird Sie noch Kopf und Kragen kosten. Haben Sie wenigstens gekriegt, was Sie wollten?"

Nachdem ich die Frage bejaht und meine Sekretärin gebeten hatte, mir ein Sandwich aus dem Bistro unten zu besorgen, ging ich in mein Büro. Dort stellte ich mich ans Fenster und vertrieb mir die Wartezeit damit, auf den sonnenbeschienenen Boulevard hinunterzublicken.

Kurz darauf kam Hélène mit dem gewünschten Sandwich zurück. Kauend sah ich die Post durch, drei Briefe und eine Streifbandzeitung.

Aus zwei Umschlägen zog ich uninteressante Prospekte. Im dritten endlich befand sich etwas, das Geld für die Agentur *Fiat Lux* versprach: Ein Mann hatte Zweifel an der Treue seiner Frau und bat mich, einen meiner Angestellten zur Verfügung zu stellen. Nicht zu ihrer Verfügung – die Frau war ja wahrscheinlich schon versorgt –, sondern zu seiner, des Gehörnten oder eventuell Gehörnten. Hélène hatte *Reboul* auf den Briefrand geschrieben. Ich war mit ihrem Vorschlag einverstanden. Reboul eignete sich ausgezeichnet für diese Arbeit.

Ich zündete mir eine Pfeife an und überflog zur Entspannung die Zeitung, die mit der Post gekommen war: *Der Stacheldraht*, „Organ der repatriierten Kriegsgefangenen". Nach meiner Rückkehr aus der Gefangenschaft hatte ich sie abonniert. Unter der Rubrik „Suchmeldungen" auf Seite 4 las ich die folgende Anzeige:

Bin seit mehreren Monaten ohne Nachricht von meinem Sohn, Jean Alphonse Gremet, Kennummer 70123, Stalag XB. Hin-

weise bitte an Madame Gremet, 32, rue J.–Jaurès, Bois-le-Roi (Seine-et-Marne).

Ich öffnete eine Schublade und holte den zusammengefalteten Glanzpapierstreifen hervor, der jedem bekannt ist, der einen Verwandten oder Freund in Kriegsgefangenschaft sitzen hat. Vor acht Tagen hatte ich den Streifen von Jean Gremet, einem Kameraden aus Sandbostel, erhalten. Beunruhigt über das Schweigen seiner Mutter, hatte er mich gebeten nachzusehen, ob ihr etwas zugestoßen sei, und ihm so bald wie möglich zu antworten. Er ersparte mir keine Einzelheit seines Heimwehs, vergaß aber die Hauptsache: Die Adresse seine Mutter! Glücklicherweise stockte die Post nicht nur in eine Richtung, und die alte Dame hatte die glänzende Idee gehabt, im *Stacheldraht* eine Anzeige aufzugeben. Ich notierte mir ihre Adresse und nahm mir vor, Mutter und Sohn in den nächsten Tagen zu beruhigen, als das Telefon im Vorzimmer klingelte. Die Verbindungstür stand auf, und ich hörte Hélène „Hallo“ sagen und dann: „Ah, guten Tag, Monsieur Faroux.“

Schnell schrieb ich „Bin nicht da“ auf einen Zettel, eilte zu meiner Sekretärin und hielt ihr die Lüge unter die Nase.

„Oh, das tut mir aber leid“, sagte sie prompt, „Monsieur Burma ist nicht in seinem Büro... Ja... Ja... Er ist gegen halb vier zurückgekommen, aber sofort wieder weggegangen... Nein, wohin hat er nicht gesagt... Nein, auch nicht, wann er wieder zurück ist... Ja, das wird am besten sein, rufen Sie später noch mal an.“

Hélène legte den Hörer auf die Gabel.

„Der Inspektor scheint große Sehnsucht nach Ihnen zu haben. Was will er von Ihnen?“

Neugier blitzte in ihren grauen Augen auf.

„Hat er's nicht gesagt?“

„Nein.“

„Tja, dann weiß ich's auch nicht. Hat er Ihnen denn geglaubt?“

„Den Eindruck hatte ich nicht. Schließlich kennt er Sie schon eine ganze Weile.“

Ich ging zum Fenster. Hélène stellte sich neben mich.

„Schöner Tag heute", sagte sie, um das Gespräch in Gang zu bringen.

„Ja", stimmte ich zu. „Wer's mag... Wie zum Beispiel der Kerl vor dem Zeitungskiosk da unten. Der stand eben schon da, als Sie das Sandwich geholt haben."

„Sicher 'n verfrorener Typ, der die Wärme der Frühlingssonne sucht."

„Vielleicht sucht der noch ganz was anderes."

„Was denn?"

„Weiß ich nicht... und ich hab auch nicht die Absicht, ihn danach zu fragen." Ich zog meinen Mantel über und setzte meinen Hut auf. „Faroux taucht bestimmt jeden Augenblick hier auf. Und da ich keinen Wert auf ein Gespräch mit ihm lege, geh ich 'ne Runde spazieren."

* * *

Ich hängte meinen Verfolger ab. Als das geschafft war, nahm ich die Metro. Drei Minuten vor Abfahrt eines Zuges nach Fontainebleau kam ich an der Gare de Lyon an.

Ich setzte mich in eine Ecke des letzten Waggons und holte die Zeitung mit dem unkomplizierten Kreuzworträtsel raus. Vielleicht um weniger kindische Probleme zu vergessen, widmete ich mich wieder diesem Gedankensport. Ich wurde ziemlich schnell damit fertig. Zur Strafe für diese überraschende Leistung veränderte sich draußen vor den Abteilfenstern das Wetter. Der Zug schien die Sonne in Paris zurückgelassen zu haben. Dunkle Wolken bedeckten den Himmel. In Alfortville sah ich auf einer Brücke eine Frau ihren Schirm öffnen.

Der Zug fuhr langsam, so als habe er Angst, von den feuchtnassen Schienen zu rutschen. Bei diesem Tempo bestand wenig Aussicht, vor Einbruch der Dunkelheit in Bois-le-Roi anzukommen. Und so war es dann auch.

In Melun gab es einen längeren Aufenthalt. Ein paar Kilometer weiter war auf dem Gleis irgend etwas nicht in Ordnung. Jeder der Fahrgäste gab seinen Senf dazu, und so konnte ich nicht rauskriegen, ob ein Munitionszug entgleist und in die Luft geflogen war, eine Bombe einen Trichter gerissen hatte, ein Flugzeug abgestürzt oder alles gleichzeitig passiert war. Ich schenkte mir die Details und ging in den Speisewagen.

Endlich fuhr der Zug unter dem ärgerlichen Geschimpfe der Fahrgäste weiter.

In Bois-le-Roi stieg ich als einziger aus, wenige Minuten, bevor die Verdunkelungsvorschrift in Kraft trat. Auf dem kleinen Bahnhof spielte eine schrille Klingel die Begleitmusik zu dem schwachen Blinken der Blendlaterne.

Auf dem Vorplatz befand sich ein Bistro. Ich ging hinein, um ein Gläschen zu trinken und mich nach dem Weg zu erkundigen. Hoffentlich legte sich Madame Gremet nicht mit den Hühnern schlafen!

Nach der Auskunft des Kellners hinter der Theke lag die Rue Jean-Jaurès nicht direkt um die Ecke. Nein, ganz im Gegenteil, ganz am anderen Ende... und schwer zu finden in der Dunkelheit, vor allem, wenn man das Nest nicht kenne. Es sei denn... He, Arthur!

Arthur saß an der Theke und rauchte Pfeife. Er wollte zufällig in genau dieselbe Richtung und konnte mir den Weg zeigen. Wenn er noch eben sein Kraut zu Ende rauchen dürfe...

Heute abend noch nach Paris zurückzufahren, kam nicht in Frage. Ich nahm also ein Zimmer. Das Bistro war gleichzeitig auch das Bahnhofshotel. Als ich den Anmeldezettel ausgefüllt hatte, stand Arthur auch schon ganz zu meiner Verfügung. Ich gab noch eine Runde aus, und dann gingen wir los.

Draußen stieß Arthur gegen einen Ligusterkübel, was ein wüstes Geschimpfe über das Wetter, den Krieg und die Leute im allgemeinen bei ihm auslöste. Es war stockdunkel und regnete. Kein Stern war am Himmel zu sehen. Der Wind rauschte in den Baumkronen.

Nach einer Viertelstunde Fußmarsch blieb mein Führer stehen. Schon lange waren wir von Straßen mit Bürgersteigen auf schmutzige Wege übergewechselt.

„So, ich bin zu Hause", sagte Arthur. „Die Rue Jean-Jaurès können Sie jetzt gar nicht mehr verfehlen. Geradeaus, die erste links, und dann ist es die dritte rechts. Ein Straßenschild werden Sie vergeblich suchen, irgendwelche Fanatiker haben es letzte Woche abmontiert... Aber es ist kinderleicht zu finden..."

Ich bedankte mich, und wir verabschiedeten uns. Dann ging ich geradeaus, die erste links, und zählte die Straßen.

Durch die strikte Befolgung der Verdunkelungsvorschrift sahen die Einfamilienhäuser trostlos und verlassen aus. Verschlossene Häuser, die von mehr oder weniger bissigen Hunden bewacht wurden. Die Köter rissen an ihren Ketten und bellten mich an.

Je weiter ich ging, desto undurchdringlicher schien mir die Nacht. Vom nahen Wald drang das Rauschen der Bäume an meine vom eiskalten Wind malträtierten Ohren. In der Ferne schlug die Kirchturmuhr neunmal.

Nein, Gremet und seine Mutter würden meine aufopfernde Suche kaum zu schätzen wissen. Allerdings muß ich zugeben, daß Faroux mich regelrecht aus meinem Büro vertrieben hatte.

Schließlich gelangte ich zu der Straße ohne Schild, die aber dennoch den Namen des Sozialistenführers trug. Mit Hilfe meiner Taschenlampe suchte ich die Nr. 32 und fand sie an der Ecke eines Weges, der direkt ins freie Feld zu führen schien.

Das Haus bestand nur aus Keller und Hochparterre, in das eine Treppe von fünf, sechs Stufen führte. Ein Vorgarten trennte das Häuschen von der Straße. Das Gittertor stand offen. Die Hausnummer auf einem der beiden Pfosten konnte man kaum lesen. Ohne mich damit aufzuhalten, einen Klingelknopf zu suchen, ging ich in den Garten. Auf der vorletzten Stufe der Eingangstreppe rutschte ich aus. Um meinen Fall abzuschwächen, streckte ich beide Arme vor. Durch den Aufprall öffnete sich langsam die Eingangstür.

Ich stand in einem dunklen Flur, der irgendwie seltsam roch. Rechts nahmen meine Augen einen dünnen Lichtstreifen wahr, der aus einem Türspalt drang. Stimmengewirr, vermischt mit jammerndem Stöhnen, drang an mein Ohr. Lautlos schlich ich zu der Tür und spähte durch den Spalt. Was ich sah, verblüffte mich. Ich konnte kaum ein erstauntes Pfeifen unterdrücken und nahm meinen Revolver in die Hand. Mit einem Fußtritt öffnete ich die Tür und betrat das Zimmer.

„Lassen Sie sich nicht stören", sagte ich. „Ich bin's nur."

* * *

Die beiden Männer wirbelten herum und starrten mich an.

Der eine zerquetschte gerade mit seiner dicken, behaarten Pranke das zarte Handgelenk des jungen Mädchens, das gefesselt auf einem Sofa lag. Vor Überraschung ließ er es los. Sein plattes Gesicht und der plumpe, schlaffe Körper verrieten den abgewrackten Boxer. Unter dem Schirm seiner Sportmütze sahen zwei völlig unintelligente Augen in die Welt.

Sein Kollege hatte die Gesichtszüge eines Adlers mit einer leicht schiefen Nase über einem bleistiftdünnen Oberlippenbärtchen. Der nach hinten geschobene Hut ließ eine fliehende Stirn sehen. Aber das war nicht das einzig Fliehende an dem Kerl. Mit dem Kinn war es genauso, und auch die verschlagenen Augen wichen meinem Blick aus. Ich taufte ihn im stillen den „Fliehenden". Um seine schmalen Lippen lag ein bösartiger Zug. Der ganze Kerl war schmal und dünn. In seinem gutgeschnittenen, aber zu auffälligen Anzug sah er aus wie eine geschmeidige Schlange mit einem Fuchskopf, wenn Sie sich das vorstellen können.

Das Objekt ihrer zweifelhaften Fürsorge war an Hand- und Fußgelenken gefesselt. Nicht ohne Überraschung hatte ich in dem jammernden Geschöpf das junge Mädchen vom Boulevard Victor wiedererkannt.

Mit dem Fuß schob ich die Tür hinter mir ins Schloß.

„Würden Sie bitte die Hände heben?" sagte ich liebenswürdig.

Das galt natürlich nur für die beiden Männer. Sie gehorchten.

„Spielen Sie hier Tino Rossi?" erkundigte ich mich. „Studieren Sie mit der Kleinen 'ne Oper ein? Oder bringen Sie ihr Jiu-Jitsu bei?"

In dem blöden Blick des Boxers spiegelte sich so was wie Angst wider.

„Tino Rossi?" fragte er. „Ist der verrückt?"

„Schnauze!“ zischte der Fliehende ihm zu. „Laß den komischen Vogel erst mal singen, dafür ist er ja extra gekommen.“

„Sie täuschen sich, Monsieur“, sagte ich lächelnd. „Ich habe Ihnen absolut nichts zu sagen. Eher umgekehrt: *Sie* sollen mir was vorsingen. Aber vorher geben Sie mir sicherheitshalber Ihre Ballermänner. Sollte mich wundern, wenn so liebe Jungs wie Sie keine hübsche Schießerei in Gang setzen könnten...“

Ich dachte einen Augenblick nach. Es wäre unvorsichtig gewesen, die beiden nacheinander zu durchsuchen. Wenn ich den einen in der Mangel hätte, könnte der andere mir was Übles verpassen. Ich durfte nicht vergessen, daß sie zu zweit waren. Und der ehemalige Boxer hatte bestimmt noch nicht verlernt, seine Fäuste zu gebrauchen. Der Fliehende stank von seinen pomadisierten Haaren bis zu den Fußspitzen wie ein durchtriebener kleiner Zuhälter. Ganz sicher überlegte er schon krampfhaft, welchen Preis in welcher Währung ich ihm für die Freiheit bezahlen sollte, die ich mir genommen hatte, ihr Spielchen zu unterbrechen.

Ja, sie waren zu zweit... und ich war ganz alleine...

Ganz alleine?

Das junge Mädchen auf dem Sofa bewegte sich. Sitzend versuchte sie, sich von den Fesseln zu befreien. Konnte ich in ihr eine Verbündete sehen? Ich hatte sie aus einer ziemlich beschissenen Lage befreit. Diese Männer waren bestimmt nicht ihre Freunde. Sie hatte zwar bisher keine übermäßige Sympathie für mich gezeigt, aber vielleicht konnten wir ein befristetes Bündnis schließen...

„Drehen Sie sich um“, befahl ich den beiden bösen Buben. „Mit dem Gesicht zu dem Mädchen.“

„Das Gesicht der Kleinen ist auch viel ansehnlicher als Ihres“, bemerkte der Fliehende und tat, was ich gesagt hatte.

„Ja, ja“, gab ich zurück, „nur keine geistreichen Bemerkungen.“

Meine Waffe auf die beiden Männer gerichtet, ging ich zum Sofa, stützte mich mit dem linken Knie auf und sprach mit der Gefesselten. Sie kapierte sehr schnell, was ich wollte. Unser Nichtangriffspakt mußte nur ein paar Sekunden halten. Trotzdem schlug mein Herz schneller, als ich meinen Revolver aus meiner Hand in ihre wandern ließ. Was würde sie damit anstellen? Sie richtete das Ding kaltblütig auf ihre Peiniger und sagte zu mir:

„Los, fangen Sie an!“

Von hinten trat ich an den Fliehenden heran, um ihn abzutasten. Mit katzenhaftiger Geschmeidigkeit stieß er mir seinen Ellbogen ins Gesicht. Ich hatte den ganzen Tag über nur das eine Sandwich gegessen, dafür aber einiges getrunken. Ich schwankte. Ein klassischer Kinnhaken ließ mich wieder geradestehen: Der Boxer hatte sich auf seine Fähigkeiten und seine Muskeln besonnen. Als wäre er wieder in den Ring zurückgekehrt, schickte er noch einen Schlag in den Magen hinterher, der meine Magenkrämpfe auf der Stelle beruhigte. Ich ging zu Boden. Im Fallen klammerte ich mich an die Beine des Fliehenden wie an eine Rettungsboje. Fluchend verpaßte mir der Boxer einen Fußtritt, so daß ich loslassen mußte.

Ich blieb zwei Sekunden am Boden. Das reichte den beiden zur Flucht. Na ja, einen hatte ich ja auch den „Fliehenden“ getauft! Spitznamen waren schon immer meine Stärke...

Ich sprang auf, stürzte zur Tür, rannte die Treppe hinunter in den Vorgarten und tauchte in die schwarze Nacht ein. Ein Wagen schoß aus dem Weg heraus, der aufs Feld führte, sauste um die Ecke, fuhr mich beinahe um und verlor sich in der regnerischen Dunkelheit. Ganz nebenbei hatte ich noch eine Ladung Dreck abgekriegt, den die Räder hochgeschleudert hatten. Wutschnaubend schrie ich den beiden Verwünschungen hinterher. Das einzige, was zurückkam, was das Echo.

In der Villa gegenüber ging das Licht aus, das durch den schlecht geschlossenen Vorhang gedrungen war. Ein vorsichtiger Mensch, der keinen Ärger wollte! Ich ging zurück in die Nr. 32.

Das junge Mädchen mühte sich immer noch ohne Erfolg ab, die Fesseln loszuwerden. Mein Revolver lag neben ihr. Ich nahm ihn wieder an mich. Hatte sie gemerkt, daß er... nicht geladen war? Als ich die Männer damit bedroht hatte, hatte ich nämlich geblufft. Aber ich konnte nicht immer auf den Überraschungseffekt hoffen und endlos weiterbluffen. Deswegen hatte ich es so eilig gehabt, den beiden ihre sicherlich weniger friedfertigen Waffen abzunehmen. Und weil mein Revolver nicht geladen war, hatte ich ihn der Kleinen anvertraut. Das mußte zumindest dem Fliehenden zu denken gegeben haben. Er war schlau und handelte schnell.

Das Mädchen gab ihre erfolglosen Befreiungsversuche auf und sah mich mit ihren braunen Augen durch den Vorhang ihrer langen Wimpern an.

„Sind... Sind sie weg?" fragte sie.

Der warme Klang ihrer Stimme verwirrte mich.

„Meinen Sie?" Ich lachte. „Die beiden stehen wie angewurzelt im Garten, zitternd vor Angst wegen dem Schießeisen in Ihrer Hand... Warum haben Sie eigentlich nicht geschossen?" fügte ich hinzu, wobei ich einen Schuß Vorwurf mitschwingen ließ.

Sie senkte den Blick und machte sich wieder an ihren Fesseln zu schaffen. Hätte sie auf den Abzug gedrückt und die Harmlosigkeit des Revolvers bemerkt, dann hätte sie jetzt nicht so dagesessen wie ein ertapptes Schulmädchen. Ich zog meinen Mantel aus und setzte mich neben sie aufs Sofa.

„Warum haben Sie nicht geschossen?" wiederholte ich meine Frage.

„Ich... Ich weiß nicht."

„Hatte ich Ihnen nicht gesagt, Sie sollten bei der geringsten Bewegung schießen? Die beiden haben einen ganzen Bewegungsablauf vorgeführt..." Ich rieb mir Kinn und Magen. „Aber Sie haben nicht geschossen!"

„Nein."

„Warum nicht?"

„Ich weiß nicht... Oh, verdammt!"

Sie hatte sich an den Stricken einen Fingernagel abgebrochen.

„So wird das nichts", stellte ich fest. „Erlauben Sie, daß ich Ihnen helfe?"

Ich holte mein Messer raus und schnitt die Fesseln durch.

„Wollen Sie sie aufheben, zum Andenken?"

Sie sprang vom Sofa auf. Während ihre Blutzirkulation wieder in Gang kam, veränderte sich ihr Gesicht. Ein Anflug von Zorn war jetzt in ihren Augen zu bemerken.

„Wieso zum Andenken?" fragte sie ärgerlich. „Ich kannte die Männer überhaupt nicht!... Die haben mich gequält..."

„Eben! Was wollten sie von Ihnen?"

„Weiß ich nicht."

„Sie scheinen nicht grade viel zu wissen!"

„Nein, ich weiß tatsächlich nicht viel. Nicht mal, was Sie hier zu suchen haben."

„Ich? Aber ich bin doch gekommen, um Sie zu befreien! Ich bin anerkannter Retter junger Mädchen, Ihr Schutzengel, der Don Quichotte 1942... Nur 'ne Kopie, aber von recht guter Qualität. In meinem kleinen Finger habe ich gespürt, daß Sie in Gefahr schwebten, also bin ich gekommen, um Sie zu befreien."

„Ja", murmelte sie, die Augenlider halb geschlossen. „Sie sind sehr offen zu mir."

Ich lachte, gerade so lange, wie es meine schmerzenden Kinnladen erlaubten.

„Der Meinung sind viele, die mit mir zu tun haben. Aber Sie... Sie legen Ihre Karten auch nicht offen auf den Tisch!"

Das Mädchen antwortete nicht. Seufzend betrachtete sie ihre Strümpfe, die die Stricke zerrissen hatten.

Schließlich stand sie auf.

„Ich muß schrecklich aussehen", sagte sie. „Am besten, ich ziehe mich um und bring mich etwas in Ordnung... Wenn Sie gestatten... Hab den Eindruck, daß Sie sich hier mehr zu Hause fühlen als ich selbst..."

Sie schien meine Anwesenheit hier *nolens volens* zu akzeptieren. Im stillen beglückwünschte ich mich dazu. Laut bemerkte ich, daß ich der Meinung sei, mich bei Mademe Gremet zu befinden. Das Mädchen überhörte das, ging nach nebenan, nahm ein hellblaues Kleid aus einem Schrank und verschwand im Badezimmer. Ich sah mir unterdessen die Folterkammer an.

Auf einem niedrigen Bücherschrank mit sehr verschiedenartigen Büchern und alten Ausgaben der *Vogue* stand ein Telefon. Nirgendwo entdeckte ich Familien- oder andere Fotos. Bilder in Glasrahmen schmückten die Wände. So stellt man sich nicht das Wohnzimmer einer alten Dame vor, der Mutter eines etwas rauhbeinigen Sohnes und obendrein – wie ich wußte – einer Witwe.

Ich mußte die Hausnummer falsch notiert oder mich im Haus – besser noch, in der Straße! – geirrt haben. Das abmontierte Straßenschild, die stockfinstere, regnerische Nacht: Da war man vor Überraschungen nicht sicher.

„Sie sind Mademoiselle Gremet, nicht wahr?" erkundigte ich mich wie beiläufig.

„Ja."

Lachend gab ich zurück:

„Nein!"

„Warum fragen Sie mich dann?" erwiderte das Mädchen.

Lächelnd kam sie aus dem Badezimmer. Sie trug jetzt das helle Kleid, und auch die Strümpfe hatte sie gewechselt. Unter der Seide sah man die Striemen, die die Fesseln hinterlassen hatten. Ihre Füße steckten in hochhackigen Hausschuhen.

„Sie sehen bezaubernd aus", wagte ich zu bemerken.

Wir setzten uns, sie sich auf das Sofa, ich mich auf einen Stuhl.

„Das Kompliment hatte ich erwartet", sagte sie. „Hätte Ihnen schon in der Metro Gelegenheit dazu geben sollen. Dann hätten Sie sich die Anreise sparen können."

„Deshalb sind Sie also vor mir geflüchtet... im gestreckten Galopp?"

„Wieso ‚deshalb'?"

„Weil Sie mich für einen gehalten haben, der ein Abenteuer sucht."

„Großer Gott!" rief sie scheinbar verstimmt. „Dann war es gar nicht das, was Sie wollten? Bin ich so häßlich geworden?"

„Sie sind sehr schön", beruhigte ich sie. „Aber... Wie wär's, wenn wir das galante Geschwätz beenden würden? Wenn Sie aufhören würden, die naive Unschuld zu spielen? Wenn wir uns ernsthaft unterhalten würden?"

„Ausgezeichnete Idee", stimmte sie mir seelenruhig zu. „So würde ich dann endlich erfahren, warum Sie zu mir gekommen sind, ausgerechnet bei diesem Wetter, das so gar nicht zum Reisen einlädt."

„Haben Sie das die Typen von eben auch gefragt?"

„Dazu hatte ich keine Zeit."

„Wie ist der Überfall eigentlich vor sich gegangen?"

„Mit welchem Recht stellen Sie mir diese Fragen?“ Ihr Ton war aggressiv. „Muß ich Ihre Anwesenheit noch lange ertragen?“

„So lange, bis ich einige Dinge geklärt habe. Sie interessieren mich.“

„Wenn eine Frau allen, die sich für sie interessieren, Frage und Antwort stehen müßte, hätte sie viel zu tun“, bemerkte sie. „Aber da Sie mir zu Hilfe gekommen sind, will ich mal nicht so sein. Vorher allerdings wüßte ich gerne, wie...“

„Wie ich im richtigen Augenblick aufkreuzen konnte? Ach, das ist ganz einfach. Der Zufall, Mademoiselle, der pure Zufall! Ich will einer gewissen Madame Gremet eine Nachricht von ihrem Sohn überbringen, der mit mir zusammen in einem Gefangenenlager in Deutschland war. Ihre Adresse lautet 32, Rue Jean-Jaurès. Ich glaube, ich hab mich in der Hausnummer geirrt...“

„Sehr wahrscheinlich“, unterbrach mich das Mädchen.

Ich wußte nicht recht, ob die Bemerkung ironisch gemeint war, sich auf die falsche Hausnummer oder auf meine ganze Geschichte bezog. Das Mädchen fuhr mit dem abgebrochenen Fingernagel über den Kleiderstoff. Dann sah sie mir direkt ins Gesicht.

„Soll ich Ihnen sagen, worum es geht?“ Eine rhetorische Frage, aber anders gemeint, als ich dachte. „Das alles ist nichts weiter als eine Inszenierung. Und nicht mal originell! Schon dreizehnjährige Pennäler denken sich so was aus... Also, Sie haben mich gesehen, ich habe Ihnen gefallen, Sie haben alles mögliche unternommen, um mit mir ins Gespräch zu kommen, ich hab Sie abblitzen lassen... Trösten Sie sich, Sie sind nicht der erste... Ich weiß nicht, wie Sie an meine Adresse gekommen sind... Jedenfalls waren Sie sehr schnell... Glückwunsch!... Zwei Freunde von Ihnen haben mich überfallen und den bösen Wolf gespielt, Sie tauchen im dramatischen Moment auf, in der Hand einen Revolver... Unter uns gesagt, das kann sehr gefährlich sein! Heute morgen noch stand in der Zeitung ein Artikel über Unfälle mit Schußwaffen... Also, Sie rufen *hands up*!, schlagen die Bösen in die Flucht und retten die Heldin. Fehlt nur noch der Kuß zum Happy-End. Ich bin überrascht, daß Sie mich noch nicht darum gebeten haben.“

„Kommt später", sagte ich stirnrunzelnd. „Sie glauben also an ein abgekartetes Spiel? Und deswegen haben Sie nicht geschossen?"

„Ja, auf beide Fragen. Und ob der Kuß noch folgt, behalte ich mir vor."

Ihr Ton war witzig. Sehr humorvoll, die Kleine! Sehr pfiffig... Aber ihre Augen drückten große Erschöpfung aus. Jetzt, da sie zu sprechen aufgehört hatte, schien Müdigkeit sie zu übermannen.

„Sie sind müde", stellte ich fest.

„Ja, ich bin ziemlich mitgenommen", gestand sie.

Sie lehnte sich in die Sofakissen zurück und schloß die Augen. Ihr Atem ging schwer.

„Sie sollten jetzt gehen", flüsterte sie. „Ich möchte allein sein."

„Wie gesagt, ich gehe nicht eher, bis ich einige Dinge geklärt habe", beharrte ich. „Was die ‚Inszenierung' angeht, so täuschen Sie sich. Ich kenne Ihre Peiniger nicht, stecke folglich auch nicht mit ihnen unter einer Decke. Übrigens müssen wir damit rechnen, daß die beiden zurückkommen..."

Das Mädchen rührte sich nicht. Ihre Hand, in der sie eine Zeitung hielt, war bleich wie Wachs. Ich holte meine Pfeife und meinen Tabaksbeutel raus.

„Scheint 'ne längere Sitzung zu werden. Darf ich rauchen?"

Sie machte eine gleichgültige Handbewegung. Ich fing an, gewissenhaft meine Pfeife zu stopfen.

„Wollen Sie sich vielleicht eine Zigarette drehen?" fragte ich und hielt ihr den Tabak hin.

„Nein, danke. Ich rauche nicht."

Ich zündete die Pfeife an und stieß die erste Rauchwolke aus.

„Sagen Sie, wie haben diese Männer Sie eigentlich... Oh, ich könnte mich vielleicht mal vorstellen! Etwas spät, aber wir sollten nicht immer anonym miteinander reden. Ich heiße Henry, wie der Zeichner. Mit Vornamen allerdings Nestor statt Maurice."

Sie setzte sich wieder aufrecht hin. Ihre Hände spielten zerstreut mit der zusammengerollten Zeitung.

„Verstehe", sagte sie. „Sie wollen meinen Namen wissen... Lydia, Lydia Daquin."

„Also, Mademoiselle Daquin, sagen Sie mir, wie die Männer Sie überfallen haben. Ich schwöre Ihnen, jeder Sadismus liegt mir fern... falls ich Sie mit dieser Frage quälen sollte. Im Gegenteil, ich möchte Ihnen nur helfen."

Sie strich sich mit der Hand über die Stirn.

„Ein klassischer Trick", begann sie leise. „Sie klopften an die Tür, ich hab gefragt ‚Wer ist da?', sie haben geantwortet ‚Polizei', ich habe geöffnet, sie hielten mir ihre Revolver vors Gesicht und rieten mir, nicht zu schreien. Dann..."

„Moment", unterbrach ich sie. „Sie hatten einen Revolver in der Hand?"

„Ja. Beide."

„Sind Sie sicher?"

„Natürlich, hab die Dinger ja aus nächster Nähe gesehen."

„Haben Sie nicht um Hilfe gerufen?"

„Ich muß gestehen, angesichts der beiden Revolver hab ich nicht den Mut dazu besessen. Außerdem... Mit welcher Hilfe hätte ich schon rechnen können? Das Haus steht abseits..."

„Und die Villa gegenüber?"

„Der Mieter ist fast nie da... Also, die Männer stießen mich hier ins Zimmer, fesselten mich und fragten, wo ich mein Geld versteckt hätte. Ich sagte, ich besäße keins. Da... Mein Gott! Ich glaube, Sie sind gerade noch rechtzeitig gekommen... Vielleicht hätten die beiden mir die Füße angesengt."

„Waren die Männer schon länger hier?"

„Als Sie dazugekommen sind? Nein, erst ein paar Minuten. Deswegen hab ich angenommen, Sie hätten zusammen das Theater inszeniert."

„Das war kein Theater, Mademoiselle. Jedenfalls nicht das, was Sie vermuten... Wahrscheinlich haben die Männer die Nacht abgewartet, um Sie zu überfallen."

„Ganz bestimmt."

Wir schwiegen eine Weile. Im Ofen knisterte ein Stück Holz, der Wind pfiff ums Haus. Plötzlich hörte man einen dumpfen Knall, sehr weit weg. Lydia fuhr hoch.

„Nervös?“ frage ich lächelnd.
„Ein wenig... Was war das?“
„Ein Geschütz.“
„Oh, dieser verdammte Krieg!“
Sie faßte sich mit beiden Händen an den Kopf.
„Heute morgen schien Ihnen das nicht soviel ausgemacht zu haben“, bemerkte ich.
„Tagsüber ist es anders. Komisch, man fühlt sich nicht so schutzlos... Nachts dagegen...“
„Das leuchtet mir ein. Aber ich meinte was anderes. Sie schienen froh darüber zu sein, daß ganz in der Nähe Bomben fielen.“
Langsam hob sie den Kopf. Ihre Hände glitten über ihre Haare hinunter bis zum Hals, dann stützten sie ihr Kinn.
„Wie kommen Sie darauf?“
„Ich habe Ihr Gesicht gesehen. Es sah offensichtlich ganz zufrieden aus, als Sie hörten, daß das Haus Nr. 103 in der Rue Desnouettes getroffen sein könne.“
Sie schüttelte den Kopf. Ein trauriges Lächeln umspielte ihre blutleeren Lippen.
„Sie machen mich schlechter, als ich bin!“
„Bomben sind nicht auf Nr. 103 gefallen, aber es gab einen anderen Schaden.“
„Nämlich?“
„Kennen Sie einen gewissen Briancourt?“
„Nein. Wer ist das?“
„Ein Mieter des besagten Hauses. Er fand ganz ohne Bomben den Tod.“
„Wollen Sie damit sagen, daß mein böser Wunsch ausreichte, um ihn zu töten?“
„Nein. Er starb durch zwei Schüsse aus einem Revolver.“
„Ach!“
In ihrem Gesicht war keinerlei Gemütsbewegung zu erkennen. Nur ihr Blick wurde etwas härter.
„Und was geht mich das an?“ fragte sie gleichgültig.
„Gar nichts. Hoffe ich wenigstens. Darf ich bei der Gelegenheit fragen, was Sie in dem Haus mit den zwei Eingängen gemacht haben?“

„Oh", seufzte sie spöttisch, „aber natürlich! Da ich Sie nicht vor die Tür gesetzt habe und mich weiter mit Ihnen unterhalte, kann ich auch diese Frage beantworten, oder? Aber eins muß ich Ihnen lassen: Sie stellen ausgefallene Fragen!"

Die Erschöpfung – falls man den Zustand so nennen konnte, der das Mädchen hin und wieder befiel und der keine normale Müdigkeit war – diese Erschöpfung war wie weggeblasen. Mit zurückgewonnener Vitalität lächelte Lydia mir zu. Ein stereotypes Lächeln, irgendwie gekünstelt, falsch. Ihre Augen spiegelten unterschiedliche Gefühle wider.

„Sie haben auf meine ausgefallene Frage noch nicht geantwortet", sagte ich barsch.

„Werden Sie nicht gleich böse, Monsieur Henry! Ich erzähle Ihnen alles... Was ich in dem Haus gemacht habe? Nichts Besonderes. Hab's nur als Durchgang benutzt, als Abkürzung. Ich hatte es eilig, sehr eilig... wegen der Sirenen. Das ehemalige Luftfahrtministerium befindet sich ganz in der Nähe... In den Gebäuden sind Truppen einquartiert, glaube ich... Ich wollte aufs andere Seineufer, nach Passy oder La Muette."

„Und Sie wollten durch den Bombenhagel gehen? Nicht sehr konsequent, bei der Angst, die Sie hatten..."

„Ja, Sie haben recht, das war sehr dumm von mir. Der Polizist hatte allen Grund, mich so anzuschnauzen."

Ich wollte zustimmen, mußte aber gähnen und brachte nur unartikulierte Töne heraus. Lydia gähnte ebenfalls.

„Ich werd mal Kaffee kochen", sagte sie, was wohl bedeuten sollte: Durch Ihre Anwesenheit laß ich mich nicht von meinen Gewohnheiten abbringen!

„Ja, ein Täßchen Kaffee würde mir jetzt auch guttun", sagte ich.

„Fühlen Sie sich wie zu Hause, Monsieur Henry."

Wir gingen in die Küche. Sie nahm aus einem Beutel eine Handvoll Bohnen. Es duftete angenehm nach Kaffee. Ja, sie hatte echten Bohnenkaffee, die geheimnisvolle Kleine! Während sie sich an die Arbeit machte, entfernte ich mich unter irgendeinem Vorwand und inspizierte die anderen Zimmer. Geräuschlos öffnete ich die eine oder andere Schublade, fand aber nur uninteressanten Papierkram, den ich mir in der Eile nicht näher ansehen konnte. In der Schublade eines Sekretärs lagen drei Tausendfrancsscheine, gut sichtbar auch für den blutigsten Anfänger der Einbrecherbranche. Das alles war aufschlußreich... oder auch nicht. Wie vieles, was ich heute abend gesehen und gehört hatte.

Als ich wieder in die Küche kam, goß Lydia gerade kochendes Wasser auf die Tassenfilter, eine *Fashion* zwischen den Lippen.

„Ich dachte, Sie rauchen nicht", sagte ich erstaunt.

„Hin und wieder eine Zigarette, das ist noch kein Rauchen. Darf ich fragen, was Sie in den anderen Zimmern gesucht haben?"

„Fotos von eventuellen Rivalen. Hab aber nichts gefunden. Das läßt mich hoffen. Allem Anschein nach sind Sie frei..."

Sie klopfte mit einem Löffel gegen die Filter, um dem Wasser Beine zu machen. Ich griff das Thema von vorhin wieder auf:

„Sie wußten also, daß die 103, rue Desnouettes zwei Eingänge hat?"

Lydia seufzte gereizt.

„Dürfte ich vielleicht in Ruhe Kaffee kochen und dann eine Tasse davon trinken?"

Sie durfte. Wenig später saßen wir wieder im Salon und schlürften wie zwei alte Bekannte das dunkle Gebräu. Schmeckte irgendwie komisch. Aber ich hatte seit 1940 keinen richtigen Kaffee mehr getrunken und war wohl aus der Übung.

Ich setzte die Fragerei fort.

Ja, sie habe von dem zweiten Eingang gewußt. Habe ihn rein zufällig entdeckt, als nämlich... Lydia verlor sich in eine Geschichte, in der Künstler die Hauptrolle spielten. Ob sie Künstlerin sei, fragte ich. Nein, Mannequin. Ob sie schon lange in Bois-le-Roi wohne? Ja, ziemlich lange. Ob sie keine Angst habe, so alleine? Schließlich zeige der Überfall von heute abend, daß es sehr gefährlich sei. Ob sie denn eine Waffe besitze? Oh, nein! (Lydia lachte nervös auf.) Sie lege keinen Wert darauf, sich selbst zu erschießen, und wenn sie eben nicht geschossen habe – jetzt könne sie's mir ja gestehen...

„Ich hielt das Ganze ja für Theater, und wenn Sie oder Ihre – wie ich glaubte – Komplizen eine Kugel abgekriegt hätten, wäre

Ihnen wohl der Spaß an solchen Scherzen vergangen... Der wirkliche Grund, warum ich nicht geschossen habe, ist der, daß ich mich mit den Dingern überhaupt nicht auskenne. Ich weiß nicht mal...“

Während sie sprach, hatte sie die Zeitung wieder in die Hand genommen. Mein Blick fiel auf die Überschrift *Wir, die Kleinen*, unter der Rubrik „Aus der Welt des Films“. Ich sah die Buchstaben ungewöhnlich deutlich, so als unternähmen meine Augen eine letzte große Anstrengung, um sich dann für immer zu schließen.

Und so ungefähr war es auch: Plötzlich schob sich ein Nebelschleier vor meine Augen, mein Kopf wurde schwerer. Ich legte meinen Arm auf den Tisch, die Tasse fiel um. Mühsam erhob ich mich. Ich hatte das Gefühl, ein Klavier oder einen Schrank zu schleppen.

Auch Lydia Daquin stand auf. Sie ging zur Tür, lehnte sich gegen den Pfosten. Zitternd, mit weitaufgerissenen Augen, starrte sie mich an. Aber ihr Mund lächelte, ein trauriges, vom billigen Triumph verkrampftes Lächeln. Sie war mit ihren Nerven offensichtlich am Ende. Wartete nur darauf, daß ich ohnmächtig wurde, um es mir dann gleichzutun.

Ich wankte einen Schritt auf sie zu. Meine Füße waren bleischwer. In meinen Schläfen hämmerte das Blut. Ich war todmüde.

„Das ist das zweite Mal... zweite Mal heute... daß Sie... Sie mich... rein... legen“, lallte ich.

Und fiel der Länge nach hin.

4
Florimond hat Gewissensbisse

Auf einer harten Bank kam ich wieder zu mir. So müde ich auch war, konnte ich doch das Lokal als Gendarmerie identifizieren. Zwei schnurrbärtige Polizistengesichter beugten sich über mich. Ohne mir Zeit zu lassen, meine Gedanken zu ordnen, fielen sie mit Fragen über mich her. Was ich auf der Straße mache, nach der Ausgangssperre, und warum ich unter freiem Himmel schlafe – der allerdings bedeckt sei, haha! –, und warum ich bis jetzt nicht aufgewacht sei, und warum … etc. etc.

Die beiden Uniformierten waren ganz aufgeregt. Der eine fuchtelte sogar mit einer Kanone vor meinem Gesicht rum. Vorsichtshalber hob ich die Hände. Der andere drohte mir, ich sollte nicht den Clown spielen, sie hätten schon ganz andere kleingekriegt. Sein Kollege hatte noch ein weiteres „Warum" auf Lager:

„Warum hast du das hier in der Tasche?"

Jetzt erkannte ich die Kanone in seiner Hand. Es war mein Revolver. ‚Damit ich dir das Maul stopfen kann', dachte ich. Laut aber sagte ich nur:

„Ich besitze einen Waffenschein."

„Tatsächlich? Dann zeig ihn mal!"

Ich griff nach meiner Brieftasche. Ihr Platz war leer.

„Er ist bei meinen anderen Papieren", sagte ich.

„Oh, daran zweifeln wir nicht", gab er zurück aund kugelte sich vor Lachen. Dick genug dazu war er! „Nur … Wo sind sie denn, deine ‚anderen' Papiere? Du hattest nichts bei dir, als wir dich gefunden haben … schlafend, auf einem Feldweg, gleich neben den Eisenbahnschienen. Nichts außer einer Zeitung, deiner Pfeife samt Tabaksbeutel, den sechs Hundertfrancsscheinen hier und dieser Schußwaffe."

„Ja, ich erinnere mich", log ich. „Man hat mich überfallen …"

„Genau!“ lachte der Fettkloß. „Und die bösen Räuber haben dir alles abgenommen... nur nicht das Geld und den Revolver! Eine einleuchtende Geschichte!“

Recht hatte er! Was ich erzählte, klang wenig wahrscheinlich. Und dennoch: Bis auf eine Kleinigkeit war es genauso gewesen. Die verführerische Lydia Daquin oder Méliès oder Lherbier, ganz nach Wahl, hatte mir meine Brieftasche abgenommen, das Geld und den Revolver jedoch verschmäht. Seltsames Verhalten!

„Wäre es nicht einfacher, sich in Paris zu erkundigen?“ schlug ich vor. „Ich bin Privatdetektiv und habe die Erlaubnis, eine Waffe zu tragen. Mein Name ist Nestor Burma.“

Die vier Silben hatten nicht den erhofften Erfolg. Sie glitten an den Gendarmen ab, ohne ihnen den leisesten Schrei der Bewunderung zu entlocken. Enttäuscht gab ich mich trüben Gedanken hin.

Ein dritter Gendarm hatte bis jetzt noch nichts gesagt. War damit beschäftigt, die Zeitung zu lesen, die direkt aus meiner Tasche kam. Plötzlich rief er:

„He, Brigadier! Sehen Sie sich das an! Verstehen Sie das?“

Der fette Brigadier beugte sich über die aufgeschlagene Seite mit dem Kreuzworträtsel.

„Inspektor Faroux“, las er, *„ist ein sturer Bock.“*

„Verstehen Sie das?“ wiederholte der andere.

„Da gibt es nicht viel zu verstehen! Dieses Individuum vertreibt sich die Zeit damit, die Polizeibehörde zu verunglimpfen. In Taten, Wort und Schrift. Ein Anarchist ist das! Das sieht man schon an dem verträumten, spöttischen Gesichtsausdruck. Faroux ist ein Kollege von der Kripo in Paris und...“

Er schien ins Grübeln zu kommen, zwirbelte seinen üppigen Schnurrbart und kratzte sich die – für einen Gendarmen – ziemlich langen Haare. Endlich ließ er von seinem Bart- und Kopfhaar ab. Seine Augen leuchteten triumphierend.

„Tod und Teufel!“ murmelte er halb zu sich, halb zu seinen Kollegen. „Ist das nicht der Kerl, der in einen Fall verwickelt ist, den eben dieser Inspektor Faroux bearbeitet? Verdammt, wozu ist das Telefon eigentlich da! Ich kenne Faroux, hab sogar seine Privatnummer. Vielleicht tun wir dem Inspektor einen verdammten Gefallen... Werd ihm Bescheid geben, daß wir hier einen gewissen... äh... Wie hieß der Kerl noch?... Ach ja, Nestor Burma! Komischer Name... Würde glatt zu einem von uns passen... Irgend etwas stimmt mit dem nicht."

Er ging ins Nebenzimmer. Zehn Minuten später kam er händereibend zurück.

„Leute, ich glaube, wir haben unsere Zeit nicht umsonst verplempert", dröhnte er. „Inspektor Faroux hat mich gebeten, den Mann hinter Schloß und Riegel zu halten. Morgen früh kommt er und verhört ihn."

Ich wurde in eine Zelle gebracht. Der Raum war kaum schmutziger als der, in dem man mich vorher abgelegt hatte. Nur etwas kälter und ohne Licht. Bevor die Tür ins Doppelschloß fiel, hörte ich es vier Uhr schlagen und den Brigadier zufrieden verkünden, er habe den richtigen Riecher gehabt.

* * *

Florimond Faroux kam gegen zehn. Er machte das schönste Beerdigungsgesicht, das ich jemals gesehen hatte. Den Gendarmen versicherte er, daß er sich um mich kümmern werde – „Nur keine Sorge!" – , und dann verließen wir das düstere Gebäude.

„Hab Ihnen 'ne Menge zu sagen", begann mein Freund nach ein paar Schritten. „Deswegen hab ich Sie ein wenig zappeln lassen, bevor ich Sie da rausgeholt habe. Ich mag es nämlich gar nicht, wenn man vor mir abhaut wie Sie gestern nachmittag zum Beispiel... Übrigens hätte sich einer wie Sie doch denken können, daß ich nicht erst jemanden anrufe, um ihn dann mit einem Besuch zu überraschen!"

„Genau das hab ich mir zwar gedacht", sagte ich, obwohl es nicht stimmte. „Aber einer Ihrer Leute hat meine Agentur überwacht. Vor dem bin ich tatsächlich abgehauen, das stimmt."

„Das war keiner von meinen Jungs", protestierte Faroux. „Der war von den andern. Ich weiß nicht, was Sie den Kollegen getan haben, aber die trauen Ihnen nicht über den Weg... Wenn sie Ihnen was anhängen können, werden sie's tun."

„Haben Sie mich deswegen gestern im Büro angerufen und heute die lange Reise gemacht? Nur, um mir das zu sagen?"

„Unter anderem, ja. Aber ich wollte Ihnen auch eine Frage stellen."

„Noch eine!" rief ich. „Dann fragen Sie mich schon, wie ich nachts um drei Uhr einer Patrouille in die Hände fallen konnte, schlafend, fünfundvierzig Kilometer von Paris entfernt! Oder sollten Sie das noch nicht wissen?"

„Da haben wir's wieder!" knurrte Faroux. „Sie sind so ernsthaft wie'n Gör und so offen wie ein Kandidat fürs Abgeordnetenhaus. Kein Wunder, daß meine Kollegen Sie nicht leiden können! Sie mit Ihren doppeldeutigen Sätzen, Ihrem ‚Ja', das ‚Nein' heißt, und dem ganzen Kram. Also, ich bin da anders. Solche Scherze liegen mir nicht. Wenn etwas schwarz ist, dann nenn ich's nicht weiß. Ich kann eben nicht anders..."

„Sie sind 'n komischer Flic!"

„Tja, und einer mit Gewissensbissen dazu! Ein sehr seltenes Exemplar! Ich muß Ihnen nämlich gestehen, daß mir mein Verhalten Ihnen gegenüber in der Rue Desnouettes leid tat. Vor allem als ich gesehen habe, wie die anderen in Ihrer Abwesenheit über Sie hergefallen sind. Das hat mich direkt angekotzt! Und da hab ich mir gesagt: Ich werde Nestor Burma warnen, werd ihm raten, mit dem albernen Getue aufzuhören. Schadet ihm nur... Ich ruf Sie also an... vergeblich... Weiter unternehm ich nichts. Und um halb vier nachts klingelt mich dieser Brigadier aus dem Schlaf und erzählt mir, er habe da ein verdächtiges Individuum ohne Papiere. Der Kerl behaupte, Nestor Burma zu heißen... Ich hab ihm natürlich gesagt, er solle sie schön festhalten. Sie sollten mir nicht noch einmal davonlaufen! Jetzt müssen Sie sich wohl oder übel meine Stimme anhören, die Stimme der Vernunft. Nach dem Anruf heute nacht hab ich mich noch mal genüßlich auf die andere Seite gedreht. Mir gefiel der Gedanke, Sie einige Stunden in einer feuchten Zelle zu wissen. Das wird Ihnen hoffentlich eine Lehre sein! Einfach Katz und Maus mit mir zu spielen..."

Wir kamen an eine Straßenecke, wo uns der Wind ins Gesicht blies. Faroux schlug seinen Mantelkragen hoch.

„Vor den Gendarmen wollte ich Ihnen das alles nicht unbedingt sagen", fuhr er fort. „Aber eine Straße eignet sich auch nicht grade für ein ernsthaftes Gespräch… bei dem Wetter. Kennen Sie nicht zufällig ein gemütliches Bistro hier in der Nähe?"

„Ich hab ein Zimmer im Bistro-Hotel am Bahnhof gemietet", antwortete ich. „Da können wir uns verkriechen. Bis zwölf Uhr ist es noch bezahlt."

In dem Hotel wartete eine Überraschung auf mich: meine Brieftasche! Entgegen meiner Annahme hatte sie mir die charmante Lydia nicht geklaut. Zum Ausfüllen des Meldezettels hatte ich meinen Personalausweis gebraucht. Dabei war die Brieftasche wohl auf den Boden gefallen, anstatt wieder in meine Tasche zu wandern. Das Sägemehl auf dem Boden hatte das Fallgeräusch zum Teil gedämpft, und der Rest war im Lärm der Gäste untergegangen. Der 16%ige Aperitif hatte bei ihnen denselben Effekt wie 45%iger…

Ich bedankte mich beim Kellner, belohnte seine Ehrlichkeit und erfand eine „Däumling"-Geschichte, um meine späte Heimkehr ins Hotel zu rechtfertigen. Dann zeigte ich auf Faroux' Schnurrbart und erklärte:

„Monsieur und ich brauchen das Zimmer jetzt für eine geschäftliche Besprechung. Wenn Sie noch eine Flasche Weißwein hätten, würden wir die gerne mitnehmen."

Oben im Zimmer ging ich sofort zum Angriff über:

„Jetzt wollen wir mal ernsthaft miteinander reden. Was meinten Sie eben mit den Gewissensbissen, der Warnung an meine Adresse und den Feindseligkeiten der *Tour Pointue*?"

Inspektor Faroux setzte sich auf den abgewetzten Sessel.

„Das alles hat mit diesem Kerl von gestern zu tun", sagte er.

„Briancourt?"

„Ja… äh… Briancourt, wie er angeblich heißt."

„Ach! Angeblich?"

„Briancourt heißt nicht Briancourt. Es handelt sich um Henri Barton, einen Komplizen von Alfred Thévenon. Dessen Bande hat am 15. Januar 1938 im Bahnhof von Le Havre den berühmten Goldzug überfallen und ausgeraubt. Und am Quai des

Orfèvres sind alle davon überzeugt, daß der Tote in letzter Zeit mit Ihnen in Verbindung stand."

Ich pfiff durch die Zähne.

„Ach, daher weht also der Wind? Wie kommen die denn auf so was?"

„Briancourt alias Barton hatte eine Visitenkarte Ihrer Agentur in der Brieftasche. NESTOR BURMA, *Nachforschungen, Beschattungen, Ermittlungen aller Art*. Die kann er nur von Ihnen persönlich haben, denn ich glaube nicht, daß Sie Ihre Visitenkarten auf der Straße verteilen lassen. Aber im Grunde ist es egal, wie die Karte in seine Brieftasche gekommen ist. Tatsache ist, daß er sie besaß. Tatsache ist auch, daß Sie in dem Haus aufgetaucht sind! Sie müssen zugeben, das ist nicht ganz koscher. Da kann man schon gewisse Vermutungen anstellen..."

„Ich wollte in die Buchhandlung."

„Auch wenn Sie das behaupten, glauben tun die Ihnen das nicht."

„Wer ist ‚die'?"

„Kommissar Martinot und..."

„... und seine Leute, zu denen auch Sie gehören!"

„Ich teile die Ansichten meiner Kollegen nicht", verteidigte sich der Inspektor. „Aber ich stehe allein da. Die haben eine Gelegenheit, Sie zu packen, Burma. Und sie werden sie sich nicht entgehen lassen. Verdammt, so wütend hab ich die noch nie gesehen!"

„Die glauben doch wohl nicht, daß ich diesen Bartoncourt umgebracht habe, hm?"

„Mein lieber Burma", seufzte Faroux, „wenn sich nur der geringste Verdacht bestätigt, werden Sie einige Zeit in U-Haft sitzen."

„Und was glauben Ihre Kollegen im einzelnen?"

„Daß Barton Sie mit einer vertraulichen Sache beauftragt hat, daß es sich um etwas Wichtiges handeln mußte, da Sie höchstpersönlich zu ihm gekommen sind, um ihm Bericht zu erstatten, daß die zehntausend Francs, die man in seiner Wohnung gefunden hat, zur Zahlung Ihres Honorars bestimmt waren, daß Sie Ihre guten Gründe hatten, den Toten nicht zu kennen, daß Sie, wenn Sie wollten, zur Aufklärung des Verbrechens beitragen könnten, daß Sie aber nicht wollen usw. usf."

„Sind die vielleicht 'n bißchen bekloppt?"

„Ich würde eher sagen, Sie sind bekloppt, Burma! Tun alles, um den Verdacht zu bestärken. Meinen Sie etwa, Ihre ironische Art, Ihr Verschwinden und das Abhängen des Polizisten sprächen zu Ihren Gunsten? Der Kommissar hat folgende Theorie: Barton fühlte sich bedroht, beauftragte Sie damit, seine Feinde zu entlarven und ihn gegen sie zu schützen. Es könnte auch irgendein anderer Auftrag gewesen sein. Egal. Jedenfalls könnten Sie der Polizei wertvolle Hinweise liefern, wenn Sie auspakken würden. Aber Sie tun's nicht. Warum?!"

„Ist doch klar! Weil ich mit den Mördern gemeinsame Sache mache, verdammt! Ganz einfach: Barton bietet mir zehn Riesen, wenn ich ihn beschütze. Ich nehme Kontakt zu seinen Widersachern auf und verhandle mit ihnen. Sie bieten mir das Doppelte, wenn ich ihnen nicht in die Quere komme. Ich geh wieder zu Barton, um dreißigtausend von ihm zu verlangen. In diesem Augenblick laufe ich Ihnen in die Arme. Die Mörder waren schneller als ich."

„Lachen Sie nur! Schließlich sind Sie alt genug, um zu wissen, was Sie tun."

„Allerdings." Ich nickte ernst. „Ich will Ihnen die Wahrheit verraten."

„Ihre Wahrheiten kenne ich!" rief Faroux und füllte sein Glas nach. „Hab die Schnauze voll von Ihren Märchen. Will sie gar nicht hören. Ich hab Sie gewarnt. Jetzt sind Sie an der Reihe. Entweder Sie geben zu, daß Sie mit Barton in Verbindung standen, oder Sie spielen weiter den Affen."

Er machte Anstalten aufzustehen. Ich legte ihm meine Hand auf den Arm.

„Hören Sie", sagte ich begütigend, „Sie können mir glauben oder nicht, das ist mir scheißegeal. Aber ich gebe Ihnen mein Wort, daß ich mit diesem Barton in keinerlei Beziehung stand. Wie meine Visitenkarte sich in seine Brieftasche verirrt hat, ist mir schleierhaft. Aus den Vorkriegsjahren liegt keine einzige mehr in meinem Büro rum. Und seit die Agentur wieder geöffnet ist, habe ich noch keine neuen nachdrucken lassen. Das nur am Rande... Aber die Sache fängt an, mich zu interessieren. Schließlich bin ich jetzt unfreiwillig darin verwickelt. Erzählen Sie mir doch etwas über diesen Barton und den Überfall auf den Goldzug. Und vor allem verraten Sie mir bitte, wovor der Mann Angst hatte."

„Vor einer Denunziation, verdammt nochmal! In dem anonymen Brief..."

„Ja, wenn ich Ihnen alles einzeln aus der Nase ziehen muß, dann sitzen wir noch morgen abend hier. Ich hab aber weder Lust noch Zeit zum Rätselraten. Erzählen Sie schon! Dann kann ich mir einen Besuch in der *Bibliothèque Nationale* sparen."

„Dieser Goldzugraub hat ziemlich viel Staub aufgewirbelt. Sollte mich wundern, wenn Sie die Geschichte nicht auswendig kennten", fügte er mißtrauisch hinzu.

„Ich erinnere mich nur ganz dunkel daran. Aber Sie haben doch sicher Ihr Gedächtnis aufgefrischt, oder? Los, Faroux, ich höre!"

„Verflixter Nestor", brummte der Inspektor, „Sie können von Glück sagen, daß ich ein umgänglicher Mensch bin."

Er drehte sich eine Zigarette, zündete sie an und schielte auf die leere Flasche. Das veranlaßte mich, nach dem Kellner zu klingeln. Als die nächste Flasche auf dem Tischchen stand, begann Faroux seine Geschichte.

5
Der Goldzug

„Am 15. Januar 1938 überfielen vier maskierte, bewaffnete Banditen auf einem Abstellgleis in Le Havre einen Waggon mit Goldbarren, die für die *Banque de France* bestimmt waren. Dabei wurden zwei Angestellte der Bank sowie ein uniformierter Polizist und ein Inspektor getötet. Die Einzelheiten dieses tollkühnen Überfalls schenke ich mir. Die Banditen luden zwei Kisten Gold in zwei in der Nähe geparkte Autos. Wie die späteren Ermittlungen ergaben, saß in jedem Wagen ein weiterer Komplize. Etwa zwei Stunden später wurde einer der Wagen von einer Polizeisperre kurz vor Rouen gestoppt. Zwei der Insassen konnten ohne Widerstand festgenommen werden, dem dritten gelang die Flucht. Er konnte nie gefaßt werden. Angeblich handelte es sich um einen Studenten – ein Waise, ohne den entferntesten Verwandten –, der die Theorie vom ‚intelligenten Verbrecher' vertrat, bisher aber noch nie mit dem Gesetz in Konflikt geraten war. Er hieß – oder nannte sich – Fernand Gonin. Die Namen der beiden Verhafteten lauteten Louis Dargy und Maurice Vallier. In dem Wagen befand sich eine Kiste mit Goldbarren. Auch die andere Hälfte der Beute wurde bald darauf gefunden. Noch in derselben Nacht nämlich entdeckte man in der Nähe von Saint-Germain das zweite Fluchtauto, das einen Unfall gehabt hatte. Außer dem gesuchten Edelmetall enthielt es noch die Leiche eines der Gangster. Der Tod war aber nicht infolge des Unfalls eingetreten. Im Körper des Mannes fand man drei Kugeln desselben Kalibers, mit dem auch das Wachpersonal des Waggons getötet worden war. Man nahm an, daß es zwischen den Komplizen Streit gegeben hatte, der zu einem regelrechten Kampf ausgeartet war und zum Tod des einen und zum Unfall geführt hatte. Es bestand die Hoffnung, daß die beiden anderen

Gangster verletzt waren und nicht weit kommen konnten. Sofort durchkämmte man die Gegend. Ohne Erfolg. Die Männer blieben unauffindbar... bis sich einer von ihnen der Polizei stellte. Durch den Unfall war die Kiste mit dem Gold kaputtgegangen. Vier Barren fehlten. Wahrscheinlich hatten die Flüchtenden sie mitgenommen, um nicht die gesamte Beute in den Mond schreiben zu müssen. Die beiden Fluchtautos waren als gestohlen gemeldet und ergaben keine weiteren Hinweise. Die verhafteten Banditen blieben stumm wie Fische. Wir waren davon überzeugt, daß sie nur Werkzeuge waren, daß dahinter ein Kopf stecken mußte, ein Boß, der die Aktion gesteuert hatte. Wir vermuteten ihn unter den drei Gangstern, die noch frei herumliefen. Die Intuition sagte uns sofort, daß es der sein müsse, der die vier Barren mitgenommen hatte. Wir wußten nichts von ihm. Nur daß er intelligent, raffiniert und ziemlich kaltblütig war. Ein eher mageres Bild. Als die Kripo sich in dieser Sackgasse festbiß, erhielt sie einen anonymen Brief, der den Namen des Organisators preisgab: Alfred Thévenon. Der Mann war kein Unbekannter für uns. Ein Schönling, 'ne Art Don Juan, elegant usw. Bisher war er nur durch einige raffinierte Betrügereien aufgefallen; aber sein intellektuelles Profil paßte wunderbar zu dem Bild, das wir uns von dem Bandenchef gemacht hatten. Auch wenn er als Einzelgänger bekannt war, der im allgemeinen kein ‚blutiges Ding' drehte. Der anonyme Brief informierte uns, daß wir ihn am 10. Februar um drei Uhr nachmittags in der Rue Stinville festnehmen könnten. Wir mußten also nur die Augen offen halten! Die Rue Stinville war uns bekannt. In Nr. 13 wohnte ein gewisser Henri Barton, den wir seit ein paar Tagen überwachen ließen. Wir hatten ihn in Verdacht, irgendwie mit dem Fall zu tun zu haben. Der Verdacht bestätigte sich: Barton war einer der beiden, die in den Fluchtautos gewartet hatten. Allerdings behauptete er, bei dem tödlichen Streit und dem Unfall nicht mehr dabeigewesen zu sein. Und das stimmte auch. Thévenon hatte ihn vor einem kleinen Bahnhof abgesetzt, um mit dem andern alleine abzurechnen. Worum es dabei ging, haben wir nie erfahren. Barton jedenfalls merkte, daß er von uns überwacht wurde. Um für sich bei einer eventuellen Verhandlung ein mildes

Urteil rauszuschlagen, verfiel er auf die exzellente Idee, Thévenon zu denunzieren. Seine Rechnung ging auf. Vallier und Thévenon, die beiden noch lebenden Mörder der Überfalls, wurden zum Tode verurteilt, Dargy ins Bagno geschickt. Barton dagegen kam mit sieben Jahren Zuchthaus davon, die er in Caen abbüßen…"

„Sieben Jahre!" rief ich. „Wie…"

„Später" sagte Faroux und trank einen Schluck Wein. „Später können Sie mir Fragen stellen. Weiter im Text: Daß Barton uns den Tip gab, Thévenon auf der Straße zu fassen, ließ uns zweierlei vermuten…"

„… daß er mit ihm verabredet war", unterbrach ich meinen Freund, „und daß er nicht wußte, wo sich sein Boß versteckt hielt."

„Genau! Ja, wir hätten viel darum gegeben, den Schlupfwinkel zu erfahren! Wegen der Goldbarren, verstehen Sie? Er mußte sie ja irgendwo abgelegt haben, und zwar ganz in der Nähe seines eigenen Verstecks! Seit dem 14. Januar hatte er keinen Fuß mehr in seine Wohnung am Boulevard Péreire gesetzt. Wir hatten keinen blassen Schimmer, wo er seitdem steckte. Wir nahmen ihn gehörig in die Mangel… äh… Ich meine, wir verhörten ihn tagelang. Für die Katz! Mitten im… Verhör riß er Witze, machte sich regelrecht über uns lustig."

„Ein richtiger Witzbold, was?"

„Kann man wohl sagen."

„Haben Sie denn die fehlenden Goldbarren zum Schluß gefunden?"

„Nein, nie. Nebenbei gesagt… Mir ist nach und nach eine Idee gekommen. Warum lachen Sie?… Also, wenn es nun gar kein Versteck gegeben hat? Ich meine, für die Goldbarren? Mit anderen Worten, wenn Thévenon nun gar nichts mitgenommen hat? Wenn sich einfach ein nächtlicher Spaziergänger die Barren geschnappt hat? Wie ich darauf komme? Tja… Als Thévenon zum erstenmal von dem fehlenden Gold hörte, schien er aus allen Wolken zu fallen. Erst später hat er angefangen, seine nervtötenden Witzchen zu reißen."

Mit Hilfe von Tabak, Wein und Interesse erinnerte ich mich so langsam an die Einzelheiten des Falles.

„Sie haben doch davon gesprochen, daß sich einer der Banditen der Polizei gestellt hat", sagte ich. „War das nicht Thévenon? Wenn ich mich recht erinnere, hat die Falle in der Rue Stinville nicht zugeschnappt..."

„So'n Scheiß-Journalist hat uns die Tour versaut!" schimpfte Faroux. Die Erinnerung daran verfärbte sein Gesicht purpurrot. „Wir hatten alles wunderbar vorbereitet, und da veröffentlicht ein Käseblatt auf der Titelseite Thévenons Foto... Wegen seiner kleinen Betrügereien hatten alle Archive eins... Zack! Darunter balkendick: *Raffinierter als Fantomas! Der Mann, der die Banque de France beklaute*. Im Präsidium gab es wohl 'ne undichte Stelle. Sofort änderten wir unseren Plan. Wir hatten keine Minute mehr zu verlieren. Häfen und Bahnhöfe werden überwacht, Thévenons Foto geht samt Steckbrief an Zeitungen und Presseagenturen, an alle Kommissariate, an alle Spitzel, männlich wie weiblich: Taxifahrer, Zuhälter, Nutten. Eine Belohnung wird ausgesetzt. Wir haben ihn so gut wie gefaßt. Er kann keinen Schritt mehr tun, ohne erkannt und angezeigt zu werden. Seine Lage ist aussichtslos. Und das, was er dann macht, ist das größte Glanzstück, von dem ich je gehört habe. Gegen den gesamten Polizeiapparat nebst ‚freiwilligen' Mitarbeitern schindet er einen halben Tag Freiheit raus, mitten in Paris. In einem Taxi fährt er quer durch die Hauptstadt, mit verhangenen Fenstern, den Revolver im Nacken des Taxifahrers, der ihn erkannt hat..."

„Saß da nicht noch jemand anders im Wagen?"

„Ja. Zwanzig Minuten, nachdem er ins Taxi gestiegen war, läßt er im Bois de Boulogne halten. Eine verschleierte Frau steigt zu. Mit der verbringt er den Nachmittag. Die beiden machen aus dem Taxi ein Stundenhotel. Und wenn Thévenon nicht selbst die Waffe auf den Fahrer richtet, dann tut es die Frau. Leck mich am Arsch!... 'tschuldigung... Aber das waren wirklich zwei ganz Ausgekochte!... Abends dann steigt die Frau aus. Thévenon gibt dem Fahrer als Ziel den Quai des Orfèvres an. Oben im Büro unseres Chefs wirft er seine Waffe auf den Schreibtisch und sagt: ‚Hier bin ich. Ich will die Belohnung kassieren, die auf mich ausgesetzt ist.' Ein bühnenreifer Auftritt! Thévenon hat nichts bei sich. Keinen Centime, keine Papiere. Sein gesamtes Bargeld, rund zweitausend Francs, hat er dem Taxifahrer gegeben. Dafür soll der nichts von der Frau verraten, die mitgefahren ist. Aber der Mann hat die Geschichte allen erzählt... War ja auch zu schön!"

„Ich erinnere mich", sagte ich schwärmerisch. „Die Sache mit dem Rückspiegel... Darüber hat sich so manches Ferkel in Paris totgelacht..."

„Wir waren davon überzeugt", fuhr Faroux in seiner Erzählung fort, „daß Thévenon der Frau das Goldversteck verraten hatte. Also fahndeten wir nach ihr. Vergebens, die Beschreibung des Taxifahrers war 'n Dreck wert. Und als wir ihm Fotos von Frauen aus dem Bekanntenkreis des Gangsters vorlegen wollten, war der Mann schon eine volle Woche tot: bei einem Verkehrsunfall umgekommen! So wurde das Geheimnis der Goldbarren nie gelüftet."

„Nichts Verdächtiges? Ich meine, bei dem Verkehrsunfall..."

„Nein, nichts. Ein ganz normaler Unfall... So, das ist die ganze Geschichte", schloß der Inspektor erleichtert, so als habe er sich einer lästigen Pflicht entledigt. „Zufrieden? Oder wollen Sie noch was über einen Mann namens Landru erfahren? Oder über einen gewissen Weidmann? Verdammt, jetzt laß ich mich schon von meiner eigenen Geschichte mitreißen... Ist aber auch zu interessant... Wirklich blöd von mir, Ihnen was zu erzählen, was Sie auswendig kennen... Ja ja, egal. Barton jedenfalls ist jetzt tot. Allem Anschein nach von Leuten aus der Unterwelt ermordet. Wohl zur Strafe für den Verrat. Und Kommissar Martinot glaubt, daß er vorher mit Ihnen Kontakt aufgenommen hat, um sich gegen die Rächer irgendwie zu schützen."

Wir legten eine Schweigeminute ein. Ich starrte auf die Vorhänge vor dem Fenster und ordnete meine Gedanken. Nach der kleinen Reise in die Vergangenheit waren wir wieder in die Rue Desnouettes zurückgekehrt, wo sich am 17. März ein Verbrecher hatte abknallen lassen. Mir lagen noch ein paar Fragen auf der Zunge. Nachdem ich wieder nach dem Kellner geklingelt hatte – der mußte uns zwei für schöne Saufziegen halten! –, nahm Florimond das Gespräch, besser gesagt, seinen Monolog, wieder auf.

Mehrmals zog er seine Uhr aus der Westentasche. War's wohl langsam leid, mein Freund. Ich erfuhr aber noch so einiges.

Im Juni 1940 wurden die Gefangenen aus Caen, unter ihnen auch Barton, nach Süden transportiert. Der Zug wurde bombardiert. Einige nutzten die Gelegenheit zur Flucht. Wahrscheinlich auch Barton, den man unter den Toten vermutet hatte. Das erklärte, warum er seine letzten Tage in Freiheit genießen konnte, anstatt sie hinter Gittern bei Wasser und Brot fristen zu müssen. Seine Entlassungspapiere waren ordnungsgemäß in Marseille ausgestellt worden. Dort lag das Duplikat. Es konnte gut sein, daß die Deutschen ihn nach seiner Flucht aus dem bombardierten Zug geschnappt und in ein Lager gesteckt hatten.

Was den gegenwärtigen Stand der Ermittlungen anging, so war die Polizei davon überzeugt, daß Bartons Mörder in der Unterwelt zu finden waren. Blieb nur noch zu klären, welche undurchsichtige Rolle ich dabei gespielt hatte...

Kommissar Martinot und seine Leute stießen sich an der Tatsache, daß weder die zehntausend Francs noch die bescheidenere Summe in der Hosentasche des Opfers angerührt worden waren. Andererseits bestand kein Zweifel an der Kaltblütigkeit des Täters. Die Uhrzeit des Verbrechens stand fest. Das Drama hatte sich ereignet, während ganz in der Nähe Bomben gefallen waren. Niemand im Haus hatte was Verdächtiges gehört. Es gab keinen Grund, die Zeugenaussagen anzuzweifeln. Es sei denn, alle Mieter wären taub oder Komplizen gewesen... Die sparsame Bekleidung Bartons ließ darauf schließen, daß er zwar nicht beim ersten Alarm weglaufen wollte – wahrscheinlich wegen des Katers, sich aber doch in Sicherheit bringen wollte, wenn die Gefahr näher kommen würde. Und genau in diesem Augenblick war der Mörder in die Wohnung eingedrungen. Wenn er aber gekommen war, um zu stehlen, hätte er ohne weiteres das Geld gefunden und mitgenommen. Also blieb als einziges Motiv: Rache, und zwar eine ganz besonders saure.

„Wir haben ein genaues Bild von dem Täter", sagte Faroux und stand auf. „Er kommt aus der Unterwelt. Früher oder später fassen wir ihn. Früher, wenn Sie reden würden, Burma... Ja, ich weiß, Sie kannten Barton nicht, Ihre Karte ist nur rein zufällig in seine Tasche gekommen usw. Martinot wird Ihnen kein Wort glauben. Na ja“, fügte er achselzuckend hinzu, „Sie sind alt genug und wissen, was Sie zu tun haben. Ich hab Sie gewarnt, weil alle so wütend auf Sie sind. Zu wütend, wie ich meine. Das wär’s. Jetzt sind Sie an der Reihe, Burma.“

6
I.D.U.S.

Wir gingen hinunter ins Bistro. Faroux verabschiedete sich, und ich rief meine Agentur an.

Das erste, was ich von Hélène hörte, war ein tiefes Seufzen. Lag sie gerade in den Armen eines feurigen Liebhabers? Nichts dergleichen! Es war nur ein Seufzer der Erleichterung. Meine lange Abwesenheit hatte Hélène beunruhigt. Es gab Neuigkeiten für mich, eine gute und eine schlechte.

Meine Sekretärin fing mit der schlechten an: Die Polizei hatte heute morgen mein Büro und meine Privatwohnung durchsucht. Die gute Nachricht: Fünf Aufträge waren bei Fiat Lux eingegangen. Ich hatte keine Zeit, mich selbst darum zu kümmern. Reboul solle das übernehmen, sagte ich. Und wenn ihm die Arbeit zuviel werde, solle er sich jemanden zur Unterstützung holen.

Dann noch etwas: Vor noch nicht fünf Minuten hatte ein Herr die Agentur verlassen. Chambot oder Chabrot hieß er, Hélène hatte seinen Namen nicht richtig verstanden. Er sei sehr enttäuscht gewesen, mich nicht anzutreffen. Über den Grund seines Besuches habe er nichts sagen wollen. Im Laufe des Abends wolle er noch einmal vorbeikommen. Wie sah er aus? Groß, kräftig, gut gekleidet. Wahrscheinlich noch ein betrogener Ehemann. Die Auftragslage besserte sich zusehends!

Ich drückte meine Zufriedenheit aus und sagte Hélène, sie solle sich wegen der Herren von der *Tour Pointue* keine Sorgen machen, ich käme heute abend vielleicht noch in die Agentur. Vielleicht auch erst morgen früh, es komme ganz drauf an. Für alle Fälle schloß ich mit einer Serie tiefempfundener Beleidigungen an die Adresse eines möglichen Abhörers das Gespräch ab.

Nachdem ich aufgelegt hatte, setzte ich mich in einen ruhigen

Winkel des Bistros und aß – ohne großen Appetit – eine Kleinigkeit. Ich mußte an Lydia Daquin denken. Diesen Namen hatte sie mir nach einem kurzen Blick auf die Zeitung in ihrer Hand genannt. Daquin! So hieß der Regisseur des Film *Wir, die Kleinen.* Das Mädchen hatte sich kurzfristig den Namen zugelegt, weil er so ähnlich klang wie Paquin. Der war ihr nämlich aus der Modebranche geläufig. Vielleicht war es ja nicht ganz und gar – und vielleicht überhaupt nicht – gelogen, daß sie als Mannequin arbeitete. Das Mädchen gab mir einige Rätsel auf, sowohl in Bezug auf meine Gefühlswelt als auch auf meine Welt als Privatflic. Ich kam nicht recht weiter. Die Fragezeichen häuften sich, und mein Kopf fing an zu brummen. Ich hielt es für besser, die Sache erst mal auf sich beruhen zu lassen.

Vom Hotel ging ich zu Madame Gremet, dem eigentlichen Ziel meiner Reise, die eine so eigenartige Wendung genommen hatte. Wie vermutet, hatte ich mich gestern abend in der Dunkelheit verirrt. Ich war an der Rue Jean-Jaurès vorbeigelaufen und in die nächste Straße eingebogen, in die Allée du Platane. Bestimmt hieß sie so, weil gleich an der Ecke eine Kastanie stand. Das Straßenbild wurde durch den Baum verdeckt.

Die alte Dame war zu Hause. 32, rue Jean-Jaurès. Ich brachte ihr die frohe Botschaft ihres Sohnes. Dann fragte ich sie auf gut Glück, ob sie eine junge Frau (es folgte die genaue Beschreibung) kenne, die eine Straße weiter wohne. Nein, die kannte sie nicht. Ich verabschiedete mich und ging zu dem Ort meines gestrigen Abenteuers.

Die Villa gegenüber, in der Licht gebrannt hatte, lag friedlich da wie ein Genesender. Die Fensterläden waren geschlossen, das Gartentor ebenfalls. Aus dem Kamin kam keine einzige Rauchwolke.

Nach ihrer nächtlichen Heldentat hatte sich die temperamentvolle Lydia aus dem Staub gemacht. Das überraschte mich nicht. Ich hatte es schon geahnt und mir deswegen auch Zeit gelassen, zum Tatort zurückzukehren.

Der Bewohner des Nachbarhauses glaubte sich alleine weit und breit und nutzte das aus, um sein Akkordeon zu malträtieren. Ich unterbrach das grausame Spiel durch energisches Klingeln an der Haustür. Vorsichtig öffnete er ein Fenster und sah hinaus. Das Gesicht war weder jung noch alt. Ein komisches Gesicht. Mit ängstlicher Stimme erkundigte sich der Mann, was ich wolle. Ich fragte ihn nach dem Namen seiner Nachbarin. Er wußte ihn nicht. Ersatzweise lieferte er mir Namen und Adresse des Hausbesitzers: Armand Jander, 4, rue Albert-Blain.

„Haben Sie gestern nacht nichts Außergewöhnliches gehört?" frage ich ihn.

„Nein", antwortete das komische Gesicht.

„Doch!" korrigierte ich ihn. „Das Zuschlagen von Autotüren und das Geschimpfe eines Mannes."

Der Herr Nachbar schloß wortlos das Fenster, nahm sein Instrument aber nicht wieder in die Hand. Ich hatte ihm den Schwung genommen.

Natürlich lag die Rue Albert-Blain am anderen Ende von Bois-le-Roi. Das Gegenteil hätte mich überrascht. Monsieur Jander war ein Mann von etwa fünfzig Jahren. Schamhaft verbarg er seine Halbglatze unter einem Käppchen, wie man es nur noch auf der Titelseite von Liebesromanen sieht. Eine Frau hatte mir die Tür geöffnet. Sah aus, als wär sie die ehemalige Haushälterin und jetzige Ehefrau. Der Hausherr saß an einem hübschen Kaminfeuerchen. In der Linken hielt er ein Buch, mit der Rechten kraulte er ein junges Kätzchen, das in seinem Schoß schnurrte. Wenn der Akkordeonspieler ein komisches Gesicht hatte, das mir gar nicht gefiel, so konnte ich dasselbe von Monsier Jander nicht behaupten. Sein Gesicht war mir ungemein sympathisch. Um so mehr, da er Pfeife rauchte. Unter Pfeifenrauchern herrscht so eine Art Freimaurerei.

„Guten Tag, Monsieur", begrüßte ich ihn. „Entschuldigen Sie, daß ich störe, aber es ist sehr dringend. Es geht um Ihre Mieterin in der Allée du Platane. Ich muß sie unbedingt sprechen. Sie ist nicht zu Hause. Könnten Sie mir sagen, wo ich sie finden kann? Ich hab nämlich eine Überraschung für sie... eine Erbschaftssache..."

„Mademoiselle Verbois hat geerbt?" rief Monsieur Jander.

„Ja, Monsieur, so etwa zwei Millionen. Ein Verwandter mütterlicherseits ist 1940 gestorben, mitten in dem ganzen Durcheinander... Seitdem sind wir auf der Suche nach der glücklichen Erbin. Sie weiß noch gar nichts davon... Aber", fügte ich lächelnd hinzu, „darf ich Sie fragen, ob Mademoiselle Verbois vielleicht... äh... Mietschulden bei Ihnen hat?"

Monsieur Jander warf mir einen vernichtend entrüsteten Blick zu und hob abwehrend die Hand.

„Wo denken Sie hin, junger Mann? Sie ist seit Anfang 1941 meine Mieterin, und sie hat ihre Miete stets pünktlich gezahlt! Ich freue mich für sie, denn sie ist ein nettes Mädchen. Nur ein bißchen... Wie soll ich sagen? Ein bißchen temperamentvoll ist sie. Verdammt unabhängig, wenn Sie verstehen, was ich meine. Aber das ist kein Fehler."

„Nein, doch das erleichtert unsere Aufgabe nicht grade", seufzte ich. „Wo, meinen Sie, kann ich sie heute finden, um ihr die Neuigkeit mitzuteilen?"

Monsieur Jander ließ seine Hand aufs Knie fallen. Die Katze schreckte aus dem Schlaf auf und sprang von seinem Schoß.

„Das weiß ich nicht", sagte er, während er mir aufs Kinn sah. „Manchmal ruft ihre Arbeit sie nach Paris. Aber wohin genau? Keine Ahnung."

„Ich hoffe, es handelt sich bei der gesuchten Person tatsächlich um Mademoiselle Verbois", sagte ich, so als kämen mir plötzlich Zweifel. „Sie arbeitet doch in der Modebranche, nicht wahr?"

„Ganz richtig, in der Modebranche. Sie ist Zeichnerin. Etwas Künstlerisches, aber seriös und gut bezahlt... Leider weiß ich nicht, in welchem Hause sie beschäftigt ist."

„Schade! Wir hätten ihr gerne so schnell wie möglich die glückliche Nachricht überbracht. Ich werde ihr einen Brief in den Briefkasten werfen. Bleibt mir nur noch, Ihnen zu danken, Monsieur."

„Kein Ursache." Er zeigte auf mein Gesicht. „Sie haben da aber eine sehr schöne Pfeife, junger Mann. Das wollte ich Ihnen schon gleich am Anfang sagen. Ist das ein Ochsenkopf?"

„Ein Stierkopf", verbesserte ich ihn. „Hab sechzig Francs dafür bezahlt. Das war 1939. Heute kostet sie fünfhundert", prahlte ich.

„Alles wird teurer… Ist es eine gute Pfeife? Etwas schwer, nicht wahr?"

„Überhaupt nicht. Sieht nur so aus."

Monsieur war ein leidenschaftlicher Pfeifensammler. Davon zeugte ein gut gefülltes Gestell auf einem Tischchen. Sah aus wie'n kleiner Altar. Wir redeten eine Weile über Pfeifen und Tabak. Er war ganz begeistert, daß mein Stierkopf so leicht war, und bewunderte ihn lange. Bat mich sogar, die Pfeife zu stopfen. Ich tat ihm den Gefallen; allerdings holte ich dafür eine weitere Pfeife hervor. Ich hab nämlich immer mehrere bei mir. Das trug mir bei Monsieur Jander endgültig den Ruf eines richtigen Pfeifenrauchers ein, „nicht so wie diese Angeber…"

Als ich mich von ihm verabschiedete, freute ich mich über seine Komplimente und mehr noch über die Tatsache, daß ich den richtigen Namen von Lydia „Daquin" erfahren hatte.

Ich nahm den nächsten Zug nach Paris und war um sechs Uhr in der Hauptstadt.

* * *

Zunächst ging ich nach Hause, um mich umzuziehen. Die Flics hatten ein herrliches Durcheinander hinterlassen. Da ich Rostflecken an meiner Hose entdeckt hatte, zog ich auch einen sauberen Anzug an. Die Flecken ließen darauf schließen, daß man mich auf einer Art Schubkarre zu der Stelle transportiert hatte, an der mich die Gendarmen dann später gefunden hatten. Das wiederum legte den Schluß nahe, daß Mademoiselle Verbois keinen Komplizen gehabt hatte.

Ich ging zur Agentur. Aus Hélènes Augen winkte die blanke Neugier. Ich fragte sie, ob sie das Nötige veranlaßt habe, um die Aufträge in Angriff zu nehmen. Reboul war der Meinung, die Arbeit nicht alleine bewältigen zu können. Da er aber nicht wußte, wer ihm helfen könnte, hatte Hélène eine Anzeige aufgegeben. Im Moment sei es ein Riesentheater, Leute zu finden, sagte sie. Nach zwei, drei weiteren Allgemeinplätzen kamen wir auf die Haus- und Bürodurchsuchung zu sprechen. Martinot und seine Leute hatten offensichtlich nicht das gefunden, was sie suchten. Waren mit leeren Händen wieder abgezogen. Aus Rache hatten sie mir einen Flic auf den Bürgersteig gestellt, der die Agentur überwachen sollte. Entweder hatte der Mann bald die Schnauze voll gehabt, oder aber sein Chef hatte die Taktik geändert. Jedenfalls war der Flic um drei Uhr abgehauen. Bestimmt hatten sie die Hoffnung aufgegeben, mich in einem meiner Nester zu schnappen.

Wir gingen in mein Büro. Das übliche Chaos war durch die Wühlarbeit der Gesetzeshüter noch verschlimmert worden. Ich nahm eine der vielen Pfeifen vom Schreibtisch, stopfte sie, zündete sie an und begann, meiner Sekretärin das Abenteuer von Bois-le-Roi zu erzählen. In diesem Augenblick wurde mehrmals hintereinander an der Tür geklingelt. Der Besucher hatte einen ungeduldigen Daumen.

„Wer kann das sein?“ fragte ich stirnrunzelnd. „Noch ein Klient? Wenn das so weitergeht, wissen wir bald nicht mehr, wohin mit dem Geld!“

„Vielleicht ist das der von heute morgen“, mutmaßte Hélène. „Chambrot oder Chabot...“

„Sehen Sie mal nach. Und wenn er's ist, sagen Sie, ich sei nicht da.“

Hélène ging hinaus und schloß leise die Tür hinter sich. Kurz darauf kam sie zurück, zwei Visitenkarten in der Hand. Eine größer als die andere.

„Ja, das ist der von heute morgen. Emmanuel Chabrot. Er läßt nicht locker. Hat mich gebeten, Ihnen die Kärtchen zu überreichen.“

Auf der kleineren Visitenkarte standen Name und Berufsbezeichnung des Besuchers: *Emmanuel Chabrot, Direktor von* I.D.U.S. Was auf der größeren stand, war ziemlich seltsam. In eleganter Schrift wurde gedroht: *Lassen Sie sich niemals verleugnen! Wir von* I.D.U.S. *finden Sie.* I.D.U.S., *Lautsprecher aller Gerüchte.* Ich drehte die Kärtchen zwischen den Fingern. Hélène wartete auf meine Entscheidung. Ich glaube, jetzt war ich es, der ein komisches Gesicht machte.

„Lassen Sie den Formulierungskünstler rein“, sagte ich schließlich. „Bin schon mit Schlimmeren fertig geworden.“

Monsieur Chabrot erinnerte stark an Louis XIV. Vermutlich war er wütend, daß man ihn hatte warten lassen, ließ sich aber nichts anmerken. Er war korpulent, so um die Fünfzig (Der zweite heute!). Seine Hände steckten in beige-gelben Handschuhen. Nachdem ich ihn zum Sitzen aufgefordert hatte, legte er seinen Hut – eine Mischung aus Homburger und Schlapphut – auf den Rand meines Schreibtisches und kam meiner Aufforderung nach. Eine leichte Stirnglatze verlieh seinem Gesicht so was wie Ehrwürdigkeit. Sein Blick war hart. Der dunkle Halbkreis unter dem linken Auge ließ vermuten, daß er manchmal ein Monokel benutzte.

„Was kann ich für Sie tun, Monsieur Chabrot?“ begann ich betont professionell.

Die Nacht brach herein. Hélène schaltete das Deckenlicht ein.

„Ich bin der Direktor von I.D.U.S.“, sagte der Besucher mit wichtiger Miene.

„Und was bedeutet das?“ fragte ich ruhig.

„Was bedeutet was?“ fragte er zurück, enttäuscht, daß mich die vier Buchstaben nicht vor Ehrfurcht erstarren ließen.

„Was bedeutet I.D.U.S.?“

Ein gereiztes Lächeln umspielte seine Lippen.

„Aber Monsieur Burma, Sie wollen doch wohl nicht behaupten, daß der Ruf von *In-Diskret Und Schnell*, dem größten Enthüllungsmagazin im Kleinformat, noch nicht an Ihr Ohr gedrungen ist?“

„Ach! Dann geht es also um dieses ... äh ... Magazin, wie Sie es nennen?“

„Nicht direkt.“

„Worum geht es dann direkt?“

„Um Sie.“

„Um mich?“

„Ja, um Sie. Sie sind doch der Privatdetektiv Nestor Burma, nicht wahr?“

„Allerdings. Und?“

Emmanuel Chabrot zog ein Monokel aus seiner Westentasche, wischte es mit einem Seidentuch ab und klemmte es sich ins linke Auge. Geübt ließ er es im Lampenlicht blitzen. Besonders lange blitzte er zu Hélène hinüber, die sich an den kleinen Tisch gesetzt hatte.

„Ich würde gerne mit Ihnen alleine reden", sagte er und sah mich an.

„Mademoiselle ist meine Sekretärin. Ich habe keine Geheimnisse vor ihr."

„Mag schon sein", sagte er lächelnd. „Aber vielleicht habe ich welche..."

„In diesem Fall..." – Ich machte Anstalten aufzustehen – „...ist es überflüssig, das Gespräch fortzusetzen."

Begütigend hob er seine fette Hand.

„Na, na, Monsieur Burma! Seien Sie doch nicht so ein Hitzkopf. Ja, wirklich, Sie gefallen mir! Bedauerlich, daß solch ein Kompliment von mir kommt, einem Vertreter des eher häßlichen Geschlechts, anstatt von einer schönen Frau. Aber ich zweifle nicht daran, daß Mademoiselle..."

„Ihnen fehlt es an Takt", unterbrach ich ihn.

„Ganz genau!" stimmte er mir zu. „Und wie! Diesem Mangel an Takt verdanke ich meinen Erfolg. Auch wenn Sie mich für einen ungehobelten Lümmel halten, wiederhole ich meinen Wunsch: Ich möchte mich mit Ihnen alleine unterhalten! Übrigens steht es Ihnen frei, Ihrer Sekretärin alles zu erzählen, wenn ich gegangen bin. Das ist mir egal. Aber ich liebe es nicht, vor Dritten über Geschäftliches zu reden. Es stört mich einfach. Vielleicht ist es pathologisch..."

„Schüchtern sind Sie also! Warum haben Sie das nicht gleich gesagt? Wissen Sie, Monsieur Chabrot, Zynismus ist mir nicht unsympathisch. Sie fangen an, mich zu interessieren."

„Ich werde Sie gleich noch viel mehr interessieren. Schließlich bin ich kein gewöhnlicher Klient."

„Das merkt man sofort... Bitte, Hélène, seien Sie so nett und gehen Sie in Ihr Büro."

Meine Sekretärin war so nett.

„Und jetzt, Monsieur Chabrot, dürfte ich Sie bitten, möglichst schnell zur Sache zu kommen. Ich höre."

Er faßte in die Innentasche seines Mantels und holte eine mächtige Zigarre hervor. Sein goldenes Feuerzeug zündete zwar nicht besser als jedes andere, machte aber Eindruck. Sein stolzer Besitzer beugte sich zu mir vor.

„Was zahlen Sie für erstklassige Informationen?“ fragte er.

„Informationen worüber?“ fragte ich zurück.

„Über Sie.“

„Keinen Sou! Ich glaube, ich kenne mich selbst am besten. Außerdem bin ich pleite.“

„Das ist heutzutage jeder. Zumindest behauptet das jeder. Andererseits werden überall Geschäfte gemacht. Ich bin gekommen, Ihnen eins vorzuschlagen.“

„Was für eins?“

Monsieur Chabrot beugte sich noch weiter vor. Sein fettes Puppengesicht lag fast auf dem Schreibtisch. Das zigarrendduftende Rauchwölkchen tanzte vor seinem Monokel.

„Durch meinen Beruf habe ich mit allen möglichen Leuten zu tun“, sagte er. „Leuten aus den verschiedensten Kreisen... Zufällig... Gesundheit!“

Ich mußte niesen. Der Regen von gestern abend trug Früchte. Mein geheimnisvoller Besucher wich ein wenig zurück und fuhr dann fort:

„Zufällig habe ich in den letzten Tagen etwas über Sie erfahren. Sie haben viele Feinde, Monsieur Burma. Irgend etwas ist gegen Sie im Gange...“

Ich schwieg. Chabrot richtete sich auf und klemmte sein Monokel fest ins Auge.

„Kennen Sie das *Petite Roquette*?“ fragte er dann plötzlich.

„Das Frauengefängnis? Ja.“

„Im Moment ist es das Frauengefängnis. Aber früher, zum Beispiel 1926?“

„Damals war's das Gefängnis für ... Nein“, berichtigte ich lächelnd. „Es war das ‚Haus für straffällig gewordene Jugendliche‘.“

„Eine vornehme Umschreibung! In Zelle 11, Abteilung 10...“

„Dritte Etage...

„Oh, ich sehe, wir verstehen uns. Sie kennen also den Ort?“

„Sehr gut.“

„Und kennen Sie vielleicht auch den Häftling – oh pardon,

den straffällig gewordenen Jugendlichen –, der vom 15. Februar bis zum 14. Juli 1926 in Zelle 11, Abteilung 10, dritte Etage, gesessen hat?“

„So gut wie mich selbst. War das alles, was Sie mir mitteilen wollten?“

Er schüttelte seinen dicken Kopf. Das Monokel blitzte auf. Von der Zigarre löste sich Asche und fiel auf seinen Mantel. Er schnippte sie mit seinen Wurstfingern auf den Boden.

„Ich wollte Ihnen gar nichts mitteilen“, sagte er. „Wenn wir zwei über diesen... äh... Zwischenfall Bescheid wissen, was soll's? Aber vielleicht sollten wir verhindern, daß andere davon erfahren. Genau diese Waffe wollen Ihre Feinde nämlich gegen Sie einsetzen.“

„Ein paar Monate Jugendarrest kratzen noch nicht an der Ehre“, sagte ich. „Vor allem nicht in dem Alter! So was nennt man ‚sich die Hörner abstoßen‘.“

„Sicherlich... aber... Immerhin läßt es die betroffene Person in einem ungünstigen Licht erscheinen. Was würde man über den Direktor einer privaten Detektei sagen, der seine Berufung im Knast verspürt hat?“

„Das wäre nur zusätzliche Werbung für ihn.“

„Das könnte aber auch die entsprechenden Behörden veranlassen, seine geschäftlichen Aktivitäten etwas genauer unter die Lupe zu nehmen. Vielleicht sogar, die Agentur zu schließen, was weiß ich? Die Regierung hat soeben schärfere Bestimmungen für Ihren Berufszweig erlassen. Wußten Sie das nicht?“

„Doch, das wußte ich. Die Polizei weiß ihrerseits übrigens von diesem Zwischenfall, wie sie es nennen. So gesehen, ist Ihre Drohung 'n Schuß in den Ofen, Monsieur Chabrot.“

„Gestatten Sie, daß ich Ihnen ein Beispiel aus der Geschichte erzähle? Vor einigen Jahren hat jemand Schüsse auf einen Staatsmann abgegeben. Er wurde zum Tode verurteilt, die Strafe wurde jedoch später in eine Zuchthausstrafe umgewandelt, weil das Opfer überlebte. Nach sieben Jahren wurde der Mann begnadigt, mit der Auflage, sich nicht in Paris aufzuhalten. Er kam aber trotzdem zurück. Die Polizei drückte beide Augen zu. Doch eines Tages enthüllte eine Zeitung die Anwesenheit des

Unerwünschten in Paris. Die Polizei sah sich gezwungen, den Mann aus der Stadt zu verweisen."

„Das Beispiel war mir bekannt."

„Ich weiß, deswegen hab ich's ja gewählt."

„Haben Sie eine Zeitung im Hintergrund?"

„Wie gesagt, ich bin Direktor von I.D.U.S.", antwortete Chabrot mit einer leichten Verbeugung.

„Erscheint diese... dieses Zeug etwa immer noch?" fragte ich, ohne die Mischung aus Erstaunen und Abscheu, die ich empfand, zu verbergen.

Chabrot nahm seine Zigarre aus dem Mund. So konnte ich besser erkennen, wie mitleidig das Lächeln auf seinen Lippen war.

„Aber, aber, Monsieur Burma!" rief er seufzend. „Oh, ich weiß! Seit 1940 weht in diesem Land der scharfe Wind der Tugendhaftigkeit. Keine Tanzveranstaltungen, kein Pernod... Schon redet man von einer Revolution! Ich möchte doch nicht hoffen, daß Sie auf dieses dumme Geschwätz was geben..."

„So behämmert bin ich nun auch wieder nicht."

„Sehen Sie! Auch wenn wir gewisse Schwierigkeiten haben, so sind unsere Möglichkeiten doch unerschöpflich. Diese Epoche – die ‚Epoche der Tugendhaftigkeit' möchte ich sie mal nennen – steht ganz im Zeichen des anonymen Briefes. Man denunziert seinen Nachbarn bei unserer Polizei... oder bei einer anderen. Denn – Sie, Monsieur Burma, sind vielleicht zu sehr mit untreuen Ehefrauen beschäftigt und wissen es vielleicht nicht – in unserem Land bewegt sich eine Besatzungsmacht, als wär sie hier zu Hause. Sie hat ihre eigene Polizei, und die reagiert sehr empfindlich auf bestimmte Dinge. Sie könnte zum Beispiel befürchten, daß Leute wie Sie, die sich in den eben von mir zur Ausschmückung des Gesprächs erwähnten Kreisen bewegt haben, weiterhin von eben diesen Kreisen angelockt werden. Da diese Polizei die Gewohnheit hat, keine Vorsichtsmaßregel außer acht zu lassen, würde sie sich ganz bestimmt um Ihre Person kümmern... falls ihr zu Ohren käme, daß Sie wegen ihrer früheren Verbindungen eine Gefahr darstellen. Ich zweifle nicht daran, daß die Herren Sie nach ein paar Monaten wegen guter

Führung wieder freilassen würden. Trotzdem, für den Augenblick wär's doch sehr ärgerlich…"

„Um so mehr, da ich Jude bin", warf ich ein.

„Sie sind ein kleiner Witzbold", sagte Chabrot lachend.

„Aber ich werde die Anregung gerne aufgreifen."

„Nicht nötig. Wieviel?"

Emmanuel Chabrot zerdrückte den Zigarrenstummel im Aschenbecher. Seine Augen leuchteten auf.

„Jetzt werden Sie überrascht sein, Monsieur Burma", sagte er langsam. „Wieviel? Nichts!"

„Sollten Sie ein Menschfreund sein?"

„Das haben Sie aber nett gesagt!… Wie ich sehe, scheinen Sie sich einen Schnupfen geholt zu haben. Sie würden mir die größte Freude bereiten, wenn Sie ihn woanders als in dieser Stadt mit dem ungesunden Klima auskurieren würden."

„Könnten Sie mir das vielleicht erläutern?"

Er hatte sich schon eine ganze Weile nicht mehr vorgebeugt. Jetzt tat er's wieder. Diese vertrauliche Geste mußte einem unbewußten Bedürfnis entsprechen, seinen Kopf unter das Fallbeil zu legen. Eine Guillotine hätte ihm wie angegossen gepaßt!

„Ich will nicht um den heißen Brei herumreden, Monsieur Burma", sagte er. „Mit Ihnen kann man offen reden und die Dinge beim Namen nennen. Was ich von Ihnen für mein Schweigen erwarte, ist folgendes: Jemand, mit dem ich… geschäftliche Beziehungen unterhalte, will Sie bitten, seine Interessen zu vertreten. Dieser Schritt gefällt mir ganz und gar nicht. Ich erwarte von Ihnen, daß Sie ihm Ihre Dienste verweigern. Und da berufliche Neugier immer schnell geweckt werden kann, wäre es das Beste für alle Beteiligten, wenn dieser Jemand Sie gar nicht antreffen würde. Deswegen mein Vorschlag: Wir begeben uns in freundlichere Gefilde! Was halten Sie von der Côte d'Azur? Dort könnten Sie die Grippe, die Sie zu bedrohen scheint, vorzüglich bekämpfen."

„Wenn das das einzige wär, was mich bedroht", seufzte ich.

„Bezahlen Sie die Reise?"

Monsieur Chabrot lachte.

„Das wäre vielleicht zuviel verlangt, aber… wenn ich's mir

recht überlege, könnte ich mich an den Kosten beteiligen... in gewissem Rahmen natürlich!"

„Ich liebe den Pariser Frühling", bemerkte ich verträumt, „seine schönen Frauen..."

„Im Knast gibt es überhaupt keine Frauen", sagte er trocken.

Schweigend reinigte ich meine Pfeife.

„Was halten Sie von meinem Vorschlag?" fragte er.

„Er wäre zu überlegen."

„Mir wäre es lieb, wenn Sie nicht zu lange überlegen würden."

„Haben Sie's eilig?"

„Sehr."

„Eiliger als ich können Sie's gar nicht haben. Man nennt mich ‚Dynamit-Burma'. Die C.P.D.E., Monsieur I.D.U.S., hat keinen schlechteren Kunden. Ich versorge mich selbst mit Strom, so energiegeladen bin ich! Gleich als Sie hier reinspaziert sind, hätte ich Sie am liebsten rausgeschmissen. Wollte nur sehen, was Sie auszupacken hatten. Ich nehme an, Sie haben alles ausgepackt. Jetzt werd ich Sie mal etwas härter anpacken."

Ich stand auf, ging um den Schreibtisch herum auf Chabrot zu, der ebenfalls aufgestanden war. Wir waren gleich groß. Ich trat so nah an ihn ran, daß mein Atem beim Sprechen sein Monokel beschlug.

„Sie haben mich jetzt eine Viertelstunde lang als Blödmann gesehen, der vor 'ner lächerlichen Vogelscheuche in Tränen ausbricht. Wird Zeit, daß Sie 'n anderes Bild von Nestor Burma kriegen! Schnupfen, haben Sie gesagt? Da brauch ich nur 'ne Zitronenpresse, und die hab ich selbst! Ihre Presse können Sie wieder einpacken, aber flott! Und versuchen Sie bloß kein zweites Mal, mich an meiner freien Berufsausübung zu hindern. Sonst lernen Sie mich noch besser kennen, das versprech ich Ihnen! Und jetzt verschwinden Sie!"

Emmanuel Chabrot wich zurück, den Hut in der einen, die Handschuhe in der anderen Hand.

„Ich bedaure zutiefst", sagte er mit geschraubter Arroganz, „daß wir nicht in den Bahnen des guten Tons weiter miteinander reden können, und..."

„Raus!" schrie ich ihn an. „Wenn Ihr anonymer Brief morgen

ankommen soll, dann müssen Sie sich beeilen. Übrigens, der Gestapo brauchen Sie keine Kopie zu schicken. Die kennen mich. Ich sorge seit zehn Jahren unter dem Pseudonym A.H. in Deutschland für schlechtes Wetter."

„Ich sehe", gab Chabrot beherrscht zurück, „Sie lassen keine Gelegenheit aus, Ihre Scherze anzubringen, auch wenn sie Ihnen teuer zu stehen kommen... Also, ich lasse Ihnen vierundzwanzig Stunden Bedenkzeit. Erst morgen abend werde ich die nötigen Schritte unternehmen, nachdem ich hier angerufen habe. Und nur, wenn jemand antwortet, daß..."

„Die Agentur *Fiat Lux*", fiel ich ihm ins gestelzte Wort, „wird Ihnen mit einem historischen Ausspruch antworten. Egal, wann Sie anrufen."

Der Erpresser zuckte die Achseln und ging hinaus.

7
Leeres Geschwätz

Hélène pfiff durch die Zähne und blickte auf die Tür, die der Erpresser soeben hinter sich zugeknallt hatte. Dann sah sie mich neugierig an.

„Möchte wissen, wohin dieser verflixte Marc Covet Sie heute morgen zum Tabakholen geschickt hat“, sagte sie verschmitzt. „Doch wohl nicht in ein Pulverfaß? Der Herr sah hochexplosiv aus!“

„Nicht wahr? Der Kerl wollte mich doch tatsächlich erpressen! Ist das nicht zum Totlachen?“

„O ja, sehr. Man muß schon verdammt humorlos sein, um sich an diesem Morgen nicht zumindest krankzulachen. Zwei Durchsuchungen, ein Beobachtungsposten und jetzt dieser saubere Monsieur Chabrot mit seinen unsauberen Absichten...“

„Sie machen sich ganz unnötige Gedanken, Hélène“, sagte ich lächelnd.

„Wenn ich wenigstens wüßte, worum's geht“, gab sie vorwurfsvoll zurück.

„Sie neugierige Person! Dabei wollte ich Ihnen gerade alles erzählen, als der Herr Direktor von I.D.U.S. hereinplatzte. Werd's sofort nachholen, Ehrenwort! Aber zeigen Sie mir doch erst noch schnell die Aufträge, die *Fiat Lux* seit gestern bekommen hat. Vielleicht ist ja schon der Fall darunter, den ich Chabrot zuliebe nicht annehmen soll. Es sei denn, er brauchte einen Vorwand, um mich aus Paris rauszuekeln.“

Hélène reichte mir die Akten mit den jüngsten Aufträgen. Ziemlich banal, das Ganze. Nichts Sensationelles. Alltägliche Fälle ohne jede Besonderheit. Meine Sekretärin stellte die Aktenordner zurück ins Regal und gab mir zu verstehen, daß sie ganz Ohr war.

Ich erzählte ihr haarklein, was ich erlebt hatte. Sie hörte mir aufmerksam zu. Unterbrach mich nicht, zeigte keinerlei Überraschung. Wir arbeiteten schon seit langem zusammen. Nur einmal hatte ich sie wirklich überrascht gesehen: Als wir zehn Tage Urlaub in Barbizon gemacht hatten und niemand in meinen Armen gestorben war. Hélène war ernsthaft besorgt gewesen, daß mich der Liebe Gott verlassen haben könnte.

Als mein Bericht zu Ende war, drückte sie mehrmals ihren Zeigefinger auf die polierte Schreibtischplatte, so als wär's ein Stempelkissen des Erkennungsdienstes. Schließlich fragte sie nachdenklich:

„Glauben Sie an die Rachethese?"

„Ja und nein."

„Wie meinen Sie das?"

„Ich meine, daß es sich um einen Racheakt handelt, aber nicht um den, an den die Polizei glaubt. Sehen Sie, Thévenon war ein Einzelgänger, hat nie mit anderen zusammengearbeitet, auch kein blutiges Ding gedreht. Nur dieses eine unglückselige Mal. Man könnte sich nun fragen, was ihn dazu veranlaßt hat, aber das heben wir uns für später auf. Jedenfalls ist er nicht der Typ, der Erben hinterläßt, die ihn rächen und Barton für den Verrat bezahlen lassen. Seine Mannschaft bestand aus Vallier, Dargy, Gonin und Barton. Der erste wurde hingerichtet, der zweite ist im Bagno. Bleibt noch Gonin, dessen Name nur durch Bartons Enthüllungen bekannt ist. Er ist jedoch seit seiner Flucht nicht wieder aufgetaucht. Der ist doch nicht bekloppt und lenkt die Aufmerksamkeit auf sich, nur um Bartons Plauderei zu rächen! Zumal ihn das nicht daran gehindert hat, sich aufs Altenteil zurückzuziehen."

„Dann wäre Thévenon der einzige, der einen ausreichenden Grund gehabt hätte, Barton ans Leder zu wollen."

„Ja, und der ist tot. Gespenster sind im allgemeinen dafür bekannt, Bettlaken und Ketten mit sich rumzuschleppen. Von Revolvern hab ich in dem Zusammenhang noch nie was gehört. Geister geben Klopfzeichen, veranstalten aber keine Schießübungen."

„Nein, davon ist nichts bekannt", stimmte mir Hélène zu.

„Wenn Thévenon also nicht als Rächer in Frage kommt", fuhr ich in meinen Überlegungen fort, „dann könnte man an jemand denken, der ihm nahestand. Jemand, der ihn geliebt hat, der nie über seinen Tod hinweggekommen ist. Das wäre ein hervorragendes Tatmotiv."

„Die geheimnisvolle Frau aus dem Taxi?"

„Genau die! Sie muß den Gangster wahnsinnig geliebt haben. Schließlich wußte sie, wer Thévenon war, und hat sich trotzdem auf diese... äh... Spritztour eingelassen. Hélène, mein Schatz! Sie sind doch eine Frau und können sich besser in diese Rolle hineinversetzen. Was halten Sie davon?"

Meine Sekretärin sah mich mit ihren grauen Augen an. Die Taxigeschichte hatte sie offensichtlich sehr beeindruckt.

„Ja", sagte sie, „um so etwas mitzumachen, müßte ich einen Mann schon furchtbar lieben... oder sehr viel Mitleid mit ihm haben!"

Ich schnippte mit den Fingern.

„Das ist es: Mitleid, nichts als Mitleid! Damit wiederlegen Sie das letzte Argument für die Rachethese. Als die Frau verschleiert zum letzten Rendevous kam und ins Taxi stieg, liebte sie Thévenon nicht mehr. Sie hatte nur noch Mitleid mit ihm. Und drei Jahre später denkt sie nicht im Traum daran, ihren ehemaligen Geliebten zu rächen. Es geht also um was anderes. Sie wissen nicht zufällig, um was?"

Hélène zögerte eine Weile, bevor sie tippte:

„Das Gold?"

„Ja, das Gold."

„Hat denn Thévenon tatsächlich die Barren mitgenommen? Dafür gibt's keine Beweise. Die Theorie mit dem nächtlichen Spaziergänger ist zumindest ebenso plausibel."

„Der diebische Spaziergänger gehört zusammen mit dem angeblichen Racheakt ins Reich der Phantasie. Thévenon hat sich die Barren geschnappt und sie versteckt, um wenigstens die Spesen rauszukriegen. Davon bin ich überzeugt. Und darum mußte Barton sterben, darum hat ein junges Mädchen Angst, darum kommen einige Leute so richtig in die Gänge, zum Beispiel der ‚Fliehende', der Boxer und I.D.U.S. Fragen Sie mich bitte nicht, welchen Platz jeder einzelne bei dem Drama einnimmt. Das weiß ich nicht so genau. Es gibt noch viele Geheimnisse, aber..."

„Sind Sie nicht der Mann, der das Geheimnis k.o. schlägt?"

„In diesem Fall war ich es, der k.o. geschlagen wurde. Aber ich krieg meine Revanche, das schwör ich Ihnen! Seit gestern bin ich für alle ein Spielball: Ein Mädchen hängt mich in der Metro ab und gibt mir später ein Schlafmittel, zwischendurch werd ich von Zuhältern auf die Bretter geschickt, dann stecken mich die Gendarme für eine Nacht in den Bau, die Leute von der *Tour Pointue* und ein Erpresser wollen mich außer Gefecht setzen... Ich glaube, so langsam muß ich mal reagieren. Das eben mit Monsieur Chabrot war schon der richtige Einstieg. Wird Zeit, daß ich das Kommando übernehme... Erste Frage: Woher hatte Barton meine Visitenkarte? Was wollte er damit? Wer konnte noch eine aus den Jahren vor 39 besessen haben? Seitdem haben wir ja keine mehr drucken lassen."

„Wir hatten Cook und einigen anderen Reiseagenturen welche gegeben."

„Da wird er sie sich nicht geholt haben."

Wir schwiegen. Nur das Knistern des Tabaks in meiner Pfeife war zu hören.

„Möchte wissen, warum Barton seinen Boß verpfiffen hat..." murmelte ich.

„Genügt Ihnen Faroux' Erklärung nicht?"

„Nein, ich halte sie für falsch."

„Na ja, so blöd war Bartons Überlegung offenbar nicht. Schließlich ist er mit einer vergleichsweise lächerlichen Strafe davongekommen."

„Es muß aber noch einen anderen Grund geben", beharrte ich.

„Barton hatte mit Thévenon Kontakt, als der sich versteckt hielt", spekulierte Hélène. „Deshalb konnte er die Falle stellen, die dann allerdings nicht zuschnappte."

„Sie meinen also, Barton ist aufs Ganze gegangen? Hat sich eine milde Strafe ausgerechnet und wollte danach zu den Barren marschieren, deren Versteck ihm bekannt war?"

„Ja, genau das meine ich."

„Sie vergessen, daß Thévenon nicht sehr mitteilsam war. Barton wußte nicht, wo er sich versteckte. Sonst hätte er nicht versucht, ihn auf offener Straße zu stellen. Aber nehmen wir mal an, Barton wußte Bescheid. Als Thévenon von dem Verrat seines Komplizen erfuhr, wollte er ihn bestimmt nicht die Früchte des Verrats kassieren lassen. Ich glaube, er hätte lieber das Versteck an die Flics verraten, nur damit Barton leer ausging."

„Tja, das stimmt", mußte Hélène zugeben. „Es sei denn..."

„Ja?"

„... die Frau aus dem Taxi hätte sich ebenfalls da aufgehalten, wo die Barren versteckt waren. Thévenon wollte um jeden Preis verhindern, daß seine Herzensdame entschleiert würde. Wenn er den Flics das Versteck genannt hätte, hätte er gleichzeitig die Frau verraten... Ich nehme eher an, er hat Barton eingeweiht, damit er sich die Barren holte."

„Schon möglich. Aber ich wiederum nehme an, daß Thévenon die vier Barren sozusagen nur spaßeshalber mitgenommen hat, ganz spontan. Niemand wußte etwas davon, egal, was sich die Flics zusammengereimt haben. Ich frage mich sogar, ob er das Gold nicht in einen tiefen Fluß geworfen hat, wo es immer noch rumliegt."

„Wenn Sie tatsächlich glauben, was Sie sagen, wird Ihnen der Fall nicht viel einbringen... außer Ärger!"

„Das fürchte ich auch. Aber so richtig gleichgültig kann er mir auch nicht sein, der Fall. Ich steck bis zum Hals mit drin, wegen dieser verdammten Visitenkarte und... äh..."

„Weswegen noch?"

„Ach nichts."

„Ich hab's!" rief Hélène und schlug sich mit der flachen Hand gegen die Stirn. „Nein, nicht das, weswegen Ihnen der Fall nicht gleichgültig sein kann. Aber ich glaube, wir können rauskriegen, wie Barton zu der Visitenkarte gekommen ist. Als wir nämlich die Agentur wieder eröffnet haben, lagen ein paar davon in der Schublade. Ich hab sie an jemand geschickt, dessen Kundschaft eines Tages unsere Klienten werden könnten: an Lecomte, Ihren Freund, den Barkeeper aus der Rue Daunou. Hatte ich ganz vergessen."

Ich sprang auf.

„Fred ist nicht blöd. Er kann uns bestimmt was erzählen! Werd ihn mal sofort besuchen... Durst hab ich sowieso..."

„Ich auch", sagte Hélène und stand ebenfalls auf.

8
Erste Erleuchtungen

Fred Lecomte ist der einzige Barkeeper mit Brille, den ich kenne. Er macht auf „harmlosen Intellektuellen". Seine Cocktails dagegen sind alles andere als harmlos. Als wir ins *Ile de la Tortue* traten, hob er den Kopf. Er kritzelte grade irgendwas auf die Rückseite einer meiner Visitenkarten. Wir setzten uns auf die hohen Barhocker.

„Hör mal", sagte ich, nachdem wir uns begrüßt hatten, „hast du vor kurzem jemandem eine Karte von mir gegeben?"

Seine Augen funkelten spitzbübisch hinter den Brillengläsern.

„Du bist schon der zweite heute, der mir diese Frage stellt."

„Und wer war der erste?"

„Ein Typ mit 'nem Schlapphut."

„Und 'nem großen Maul?"

„Bildlich gesprochen, ja."

„Was genau hat er dich gefragt?"

„Werd's dir erzählen. Ich hab grade auf einer deiner Karten was ausgerechnet... Du mußt entschuldigen, aber Papier ist knapp... Ich stand also da, genau wie jetzt, Bleistift in der Hand. Zum Glück, wie du gleich sehen wirst... Der Typ kommt rein, und ich sag mir: Jetzt bin ich reif! Das ist keiner von denen, die sich hier normalerweise rumtreiben. Und für einen alkoholfreien Tag stank es verdammt stark nach Schnaps... Ich sag sofort zu ihm: ‚Nicht nötig, daß Sie mir Ihren Ausweis zeigen. Ich weiß, woher Sie kommen.' Da grinst der Kerl plötzlich wie'n Honigkuchenpferd. Ich dachte, der hört gar nicht mehr auf. Nimmt deine Karte, guckt sie sich an und sagt: ‚Haben Sie mehrere davon?' – ‚So um die fünfzig', sag ich und zeig ihm den Stapel."

Fred drehte sich um, schob die schwarze Fahne mit dem

Totenkopf, die vom Regal herunterhing, zur Seite, öffnete mit der anderen Hand ein kleines Kistchen und zeigte uns ebenfalls die Visitenkarten.

„‚Wozu brauchen Sie die', fragt mich der Typ. ‚Um aufzuschreiben, was die Gäste mir schulden', antworte ich. ‚Sie geben Kredit?' fragte er, so als würd's ihn tatsächlich interessieren. ‚Leuten, die ich kenne, ja', sag ich mit einem bestimmten Unterton, damit er sofort kapiert: Wenn er was trinken will, muß er blechen! Und dann fragt er mich, ob ich einen Mann namens Briancourt kenne, ob ich ihm neulich so 'ne Karte gegeben hab und warum etc. Ich antworte immer mit ‚Ja', er habe die Punkte von der *Belote* aufschreiben wollen. Also wirklich, der Kerl hat mir 'n Loch in den Bauch gefragt! Ob Briancourt häufiger gekommen sei? Ja, ziemlich oft. Seit wann? Seit drei Tagen, vorher hätte ich ihn noch nie gesehen. Allein oder in Begleitung? Alleine. Seine Partner bei dem Kartenspiel? Habe er hier kennengelernt, alte Stammkunden. Ob er nie angerufen worden sei? Nein, soweit ich wisse. Er habe die Telefonnummer meines Bistros im Notizbuch notiert, ob ich dafür eine Erklärung habe? Die Frage kam mir verdammt gelegen. Ich dachte, versuch's mal mit Offenheit. ‚Sehen Sie, Inspektor', sag ich, ‚Sie wissen doch selbst am besten, wie der Hase läuft. Briancourt hat mich hin und wieder angerufen, um sich zu erkundigen, ob ich englische Zigaretten hätte. Deswegen kannte ich auch seinen Namen.' Hat dem Flic prima gefallen, daß ich so offen mit ihm geredet hab, so von Mann zu Mann. Sah man ihm direkt an! Übrigens hab ich ihm tatsächlich die Wahrheit gesagt... Dann hat er mir noch 'n paar uninteressante Fragen gestellt und sich kurz darauf verabschiedet. Hat 'ne Karte von dir mitgenommen und gesagt, ich würde bestimmt als Zeuge verhört werden. Glücklich wie der Papst ist er abgezogen. Endlich ein Barkeeper, mit dem man reden konnte... ganz offen!"

Fred grinste breit, goß sich einen Martini ein und zündete sich eine Zigarette an, wahrscheinlich 'ne englische... Er wartete auf ein Lob von mir, und ich tat ihm den Gefallen. Verschwörerisch beugte er sich über die Theke und flüsterte mir zu:

„Hatte in der Zeitung von dem Mord gelesen. Als der Flic von

Briancourt geredet hat, wußte ich sofort, daß er meinen früheren Gast meinte. War doch richtig, dich da rauszuhalten, oder?"

„Goldrichtig, Fred! Aber jetzt mal im Ernst: Warum hast du Briancourt meine Visitenkarte gegeben?"

„Weil er irgend etwas oder irgend jemand in Paris suchte und nicht finden konnte. Vorgestern kam er hier rein mit 'm Gesicht wie auf 'ner Beerdigung. Völlig am Boden. ‚Läuft's nicht?' hab ich ihn gefragt. Ob ich keinen Privatflic kennen würde, wollte er wissen, aber 'n seriösen! ‚Verstehen Sie, was ich mit seriös meine?' hat er augenzwinkernd hinterhergeschickt. ‚Seriös und diskret...' Da hab ich ihm deine Karte gegeben. ‚Was Seriösität und Diskretion angeht, da werden Sie in ganz Paris keinen zweiten wie Nestor Burma finden', hab ich ihm gesagt. ‚Ganz zu schweigen von seinen beruflichen Fähigkeiten...' er hat die Karte eingesteckt, hat ausgetrunken und ist gegangen. Wenn er jetzt gleich zu Burma geht, hab ich gedacht, wird er wohl Pech haben. Es war kurz nach Mittag. Um eins bin ich dann auch gegangen. Als ich um sechs wiederkam, war Briancourt schon da, quietschvergnügt. Hatte schon einen gezwitschert. Ich sollte unbedingt mit ihm anstoßen. ‚Danke für den Tip', hat er gesagt. ‚Ihr Freund ist 'n richtiger Zauberer, der Heilige Antonius von Padua in Person!' Briancourt hat hier gegessen und ist erst spät abgehauen. Hatte ordentlich Schlagseite!"

* * *

Zum Essen gingen Hélène und ich woandershin. Die Preise im *Ile de la Tortue* vertrugen sich nämlich nicht mit meiner Brieftasche. Beim Nachtisch versuchten wir, aus den Informationen ein Puzzle zusammenzubasteln. Hélène glaubte weiterhin, daß Barton und die unbekannte Schöne aus dem Taxi wußten, wo die Barren lagen.

„Thévenon ging davon aus, daß die Frau als erste an das Versteck kommen würde, vor Barton, der ja in Haft saß und trotz allem nicht so bald rauskommen würde. Und so war's dann auch: Die ehemalige Geliebte holte sich die Barren, Barton kommt später nach Paris zurück und macht sich auf die Suche nach der Frau. Dazu braucht er einen seriösen, diskreten Privatdetektiv. Bevor er sich mit Ihnen in Verbindung setzen kann, findet er die Gesuchte. Wahrscheinlich wechseln die beiden süßsaure Worte, was mit Bartons Tod endet…"

„Auf der Straße?" warf ich ungläubig ein.

„Sie können sich doch für den nächsten Tag in Bartons Wohnung verabredet haben, oder?" gab Hélène ärgerlich zurück. „Als Bartons Freunde dann von dem Mord erfahren, laufen sie zu der Mörderin, um mit ihr ein paar passende Worte zu wechseln. Und genau in dem Augenblick tauchen Sie auf, Chef!"

„Wenn ich recht verstehe, wäre Lydia Verbois die Mörderin?"

„Ja."

„Und gleichzeitig die verschleierte Frau aus dem Taxi?"

„Ja."

„Nach den Vorsichtsmaßnahmen bei und nach der Taxifahrt zu urteilen, muß die Unbekannte eine gewisse gesellschaftliche Stellung innehaben und verheiratet sein. Außerdem dürfte sie kein Kind mehr gewesen sein. Sonst hätte sie sich an der Episode durch Angst verraten oder sich mit dem Abenteuer gebrüstet. Lydia Verbois ist ja jetzt noch ein halbes Kind. Vor drei Jahren war sie ein ganzes… Um aber auf gestern morgen zurückzukommen: Barton hat sich von einem speziellen Medizinmann seinen Brummschädel kurieren lassen. In seiner Todesstunde befand sich Lydia Verbois nämlich mit mir zusammen im Luftschutzkeller."

„Woher kennen Sie so präzise Bartons Todesstunde?"

„Niemand in dem Gebäude hat die Schüsse gehört. Sie können nur gleichzeitig mit den Bomben gefallen sein."

„Und das Sirenengeheul vorher?"

„Das Sirenengeheul hätte nicht ausgereicht, die Schüsse zu übertönen. Als es so richtig losging, stand das Mädchen schon auf der Straße."

„Auf jeden Fall hatte sie Angst vor der Polizei", beharrte Hélène.

„Da muß ich Ihnen allerdings zustimmen. Dafür gibt es mindestens drei Beweise. Erstens die Szene mit dem Flic, dem sie nur gehorchte, um nicht aufs Revier geschleppt zu werden. Dann die

Szene in der Metro. Offensichtlich paßte es ihr nicht, daß ihr jemand folgte. Und schließlich die Szene in Bois-le-Roi. Nachdem die Gangster – sicherlich keine Einbrecher! – weggefahren waren und ich mich nicht sofort verabschieden wollte, hätte sie die Flics anrufen können. Stattdessen wählte sie eine weniger legale Lösung."

„Sehen Sie!"

„Ja, ich sehe. Und falls die Frau Staatsanwalt noch weitere Argumente hören will, bitte, Euer Ehren: Lydia Verbois war dermaßen lärmempfindlich, daß sie nicht mal auf ihre Peiniger geschossen hat. Sie wollte auf keinen Fall die Nachbarn aufscheuchen. Hat auch nicht geschrien, als der Fliehende mit seinem Boxer in ihre Wohnung eingedrungen ist. Ihre Erklärung dafür paßte hinten und vorne nicht. Das Haus steht nicht einsam, und der Bewohner gegenüber war auch nicht ausgeflogen, obwohl sie das Gegenteil behauptet. Aber das alles beweist noch gar nichts. Ich bin gestern ebenfalls vor der Polizei weggelaufen und hab trotzdem niemanden umgebracht. Außerdem fürchten sich 'ne Menge Leute vor den Flics, aus den verschiedensten Gründen. In unserem Land gibt's nicht nur unsere gute alte Sûreté. Nein, die Deutschen haben uns ihre Gestapo auf den Hals geschickt. Monsieur I.D.U.S. wird Ihnen gerne mehr darüber erzählen. Was halten Sie übrigens von dem Erpresserlein?"

Hélène zuckte die Achseln.

„Monsieur I.D.U.S.", sagte ich, „ist ganz versessen darauf, mich aus Paris zu vertreiben. Seine Geschichte mit dem möglichen Klienten ist reiner Bluff."

Für Emmanuel Chabrot schien sich meine Sekretärin nur am Rande zu interessieren. Vielleicht, weil er in ihrer Theorie keinen Platz hatte. Dagegen fiel sie mit einer Heftigkeit, die mir gar nicht gefiel, über Lydia Verbois her.

„Gleich morgen früh", unterbrach ich sie, „werden Sie alle Modehäuser abklappern. Sie müssen herausfinden, wo das Mädchen arbeitet. Ich hoffe, ich habe sie Ihnen hinreichend beschrieben. Leider kann ich Ihnen kein Foto von ihr geben. In den Schubladen, die ich durchwühlt habe, lag keins."

„Oh", rief Hélène lächelnd, „Sie haben ihre Schubladen

durchwühlt. Doch sicher, um nachzusehen, ob alles schön aufgeräumt war, oder?“

„Ich habe einen Revolver gesucht, wenn Sie's genau wissen wollen.“

„Ach, dann meinen also auch Sie, daß...“

„Reine Routinesache... Das Mädchen ist ganz anders, als Sie denken. Wenn Sie sie gesehen hätten...“

„Ja, ja“, seufzte meine Sekretärin, „Verstehe! Die Kleine ist also *das andere*, weswegen Ihnen der Fall nicht gleichgültig ist. Die scheint ja mächtig Eindruck auf Sie gemacht zu haben!“

„Das will ich nicht abstreiten.“

„Wollen Sie sich etwa deshalb nicht davon überzeugen lassen, daß sie die Täterin ist?“

„Im Gegenteil: Genau deshalb bedaure ich, daß sie *nicht* die Täterin ist.“

„Was?“

„Da sind Sie platt, hm? Was soll ich machen? Mein Charme ist nicht unwiderstehlich... Wenn Lydia Verbois die Mörderin wäre, hätte ich einen Trumpf in der Hand!“

„Also wirklich!“ rief Hélène entrüstet.

* * *

Ich verabschiedete mich von meiner Sekretärin. Von einem Bistro aus rief ich die Auskunft an und erkundigte mich nach der Telefonnummer von Lydia Verbois in Bois-le-Roi, 32, allée du Platane. Es war die 3–95. Hörte sich an wie'n Sonderangebot im Supermarkt. Ich wählte die Nummer. Niemand meldete sich. Das überraschte mich nicht.

Ich verließ das Bistro. Die Straßen waren menschenleer, dunkel und kalt. Vor Kinos und Hotels standen französische Flics und deutsche Soldaten. Es nieselte. Ich schlug den Mantelkragen hoch, zog den Zug tief in die Stirn, steckte mir eine Pfeife in den Mund und vergrub beide Hände in den Manteltaschen. Beim Gehen kommen mir die besten Ideen.

Nicht nur Lydia Verbois war lärmempfindlich. Auch die beiden „Einbrecher“ waren darauf bedacht gewesen, jegliches Aufsehen zu vermeiden. Obwohl sich die Situation für sie günstig entwickelt hatte, waren sie kein Risiko eingegangen und hatten das Weite gesucht. Kein Schuß war aus ihrer Waffe gefallen.

Meine Phantasie erwärmte sich an einer Theorie, die zwar nicht alle Geheimnisse, aber doch einen Zipfel des Schleiers lüftete...

Außer dem Schleierzipfel wurde auch mein Hut gelüftet. Ein Windstoß hätte ihn mir beinahe vom Kopf gerissen. Ich befand mich auf dem Pont au Change. Vor mir ragte ein abweisender, schwarzer Block auf: die *Conciergerie*.

Mir kam eine Idee.

Am Nachmittag war der Wachposten von meiner Agentur abgezogen worden. Durch die offene, ehrliche Aussage meines Freundes Fred war ich aus dem Schneider. Von den Flics hatte ich im Moment also nichts zu befürchten. Vorausgesetzt, I.D.U.S. machte seine Drohung nicht wahr... Da ich offiziell von dem Gespräch zwischen Faroux und Fred nichts wußte, konnte ich eigentlich als empörter Bürger nachfragen, warum man meine Wohnung und mein Büro durchsucht hatte. Dabei würde ich vielleicht ein paar Informationen abstauben.

Es war gleich elf, aber ich wußte, welchen Ruf Kommissar Martinot genoß. Ehrgeiz war kein Fremdwort für ihn, und es hieß, er schliefe in der *Tour Pointue*. Ich hatte gute Chancen, ihn in seinem Büro anzutreffen.

9
Der Zwerg

Kommissar Hervé Martinot kaute auf einem Streichholz. Seine Augen blickten ins Leere. Nur zu gerne gab er die philosophische Haltung eines weisen Hindu auf, um mir gehörig den Marsch zu blasen. Ich ließ es mit stoischem Gleichmut über mich ergehen.

Er verriet mir, warum er bei mir Hausdurchsuchungen durchgeführt hatte und warum er den Wachposten abgezogen hatte und warum er mich unerträglich fand. Von Elementen wie mir liefen, wenn ich seine Meinung hören wolle (aber bitte doch!), viel zu viele frei rum! Wie gestrichen voll er die Schnauze habe von Privatdetektiven, diesen schrägen Vögeln am Rande des Gesetzes! Auf die Polizei würden sie pfeifen und mit geheimnisvollen Mienen den Klienten das Geld aus der Tasche ziehen, und eine richtige Regierung müsse diesen Bauernfängern das Handwerk legen, ausradieren müsse man die (seine weitausholende Geste schleuderte den Federkasten gegen das Telefon), aber ihm, Kommissar Martinot (Hervé für die Damen), imponiere dieses Pack überhaupt nicht... Und dann holte er erst mal Luft, bevor's weiterging: Ich hätte die Unverschämtheit, mitten in der Nacht bei ihm reinzuplatzen und Erklärungen zu verlangen, dann habe er auch das Recht zu sagen, was er von mir halte. Elemente wie Nestor Burma müsse man, wenn ich seine Meinung hören wolle... etc.

Von diesem Wüterich auch nur die kleinste Information über den Fall Barton zu erwarten, war genauso illusorisch, wie an ein schnelles Kriegsende zu glauben. Mir fehlte der Glaube an beides. Also ließ ich mich von ihm rauswerfen, bevor er mich womöglich noch einsperrte.

Nicht sehr stolz auf mich, gelangte ich zur Treppe. Im selben

Augenblick kamen Florimond Faroux und einer seiner Kollegen hoch, zwischen sich einen kleinen Jungen. Sie gaben ein so komisches Bild ab, daß sich meine Laune auf einen Schlag besserte.

„Was sehe ich denn da?“ rief ich lachend. „Sind Sie zur Amme avanciert oder Chef der Aktion ‚Schuleschwänzer in die Schule‘ geworden? Schämen Sie sich nicht, das arme Kind so zu erschrecken, Sie Kinderschreck? Der Kleine müßte schon längst in der Heia liegen!“

„Dieses Kind könnte Ihr großer Bruder sein“, gab der Inspektor zurück. „Er wird bald vierzig.“

„Großer Gott! Ist das Little-Tich?“

„So was Ähnliches, ja. Das ist Mac, vom Zirkus Médrano. Als die Vorstellung zu Ende war, haben wir ihn uns geschnappt.“

Ich betrachtete den kleinen Mann genauer. Herausfordernd hob er den Kopf. Im gelblichen Licht der Treppenhausbeleuchtung wirkte sein ungefälliges, schlecht geschminktes Gesicht lächerlich. Zwei riesengroße, bösartige Augen funkelten mich zornig an. Ein starker Parfümgeruch stieg mir in die Nase.

„Und was treiben Sie sich um diese Zeit hier rum?“ fragte mich Faroux.

Ich tippte meinem Freund mit dem Zeigefinger auf den zweiten Knopf seines Raglanmantels, als wär's 'ne Klingel.

„Neugierig wie immer! Sagen Sie's nicht weiter: Ich bin als beleidigter Steuerzahler gekommen, um Kommissar Martinot umzubringen. Leider ist seine Haut zu hart für mein stumpfes Messer. Ich muß es mir vorher schärfen lassen.“

Faroux' Kollege riß ungläubig die Augen auf.

„Hören Sie nicht auf ihn“, sagte Faroux zu ihm. „Das ist ein Verrückter.“

Nach dieser Bestätigung meiner Unzurechnungsfähigkeit – die mir vielleicht nützlich sein würde, wenn ich eines Tages vor Gericht erscheinen müßte! – verschwand das Trio in dem düsteren Korridor.

Ich ging die Treppe hinunter. Nach zehn Stufen blieb ich wie angewurzelt stehen und rannte dann wieder nach oben.

Wie lautete noch das Urteil der Gerichtsmediziner? Die Schüsse auf Briancourt-Barton waren aus einer Entfernung von vierzig Zentimetern von schräg unten abgefeuert worden. Demnach mußte der Mörder sehr viel kleiner gewesen sein als das Opfer.

* * *

Ich fragte den Beamten in dem Glaskasten, ob Inspektor Faroux lange brauchen würde. Ein Achselzucken war die Antwort. Nicht grade geschwätzig, der Mann. War mir auch lieber. Ich sagte, ich wolle warten, und setzte mich auf eine Bank, deren Skaibezug von Generationen von schuldigen oder unschuldig bezeugenden Hintern eingesessen war.

Heftig an meiner Pfeife ziehend, dachte ich fieberhaft nach. Plötzlich wurde eine Tür aufgerissen. Im hellen Rechteck des Türrahmens erschien mein Freund Florimond. Er war alleine. Ich stürzte mich auf ihn.

„Sie schon wieder!“ rief er ärgerlich.

Ich zog ihn von der Portiersloge fort, was gar nicht schwer war. Er wollte sowieso in dieselbe Richtung.

„Hören Sie auf, den Menschenfresser zu spielen“, flüsterte ich ihm zu. „Sie wissen doch inzwischen, daß meine Visitenkarte zufällig in Bartons Hosentasche gelandet ist. Der Fall interessiert mich aber immer noch. War's der Zwerg?“

Ich lag richtig. Der Zirkusmensch wurde zwar im Moment noch als Zeuge vernommen, hatte aber gute Chancen, des Mordes an Barton angeklagt zu werden. Beim Durchstöbern ihrer staubigen Akten hatten sich die Ermittler an Mac erinnert. Er war ein alter Freund von Thévenon, den er wie einen Halbgott verehrte. Bei ihm hatte der von allen und überall Verspottete Trost gefunden. Das hatte das Stiefkind der Natur dem toten Gangster nie vergessen. Der Schluß lag nahe, daß er den Tod seines Idols durch den Mord an dem Verräter gerächt hatte. Die Streiter für Recht und Ordnung zogen diesen Schluß nur zu gerne. Um so mehr, da die Geldscheine in der Wohnung des Opfers denselben Parfümduft verbreiteten wie der Kümmerling.

Als ich das hörte, muß ich wohl ein ziemlich blödes Gesicht gemacht haben. Faroux lachte schallend und erzählte mir die

Geschichte des Chicago-Dollars. Das Geldstück war wiederholt in den verkrampften Händen von Leichen gefunden worden, die ihre Komplizen verraten hatten – als sie noch reden konnten. Ein Symbol, das an die Silberlinge des Judas' erinnern sollte. Nicht ausgeschlossen, daß der Zwerg auf dieselbe Weise auf seine Tat aufmerksam machen wollte.

„Zehntausend," bemerkte ich zweifelnd, „das ist 'n hübsches Sümmchen! Hundert hätten's auch getan."

„Wahrscheinlich wollte er durch die Höhe der Summe auf die Schwere des Verrats hinweisen", erklärte Faroux schulmeisterlich.

„Hm..."

„Diese armen Teufel sind alle ein wenig plemplem", fügte mein Freund hinzu, um seine Begründung plausibler zu machen.

„Kann schon sein... aber trotzdem... Zehntausend! Gestatten ihm denn seine finanziellen Verhältnisse so'ne teure Laune?"

„Nein. Hat wohl alles zusammengekratzt und sich den Rest geliehen. Es waren Scheine zu 100 und 500..."

„Kurz und gut, Sie haben den Täter?"

„Das haben Sie gesagt! Im Moment kann man nur von einer Hypothese sprechen, mehr nicht. Unsere Vermutungen sind aber nicht von der Hand zu weisen. Vor allem das Parfüm deutet auf diesen Mac hin. Und vergessen Sie nicht, daß der Täter von kleiner Statur gewesen sein muß! Ein normal großer Mann hätte schon vor dem Opfer knien müssen. Diese Möglichkeit können Sie sich ja mal durch den Kopf gehen lassen", schloß der Inspektor lachend.

„Werd drüber nachdenken. Haben Sie die Tatwaffe gefunden?"

„Wenn wir die hätten, wären wir schon ein paar Schritte weiter. Nicht mal 'ne Knallkorkenpistole haben wir bei dem Knirps gefunden... Und jetzt sollten Sie ins Bett gehen, Burma."

Ungeduldig trat Faroux von einem Bein aufs andere.

„Sie sind schon der zweite heute abend, der mich vor die Tür setzt. Sich widersetzen hat wohl keinen Zweck, hm? Also, gute

Nacht, Faroux. Sie können jetzt tun, was Sie unbedingt tun müssen. Die Tür befindet sich am Ende des Korridors.

* * *

Auf dem Weg zur Rue Fontaine mußte ich viermal meinen Ausweis vorzeigen. Zweimal den Flics und zweimal deutschen Patrouillen. Ich ging in das erstbeste Lokal, das von „22 Uhr bis morgens“ geöffnet hatte.

Ein Dutzend bildhübscher Mädchen – wie auf dem Plakat draußen versprochen – stolzierte zu den Klängen einer schmalzigen Musik über die Bühne. Der Grund für ihre spärliche Bekleidung war wohl kaum die allgemeine Textilknappheit. Ein verführerisches Schauspiel, aber ich war nicht gekommen, um mich verführen zu lassen und mir die Augen aus dem Kopf zu gucken. Ich bestellte mir was an der Bar, trank einen Schluck und ging zum Telefon. In der Wohnung von Jojo Debeckar, dem Athleten unter meinen Freunden, klingelte es dreimal. Ich fürchtete schon, er sei mit einer seiner Bewunderinnen beschäftigt, als Herkules sich mit einem verschlafenen „Hallo“ meldete.

„Salut, Jojo“, begrüßte ich ihn. „Hier Nestor Burma. Bist du eigentlich immer noch beim Médrano?“

„Hast du mich deshalb geweckt?“ knurrte er.

„Nein. Ich wollte dich fragen, ob du einen Zwerg namens Mac kennst.“

„Mac Guffine?“

„Kann sein. Ist er Ire?“

Jojos Lachen ließ beinahe die Strippe platzen.

„Vor allen Dingen ist er Ire! Im 14. Arrondissement ist er unter dem Namen Dubois gemeldet.“

„Hätte gerne seine Adresse.“

„Willst du ihn für dich arbeiten lassen? Für ’ne Beschattung in der Metro ist er der ideale Mann. Auf Stelzen fällt er in der Menge kaum auf.“

„Hab die Absicht, ihn ins Dekolleté einer Dame krabbeln und interessante Geheimnisse lüften zu lassen.“

„Das wird ihm gefallen! Steckt voller Komplexe und ist ganz wild auf solche Entdeckungsreisen."

„Wo wohnt er?"

„Eine Sekunde."

Ich wartete acht, dann hörte ich wieder Jojos Stimme:

„Hôtel des Deux-Jumeaux, Rue de la Tour-d'Auvergne."

* * *

Das Hotel war noch düsterer als die Straße. Die Eingangstür war geschlossen. Ich drückte auf die Klingel. Der Nachtportier hatte einen festen Schlaf. Es dauerte eine ganze Weile, bis er mir öffnete. Ich nutzte die Zeit, um meinen Hut so zu verbeulen, daß er mir das Aussehen eines Herrn von der *Tour Pointue* gab. „Polizei", sagte ich und zeigte ihm eine Visitenkarte, deren blauweißrote Streifen allerdings nichts mit der Trikolore zu tun hatten. Ich murmelte noch was von einer letzten Durchsuchung bei Mac Guffine-Dubois, und das sei wirklich nicht mehr feierlich, den ganzen Tag auf den Beinen und jetzt auch noch nachts...

„Mein Gott", sagte der Portier gähnend, „wenn Ihnen der Beruf nicht gefällt, warum machen Sie dann nicht was andres und lassen den armen Teufel in Ruhe?"

Er gab mir den Zimmerschlüssel und beschrieb mir mit einer vagen Geste den Weg nach oben. Dann schlurfte er wieder zu seinem Bett. An der Zimmerdurchsuchung schien er nicht das geringste Interesse zu haben.

Als ich die Tür des Zwerges öffnete, stieg mir sofort wieder dieser Parfümduft in die Nase. Drei Fläschchen standen von dem Zeug auf der Glasplatte über dem Waschbecken. Zwei waren leer, eins halbleer. Das Parfüm hieß *Dernier Soir*, und der Fabrikant war Mircy in der Rue de la Paix.

Auf dem Boden lagen zwei Koffer, die geleert und dann wieder vollgestopft waren. Ohne Resultat durchsuchte ich das von Faroux und seinem Kollegen hinterlassene Durcheinander. Auch der Schrank mit den Glastüren gab nichts her. In der Schublade eines kleines Tischchens fand ich Programme, Briefpapier und einen Stapel Werbefotos. Ganz besondere Aufmerksamkeit widmete ich Bildern aus *La Vie Parisienne* und *Sex-Appeal*. Warum so was gegen die guten Sitten verstoßen soll, hab ich nie begriffen.

Die Wände waren mit Fotos beklebt. Lächelnde Filmstars wachten über den Schlaf und die unbefriedigten Wunschträume des kleinen Kerls. Männliche Schauspieler hatten dort keinen Platz.

Seit Jojo Debeckar im Wartezimmer eines Zahnarztes einen populärwissenschaftlichen Bericht über Psychoanalyse gelesen hatte, witterte er überall und bei jedem einen Komplex. Aber hier übertrieb er wohl nicht. Mac litt offensichtlich sehr unter seiner körperlichen Benachteiligung.

Ich nahm drei Fotos, die mich ganz besonders interessierten, von der Wandgalerie. Ein viertes entdeckte ich in einem Buch auf dem Nachttisch. Die ersten drei Fotos waren das Werk eines Profis, dessen Namenszeichen allerdings der Schere zum Opfer gefallen war. Das vierte – das Lesezeichen in dem Buch – stammte jedoch von einem Amateur. Dem Schußwinkel nach zu urteilen, hatte es der Zwerg persönlich aufgenommen. Und zwar ohne das Wissen des Paares, das auf dem Foto abgebildet war.

Die Frau war deutlich zu erkennen. Von dem Mann sah man nur das Kinn. Der Rest des Gesichtes fiel sozusagen aus dem Rahmen.

Bis auf die wechselnde Mode handelte es sich auf allen vier Fotos um ein und dieselbe Person: Lydia Verbois!

Ich steckte die Abzüge ein, verließ das Hotel und ging schlafen.

10
Der Tote am Steuer

Ich schlief mit Kopfschmerzen ein, nieste mehrmals im Laufe der Nacht und wachte, wie's der gute Monsieur Chabrot prophezeit hatte, mit einer Grippe auf. Unter der Dusche fiel mir ein, daß Florimond Faroux bei seiner Erzählung vom Goldzug-Coup eines unterschlagen hatte. So hatte er zum Beispiel nichts von einem Zwerg oder von anderen Freunden Thévenons erwähnt. Wahrscheinlich waren das für ihn belanglose Details. Mir blieb wohl nichts anderes übrig, als in die *Bibliothèque Nationale* zu gehen und mich aus den damaligen Zeitungsberichten in allen Einzelheiten über den Fall zu informieren.

Eine Viertelstunde später saß ich in der Metro zwischen einer dicken Frau und einem schmächtigen Brillenträger, der in der Morgenausgabe einer Zeitung las. Ich schielte zu ihm rüber und las mit.

Gestern noch war Bartons Leiche den Zeitungen nur eine Dreizeilenmeldung wert gewesen. Was jetzt im Rhythmus der Metro vor meinen Augen tanzte, war weniger lakonisch. Eine fette Überschrift erinnerte an den Raub von 1938. Bis ich wieder an die Oberfläche gespült wurde, hatte ich Gelegenheit, weitere Blicke auf andere Zeitungen zu werfen. Alle räumten Barton, Thévenon und ihrem historischen Fischzug einen relativ großen Platz ein.

Bevor ich die *Bibliothèque Nationale* betrat, ging ich in Firmins Bistro in die Rue des Petits-Champs. Der Kerl an der Theke, der Mademoiselle Marguerite mit dummem Zeug vollquatschte, hatte Tränensäcke unter den Augen und dazu die passende Hose an. Seine leuchtendrote Nase war nicht das Werk einer Grippe, so wie bei mir. Als ich meinen Gruß in die Runde schickte, drehte sich der Gast zu mir um. Es war Marc Covet, der sensationslüsterne und trinkfreudige Journalist. Er war hocherfreut, mich zu sehen. Ich auch.

„Haben Sie neulich gekriegt, was Sie wollten?“ fragte er.

Er meinte den Tabak. Ja, antwortete ich, und bei meiner Grippe werde er bestimmt lange reichen. Auf das Stichwort „Grippe“ hin verlangte ich einen Grog, aber Mademoiselle Marguerite blieb hart. Ich mußte mich mit einem Ersatzkaffee begnügen. Zum Trost gab es zwei Stücke echten Zucker.

Während Marc weiter den leicht angesäuselten Don Juan spielte, nahm ich eine Zeitung von der nassen Theke und überflog sie. Auch sie ließ sich lang und breit über den Mord an Barton aus. Ich unterbrach die Annäherungsversuche meines Freundes.

„Scheint ja *die* Sache im Moment“, sagte ich und zeigte auf den Artikel.

„Pah!“ stieß Covet abfällig hervor. „Nur für die Anfänger. Die haben die glorreichen Zeiten nicht miterlebt! Machen sich noch Illusionen...“

Er unterstrich seine Meinung mit einer wegwerfenden Handbewegung. Das Ganze war für ihn lächerlicher Kleinkram.

„Den *Crépu* hab ich noch nicht in die Finger gekriegt“, sagte ich. „Aber Sie haben doch sicher auch was von sich gegeben, oder?“

„Kein Wort! Das überlaß ich den Bürohengsten. Aber... Wenn ich wollte, wie ich könnte... Würd sie alle an die Wand schreiben! Aber sagen Sie mal, Nestor Burma, das ist ja komisch... daß Sie darauf zu sprechen kommen, meine ich. Interessieren Sie sich zufällig für den Fall?“

„Inzwischen nicht mehr.“

Er kniff seine wässrigen Augen zusammen und brach dann in schallendes Gelächter aus, wobei er den Mund weit aufriß. Man kann sehr gut auf Zahnpasta verzichten, aber die Zähne werden dadurch nicht grade weißer!

„Ach“, sagte er, als er sich wieder beruhigt hatte, „dann hab ich also eins Ihrer berühmten Geheimnisse angetickt?! Aber Sie können Ihre Verschwörermiene ruhig wieder absetzen. Das macht keinen Eindruck auf mich. Hab lange genug um Informationen gebettelt. Heute pfeif ich drauf! Ich habe nämlich andere Quellen, jedenfalls was diesen Fall betrifft. Wie gesagt, ich kann die jungen Kollegen alle in die Tasche stecken. Bin mit der Goldzugaffäre sozusagen groß geworden. Was ich nicht weiß, ist nicht viel."

„Sie werden ja beinahe lyrisch", sagte ich lachend. „Hatte Sie schon immer in Verdacht, mediterrane Vorfahren zu haben. Ich glaube, Sie sind ein kleiner Schaumschläger."

„Haha! Sie wollen mir wohl Würmer aus der Nase ziehen, was? Aber ich bin besser als Ihr Ruf, Burma. Wenn Sie einen ordentlichen Drink spendieren, will ich mal nicht so sein."

„Kaffee?" schlug ich vor.

„Von wegen! Die Grippe verdirbt wohl völlig Ihren Geschmack. Gehen wir nach hinten, da ist es dunkler. In diesem Jahr ist der Alkohol so schüchtern wie'n kleines Mädchen."

Kurz darauf saßen wir im Hinterzimmer, und Marc Covet eröffnete die Gesprächsrunde.

Im großen und ganzen unterschied sich seine Version nicht sonderlich von Faroux' Bericht über den Goldraub. Der Stil war ein anderer, aber die Substanz blieb dieselbe. Ich bedauerte, mich in Unkosten gestürzt zu haben. Nur eins – leider was Nebensächliches – erfuhr ich: Mac Duffine war es gewesen, der Thévenons Foto zu früh in der Zeitung veröffentlicht hatte. Seine Verbindungen zur Präfektur verhalfen ihm zu den nötigen Informationen über bevorstehende Polizeiaktionen.

„Wenn ich das richtig sehe", stellte ich fest, um meine Gesprächspause zu füllen, „dann ist die Sache mit dem Goldraub von einem Zufall in den anderen gestolpert."

„Das sehen Sie richtig", sagte Covet und schlürfte seinen fünften Calvados. „Und dann noch das mit dem Revolver..."

„Was für'n Revolver?"

„Der durch die Post geschickt wurde."

„An wen?"

„An die Flics. Ich bin der einzige Journalist, der davon weiß. War nämlich streng geheim, müssen Sie wissen. Aber wie schon gesagt: Ich hab meine Augen und Ohren überall! Gebracht hat es übrigens nichts, keine Zeitung hätte es drucken können.

Hätte nur Ärger gegeben... Und ich mußte mich besonders zurückhalten, nach meinem Sensationsartikel damals..."

„Also, was war mit der Kanone?"

„Der Revolver, den Thévenon dem Kripochef so bühnenreif auf den Schreibtisch geschmissen hatte, war nagelneu. Der konnte bestimmt nicht bei dem Überfall benutzt worden sein. Drei der Kugeln, die in den Leichen der Wachposten steckten, kamen aus der Waffe von Vallier. Blieben noch sieben weitere Kugeln. Die Polizei vermutete, daß Thévenon seinen Revolver weggeworfen hatte; aber sie konnten das Ding nicht finden! Und dann, ein paar Tage nach Thévenons Verhaftung, erhielt die Kripo ein Paket durch die Post. Inhalt: 7,35er Webley, den die Experten als Tatwaffe identifizierten. Thévenon soll angeblich verblüfft gewesen sein, als man ihm die Waffe zeigte. Dann wollte er sich aber gar nicht mehr einkriegen vor Lachen, stammelte nur ‚Herrlich... Also wirklich, man kann gar nicht vorsichtig genug sein... Hab ja schon 'ne Menge Schlitzohren gesehen, aber ich bin schlauer als alle andern...' Und dann machte er sich nur noch lustig über die armen Flics. Wenn einer die Jungs von der *Tour Pointue* auf die Palme gebracht hat, dann er! Als sie ihn aufforderten, eine Erklärung abzugeben, hat er nur zugegeben, daß es sich um seine Waffe handele."

„Und wer hat den Revolver an die Kripo geschickt?"

„Jemand, dem Thévenon die Waffe anvertraut hatte. Jemand, der sich nicht kompromittieren wollte... oder der sich rächen wollte. Jedenfalls kein Stammkunde der *Tour Pointue*."

„Hat man ihn gefunden?"

„Nein, er läuft noch frei rum."

„Wie können Sie dann so sicher sein, daß er kein Stammkunde der Kripo war?"

Marc stieß einen tiefen Seufzer aus.

„Mein allerliebster Herr Detektiv! Der Absender hatte seine Fingerabdrücke auf dem Revolver hinterlassen. Ein aktenkundiger Verbrecher hätte sich mehr Mühe gegeben, diese Spuren zu verwischen. Vor allem weil einer der Abdrücke besonders auffällig war, eine kreuzförmige Narbe, gut sichtbar. Kein Fingerabdruck in der gesamten Sammlung kam in Frage. Und Sie wollen nicht glauben, daß das ein Heiliger war?"

„Oder ein Scheinheiliger... Ein Zwerg wurde nicht damit in Verbindung gebracht?"

„Sie sprechen von Mac Guffine? Der war auch eine Entdekkung von mir! Hab ihn im Zirkus Omer aufgegabelt. Mac ist kein Verbrecher. Nur ein Freund von Thévenon, den er abgöttisch liebte. Fünf Stunden vor Thévenons Hinrichtung kriegte er während der Vorstellung einen Weinkrampf, so als hätte er 'ne Vorahnung gehabt. Stürzt bei seiner Nummer ab und verletzt sich schwer. Wirklich tragisch!"

„Wird er leicht nervös?"

„Ja und nein. Seine Zirkusnummer jedenfalls erfordert jede Menge Kaltblütigkeit."

„Wie würden Sie jemanden bezeichnen, der Ihnen einreden will, Mac habe Barton umgebracht?"

„Einen Nestor Burma würde ich einen Geheimniskrämer nennen, aber in diesem Fall wär seine Vermutung gar nicht so blöd. Mac hat damals vage Drohungen ausgestoßen, über die wir uns köstlich amüsiert haben. Ein Zwerg! Können Sie sich das vorstellen? Wir haben sogar Wetten abgeschlossen..."

So langsam wurde es Zeit für mich, in die *Bibliothèque Nationale* zu gehen. Ich verabschiedete mich von meinem alleswissenden und -schluckenden Freund.

Nachdem ich einige frühere Ausgaben von Zeitungen durchgeblättert hatte, sah ich mich in meiner Meinung bestätigt, daß Journalisten komische Vögel sind. Ihre Psyche ist kompliziert, eine seltsame Mischung aus Unverfrorenheit und Feingefühl. Einer schrieb einerseits über den Paris-Besuch des neuen Hollywoodstars Conchita Moralés, die alle anderen Sternchen der Filmwelt in den Schatten stellte in Bezug auf Überspanntheit, Sex-Appeal und Skandale. Der Journalist fügte hinzu, nach diesem Besuch der heißblütigen Conchita sei kein Coup im Chicago-Stil mehr nötig, um dem Alltag den nötigen Pfeffer zu verleihen. Und andererseits besaß derselbe Mann die nötige Portion Takt, um mit Bartons Witwe ein Interview führen zu können!

Denn – und das interessierte mich sehr viel mehr als die Farbe des Büstenhalters von Conchita Moralés – Barton war verheiratet gewesen!

Die Zeitung veröffentlichte ein Foto seiner Frau. Leider eine schlechte Aufnahme. Im Artikel war von einer dunkelhaarigen jungen Frau mit dem Vornamen Jeanne die Rede. Kurz vor dem Goldraub war sie schwerkrank gewesen. Jetzt, da sie von dem schändlichen Verrat ihres Mannes gehört hatte, drohte ein Rückfall. Sie hatte von Bartons krimineller Energie nichts gewußt. Die Polizei zweifelte nicht an ihrer Ahnungslosigkeit. In der Presse war es um die Frau nach und nach still geworden.

Dieselbe Stille herrschte um den Besitzer eines der gestohlenen Fluchtautos. Lediglich der *Crépu*, wie immer bestens informiert, erwähnte seinen Namen einmal: Bousquet, Architekt, Avenue du Parc-des Princes. Dann war keine Rede mehr von ihm. Dagegen fehlten von dem Besitzer des zweiten Fluchtautos, einem Arzt namens Acker, nur noch die Zeiten seiner Sprechstunden!

Mit Emmanuel Chabrots gesammelten Werken vergeudete ich nur meine Zeit. I.D.U.S. lieferte keinen Hinweis. Chabrot hatte wohl keine Möglichkeit gesehen, indiskret und schnell einzugreifen.

In *Crime et Police* stand über den Zwerg das, was Faroux und Covet mir schon erzählt hatten. An dieser Stelle erfuhr ich auch noch, daß Bartons Anwalt Lévy geheißen hatte. Vielleicht sollte ich mich mal mit ihm unterhalten.

* * *

Gegen Mittag ging ich in die Agentur. Mit seiner linken Hand – den rechten Arm hatte er im Krieg gelassen – tippte Reboul seinen Bericht in die Maschine. Er war nicht grade eine begnadete Tippse!

„Ist die Anzeige erschienen?“ fragte ich nach dem Austausch der üblichen Höflichkeitsfloskeln.

Er wies mit dem Kinn auf drei gefaltete Zeitungen und lachte.

„Im *Journal de Paris* steht sie gleich zweimal“, sagte er. „Unter den anderen Kleinanzeigen... und auf der Titelseite! Mitten in dem Artikel über den Goldraub von 38. Übrigens etwas unverständlich durch einen Druckfehler. Jedenfalls haben Sie von der technischen Panne profitiert. Ich hoffe nur, daß die nicht zwei Rechnungen schicken."

„Und Hélène?"

„Noch nicht gesehen."

Mein Mitarbeiter fuhr fort, auf der Schreibmaschine herumzuhacken. Ich schnappte mir das Telefonbuch und sah nach, ob die Nr. 13 in der Rue Stinville einen Anschluß hatte. Sie hatte. Ich wählte die Nummer und störte den Concierge beim Essen.

„Hallo", meldete er sich mit vollem Mund.

„Ich hätte gerne ein paar Auskünfte über einen ehemaligen Mieter von Ihnen, einen gewissen Barton."

„Gehn Sie mir bloß nicht schon wieder mit dem Kerl auf den Wecker", knurrte der Mann. Hörte sich an, als käme er aus der Auvergne.

„Seien Sie gefälligst etwas höflicher", donnerte ich ihn an. „Sie reden mit der Polizei! Sagen Sie mir alles, was Sie über Monsieur Barton wissen."

Dem Concierge fiel das Essen aus dem Mund. Seine Zunge war weniger flink.

„Also... äh... Viel weiß ich nicht... Wir hatten gar keine Zeit, ihn richtig kennenzulernen... wohnen ja erst seit 40 hier..."

„Und warum jammern Sie, daß man Ihnen ‚schon wieder' auf den Wecker geht?"

„Weil jemand vor ein paar Tagen angerufen hat, um mich zu fragen, ob Madame Barton noch hier wohnt. Ich hab gesagt, ich hör den Namen zum ersten Mal. Und wir wohnen erst seit 1940 hier. Dann ist er gekommen."

„Wer?"

„Der, der angerufen hat... Wollte sich vergewissern, daß Madame Barton auch wirklich nicht mehr hier wohnt. Hat sich 'n paar Mal die Briefkästen angeguckt."

„Wie sah er aus?"

„Wer?"

„Der, der sich die Briefkästen angeguckt hat."

Ein nettes Frage- und Antwortspiel!

„Hm...“

Der Mann aus der Auvergne gab mir ’ne normannische Personenbeschreibung.

„Trug er vielleicht neue Schuhe, kanariengelb?“ half ich ihm auf die Sprünge.

„Ja, genau! Waren nicht zu übersehen, auch bei der Dunkelheit nicht. Hab noch zu mir gesagt: Solche Schuhe könnte ich brauchen, weil...“

„Bei der Dunkelheit? War’s nachts?“

„Fast, ja.“

„Ist der Mann direkt nach dem Telefonanruf gekommen oder erst später?“

„Oh, sehr viel später. Ein paar Stunden...“

„An welchem Tag war das?“

„Ich glaub, das war letzten Freitag.“

Ich bedankte mich und legte auf. Im selben Augenblick kam Hélène hereingeschneit.

„Ich hab Ihren heimlichen Schwarm gefunden“, verkündete sie stolz.

„Wunderbar, das ging ja schnell! Schießen Sie los!“

„Moment. Erst mal möchte ich Sie zu Ihrem guten Geschmack beglückwünschen... und Abbitte leisten! Das Mädchen hat das Gesicht einer Mörderin wie Sie das eines ehrenwerten Mannes...“

„Wir verstehen uns nicht mehr, Hélène“, sagte ich lachend. „Wenn Sie ‚weiß‘ denken, denke ich ‚schwarz‘. Und wenn Sie die Batterien wechseln, tu ich’s auch. Na ja... Also los!“

Etwas verwirrt begann meine Sekretärin:

„Lydia Verbois...“

„Ist das jetzt ihr richtiger Name?“ fiel ich ihr ins Wort.

„Ja. Lydia Verbois arbeitet für *Irma und Denise*, Rue de la Paix, als Modezeichnerin. Sie ist nicht jeden Tag dort. Heute hatte ich Glück. Ich habe in der Mittagspause vor dem Eingang auf sie gewartet. Sie ist ins *Komak* gegangen, ein Restaurant in der Rue de 4-Septembre. Wenn Sie sich beeilen, können Sie sie noch dort antreffen.“

„Und wie ich mich beeilen werde!“ versicherte ich.

Ich kritzelte hastig ein paar Zeilen auf einen Zettel.

„Geben Sie das an Covet weiter. Im Laufe des Tages werd ich mehr erfahren."

Ich sprang die Treppe hinunter. Kaum hatte ich einen Fuß auf den Bürgersteig gesetzt, als es passierte.

Ein Wagen kam im Zickzack aus der Rue de Cramont und beendete seine gefährliche Fahrt in einem Strauch. Ein Polizist kam herbeigelaufen. Schaulustige sammelten sich. Ich drängte mich nach vorne. Der Flic öffnete die Wagentür.

Starr saß er auf dem Fahrersitz, die Arme herunterhängend, die Wange auf dem Steuer: ein dicker Mann mit Stirnglatze. Der dunkle Halbkreis unter dem linken Auge unterstrich noch den aschfahlen Teint.

Seine fetten Hände und die elegante Hose waren blutverschmiert. Auch auf dem Sitz und dem Boden klebte Blut.

11
Lydia lügt

In Rekordtempo stürmte ich wieder hoch ins Büro. Hélène hatte sich erbarmt und Reboul an der *Underwood* abgelöst.

„Kommen Sie!“ rief ich Reboul zu. „Unten gibt’s einen Dikken zu sehen. Er hat in der ersten Reihe gesessen, als blaue Bohnen verteilt wurden. Ist gerade am Steuer eines Wagens krepiert. Sie gehen jetzt runter, stellen sich zu der Menge und versuchen, soviel wie möglich rauszukriegen.“

Reboul sagte nur „O.K.“, rückte seinen Hut zurecht, nahm im Vorbeigehen seinen Mantel vom Haken und ging hinaus.

„Was ist los?“ fragte Hélène.

„Die Solopartien des Emmanuel Chabrot, Direktor von I.D.U.S., gehören der Vergangenheit an“, erklärte ich. „Der Erpresser hat ausgepreßt. Man hat ihm das Lebenslicht ausgeblasen.“

„Nein!“ rief Hélène. „Er...“

Ich nickte.

„Ja, er sitzt unten tot in seinem Wagen.“

„Da kann man ja richtig nervös werden“, bemerkte Hélène.

„Wer nervös geworden ist, ist Chabrot. Und jemand, der etwas kaltblütiger ist, hat das wieder in Ordnung gebracht.“

„Waren Sie dabei?“

„Nicht nötig, ist doch sonnenklar! Der Fliehende, sein Boxer und Chabrot bildeten eine Interessengemeinschaft, die Gemeinschaft der Goldsucher, wenn ich das mal so sagen darf. Vorgestern in Bois-le-Roi haben die beiden ersten auf den dritten gewartet. Deswegen war die Eingangstür nicht verschlossen. Und deswegen haben sie auch das Weite gesucht: um ihrem Chef von meinem Überraschungsbesuch zu berichten. Kann sein, daß der Fliehende mich kennt. Chabrot hatte den genialen Einfall, mich durch eine hübsche kleine Erpressung auszuschalten. Seinen Komplizen hat das von Anfang an nicht gefallen. Es kommt zum Streit. Ich wette mit Ihnen um eine Lebensmittelmarke, daß Chabrot auf dem Weg zu mir war, um mir einen Vorschlag zu machen. Hätte nicht viel gefehlt, und die Agentur wär in eine Leichenhalle verwandelt worden. Da ist es mir schon lieber, daß sie ihn auf der Straße abgeknallt haben."

„Ja, klar", stimmte Hélène mir zu, „die Flics haben sich schon mehr als genug für Sie interessiert... Aber eins muß man Ihnen lassen: Sie haben ein Talent für abenteuerliche Hypothesen, Chef! Also, der Fliehende ist der Mörder?"

„Als der Fliehende mich vorgestern sah, fiel ihm nichts anderes ein als... zu fliehen. Die Initiativen, die er ergreift, sind durchweg Rückzieher. Nein, jemand anders hat mit Chabrot abgerechnet. Und wenn ich dem in Bois-le-Roi begegnet wär, hätte ich keine Zeit gehabt, mich zu erkälten."

„Also Monsieur X?"

„Hören Sie mal, mein Schatz", flüsterte ich und beugte mich zu meiner Sekretärin vor. „Im Vertrauen gesagt..."

Ein Blick auf ihre Armbanduhr ließ mich aufspringen.

„Später mehr!" rief ich und rannte hinaus.

* * *

Ich setzte mich in einen Winkel des *Komak*, wo ich sehen konnte, ohne gesehen zu werden. Der Kellnerin sagte ich, mir genüge das Menü zu 18 Francs 50, ich hätte es eilig. Ich zahlte sofort und gab ein Trinkgeld, das genauso hoch war wie der Preis des Menüs. Das Lächeln kehrte in das Gesicht der Kellnerin zurück. Als ich das billigste Menü bestellt hatte, war es schlagartig verschwunden gewesen.

Ich begann, auf dem Löschpapier herumzukauen, das die irreführende Bezeichnung „Pastete" trug. Im Spiegel sah ich den Rücken von Lydia Verbois. Sie saß mit einer anderen jungen Frau und einem charmanten, vielleicht etwas zu femininen Mann an einem Tisch. Das Trio schien sich zu kennen. Der junge Mann bestellte drei Kaffee. Im selben Augenblick setzte mir die Kellnerin ein Gemüse vor, das wie die Pastete nach Löschpapier schmeckte. Um die Ehre des Kochs zu retten, entschied ich mich, den ekligen Geschmack meiner Grippe zuzuschreiben.

Zum Kaffee bot der junge Mann den Damen Zigaretten an. Seine Tischnachbarin nahm eine, Lydia Verbois lehnte ab. Dann verlangten sie die Rechnaung, zahlten und machten Anstalten, das Lokal zu verlassen. Zusammen. Das paßte mir gar nicht in den Kram. Als sich die Tür hinter ihnen geschlossen hatte, stand ich von meinem Platz auf. Auf den Nachtisch konnte ich verzichten. Meine Geschmacksnerven erwartete wohl ohnehin keine Abwechslung.

Ich hatte Glück: Draußen auf dem Bürgersteig trennte sich die Gruppe. Der junge Mann ging mit einer der Frauen in Richtung Oper, die andere Frau – die einzige, die mich im Moment interessierte – verschwand in Richtung Börse. Eine riesige Schultertasche mit den Initialen L.V. schlug ihr gegen die Hüfte.

Ich legte einen Schritt zu und holte Lydia ein. Als ich sie von hinten anquatschte, drehte sie sich um, bleich wie eine Tote. Mein Schnupfen verbot mir zwar jeglichen Tabakgenuß, aber eine Pfeife konnte ich mir wenigstens zwischen die Zähne stekken. Dazu setzte ich ein hämisches Grinsen auf, wie ich es bei Privatdetektiven in amerikanischen Filmen gesehen hatte.

„Das liebe Fräuzlein Daquin!“ säuselte ich.

„Was wollen Sie von mir?“ fragte sie.

Sie schien ihre Kaltschnäuzigkeit zurückgewonnen zu haben.

„Mit Ihnen reden, nichts weiter“, antwortete ich. „Ziemlich banal, aber so ist es nun mal. Ich möchte mich mit Ihnen unterhalten.“

„Fassen Sie sich kurz, ich hab's eilig.“

„Sie werden mich ertragen müssen, so lange ich es will.“

„Das möchte ich bezweifeln.“

Ich lächelte gewinnend.

„Sie haben sich sehr verändert seit neulich! Sie wirken heute viel selbstsicherer. Sind Sie nicht mehr lärmempfindlich? Fürchten Sie nicht mehr, Aufsehen zu erregen? Aber bitte, Sie können ja einen Polizisten zu Hilfe rufen! Da drüben steht einer...

Scheint sich fürchterlich zu langweilen. Los, verschaffen Sie ihm Abwechslung in seinen eintönigen Dienststunden!"

„Was wollen Sie von mir?" wiederholte sie, jetzt schon etwas zahmer.

„Mit Ihnen die Unterhaltung von neulich fortführen. Da die Straße ein denkbar ungeeigneter Ort für vertrauliche Gespräche ist, schlage ich vor, Sie begleiten mich in mein Büro. Es ist gleich hier um die Ecke. Wir schlendern jetzt ganz gemütlich über die Straße, wie zwei Verliebte. Und, Mademoiselle Verbois, damit Sie mir nicht noch mal davonlaufen, nehme ich vorsichtshalber Ihren Arm..."

Als ich sie mit ihrem richtigen Namen ansprach, zuckte sie zusammen. Widerstandslos ließ sie sich über die Straße führen. Wir gingen schweigend die Treppe zu meiner Agentur hinauf. Das Mädchen wirkte müde, stolperte zwei- oder dreimal. Das Schild an meiner Tür ließ sie zurückschrecken.

„Wohin bringen Sie mich?" stieß sie hervor.

Ich erklärte ihr, welchen Beruf ich ausübe. Dann betraten wir die Agentur *Fiat Lux*.

„Oh, guten Tag, Mademoiselle Verbois!" rief Hélène ziemlich einfältig.

Das junge Mädchen riß die Augen auf. Dann antwortete sie ungezwungen-liebenswürdig:

„Ich glaube, Sie waren heute morgen bei *Irma und Denise*."

„Stimmt." Hélène lächelte die Besucherin an. „Das bringt mein Beruf so mit sich. Sind Sie mir böse deswegen?"

Meine Agentur ist kein Teesalon. Ich unterbrach das Geplauder und fragte Hélène in möglichst offiziellem Ton, ob sie mit Marc Covet telefoniert und Neuigkeiten von Reboul habe. Der erste könne die Redaktion nicht vor dem späten Nachmittag verlassen, und der zweite sei immer noch auf der Jagd nach den gewünschten Neuigkeiten, antwortete meine Sekretärin. Ich ging mit der... Patientin ins Allerheiligste. Mit einer Ungezwungenheit, die nichts Gutes verhieß, setzte sie sich und ließ sich von mir mustern. Schließlich ging sie zum Angriff über.

„Nun?" sagte sie. „Was wollen Sie von mir?"

„Immer noch dasselbe: mit Ihnen reden", antwortete ich seufzend. „Wissen, warum Sie aus einem Haus rausgestürzt kamen, in dem kurz darauf ein Mann ermordet wurde; warum es Ihnen alles andere als unangenehm war, daß ganz in der Nähe eine Bombe runtergekommen war; warum zwei Gangster Sie in Ihrer Wohnung überfallen haben; und vor allem, warum Sie mich eingeschläfert haben, um mich loszuwerden."

„Das sind viele Fragen auf einmal", bemerkte sie.

„Hab noch 'ne ganze Reihe davon auf Lager. Aber alles zu seiner Zeit."

„Wer gibt Ihnen eigentlich das Recht, mir diese Fragen zu stellen?"

„Ich bin Detektiv."

„Privatdetektiv!" präzisierte sie.

„Sag ich ja. Würden Sie sich die Fragen lieber von einem richtigen Polizeibeamten stellen lassen?"

„Das hab ich nicht gesagt", beeilte sie sich zu antworten. „Ich habe nur laut gedacht... Hat Sie jemand beauftragt, mich auszufragen?"

„Nehmen wir das ruhig mal an."

„Heißt das ja oder nein?"

„Wenn Sie alle meine Fragen mit Gegenfragen beantworten, sitzen wir noch lange hier. Ich habe gesagt: Nehmen wir das mal an. Im übrigen fällt das unters Berufsgeheimnis."

Sie lachte.

„Es gibt nicht nur ein Berufsgeheimnis", sagte sie, „sondern auch eine Berufskrankheit. Und daran leiden Sie! Neulich nachts, in meiner Wohnung, konnte ich mir Ihre Neugier nicht recht erklären. Jetzt weiß ich, daß Sie Privatdetektiv sind. Das erklärt alles! Sie machen aus jeder Mücke einen Elefanten."

„Auch das können wir ruhig mal annehmen", erwiderte ich gelassen.

Sie senkte den Vorhang ihrer langen Wimpern über ihren Blick.

„Wenn wir schon beim Annehmen sind", hauchte sie, „dann nehmen Sie bitte auch das als wahr an, was ich Ihnen jetzt sage. Neulich habe ich Sie für einen Schürzenjäger gehalten..."

„Ja, ja", unterbrach ich sie, „das Märchen haben Sie mir schon in Bois-le-Roi erzählt. Was aber immer noch nicht erklärt, warum Sie mir das Schlafmittel in den Kaffee getan haben."

„Nein? Ich denke, Sie sind Detektiv! Ich legte keinen Wert darauf, mit Ihnen die Nacht zu verbringen. Was kann eine schwache Frau schon tun, um einen lästigen Verehrer loszuwerden?"

„Telefonieren, zum Beispiel! Sie hätten sich im Schlafzimmer einschließen und die Polizei alarmieren können. Bis ich die Tür eingetreten hätte, wären sie schon längst dagewesen."

„Ich helfe mir lieber selbst", erklärte sie schroff.

„Ach! Anarchistin, was?"

„Nehmen wir das ruhig mal an."

„Das erklärt natürlich so einiges..."

„Ja, das erklärt tatsächlich ganz bestimmte Dinge."

„Auch die überstürzte Flucht aus Ihrer Wohnung? Reagieren Sie immer so, wenn jemand Sie hartnäckig verfolgt?"

„Ich hatte Angst", gestand sie nach kurzem Zögern. „Die beiden Männer hätten wiederkommen können. Außerdem befürchtete ich, Ihnen eine zu große Dosis in den Kaffee geschüttet zu haben... Deswegen hab ich mich bei einer Freundin verkrochen."

Mit einer Handbewegung wischte ich ihre Ausreden zur Seite.

„Der Mann, der an jenem Morgen ermordet wurde", sagte ich langsam, „in dem Haus, das Sie angeblich nur als Abkürzung benutzt haben – dieser Mann war nicht irgendwer. Der Fall ist schwerwiegender. Er hieß genausowenig Briancourt wie Sie Daquin oder ich Henry. Sein richtiger Name lautete Barton. Übrigens haben Sie das sicher schon in der Zeitung gelesen..."

„Was geht mich das an?" rief sie aggressiv. „Sie sollten nicht überall Gespenster sehen, Monsieur Burma und Ihre abenteuerlichen Schlüsse daraus ziehen! Ich habe Ihnen die Wahrheit erzählt. Sie können mir nicht das Gegenteil einreden... Brauchen Sie mich noch?"

„Moment! Da ist noch jemand umgebracht worden, vor kaum zwei Stunden. Wo und wie, weiß ich nicht. Nur daß er tot ist, das weiß ich. Chabrot hieß er. Emmanuel, wie der König. Zu Lebzeiten war er auch einer. Erpresserkönig. Und außerdem Chef des

Skandalblättchens *In-Diskret Und Schnell*, abgekürzt I.D.U.S. Sagt Ihnen das was?"

„Nein, das sagt mir nichts. Lassen Sie mich jetzt gehen?"

„Einen Augenblick noch. Sagt Ihnen das hier wenigstens was?"

Über den Schreibtisch hielt ich ihr das Foto hin, das ich bei Mac Guffine gefunden hatte. Panik flackerte in den Augen des Mädchens auf.

„N...nein", stotterte sie. „Ich kenne das Foto nicht."

„Meine Frage war vielleicht unglücklich gestellt. Also noch einmal: Sind Sie das auf dem Foto?"

„Nein. Die Frau sieht mir ziemlich ähnlich."

„Haben Sie eine Schwester?"

Lydia Verbois stand auf.

„Wenn Sie nichts dagegen haben, möchte ich die Unterhaltung beenden", sagte sie und strich ihren Rock glatt. „Ich weiß gar nicht, warum ich mich darauf eingelassen habe. Vielleicht weil ich gelernt habe, daß man Verrückten nicht widersprechen soll. Aber Sie können mich nicht gewaltsam hierbehalten! Wenn Sie das tun, sehe ich mich gezwungen, meinen Prinzipien untreu zu werden: Ich rufe die Polizei!"

Ihr Ton war verzweifelt und aggressiv zugleich. Wie um sich an ihren eigenen Worten zu berauschen, hatte sie ihre Tirade losgelassen. So ähnlich wie Angsthasen, die im Dunkeln laut singen oder pfeifen. Aber trotz ihrer Panik lag in ihren Augen wilde Entschlossenheit. Sie war imstande und machte ihre Drohung wahr!

„Ich kann Sie nicht zurückhalten", sagte ich, „aber ich warne Sie, Mademoiselle Verbois: Noch habe ich nicht alle meine Fragen gestellt! Lassen Sie mir noch etwas Zeit, und Sie werden merken, daß ich 'ne Menge weiß. Aber wenn Sie nicht wollen... Ich kann Sie nicht zwingen! Also, wir sehen uns wieder, und dann reden wir weiter. Es wird interessanter, als Sie denken."

„Wenn Sie sich da nicht mal täuschen", gab sie zurück. „Ich habe Ihnen bereits alles gesagt."

„Sie haben mir überhaupt nichts gesagt", ereiferte ich mich. „Aber das macht nichts. Als kleiner Junge habe ich viele Indianergeschichten gelesen und mir die Philosophie der Rothäute angeeignet: Ich kann warten!"

Lydia Verbois verließ die Agentur. Als ich die Eingangstür ins Schloß fallen hörte, ging ich hinüber zu Hélène und wusch ihr den Kopf wegen ihres Verhalten gegenüber dem Mädchen. Sie solle sich gefälligst zurückhalten, denn…

„…ohne ihre nette Art, die der Kleinen das Selbstvertrauen wiedergegeben hat, hätte sie weniger gelogen. Davon bin ich überzeugt!"

„Sie lügt also?"

„Ja, und zwar sehr schlecht. Nur einmal hat sie die Wahrheit gesagt: die Namen Chabrot und I.D.U.S. sagen ihr tatsächlich nichts. Ihre Antwort auf meine Frage kam ganz spontan. Man merkte ihr direkt an, daß sie froh war, endlich offen antworten zu können."

„Trotzdem… Sie ist verdammt sympathisch", murmelte Hélène.

„Wem sagen Sie das?" lachte ich.

12
Fragen und Antworten

Ich ging zurück in mein Büro, öffnete das Fenster und lehnte mich hinaus. Lydia verließ gerade das Haus. Nachdenklich ging sie ein paar Schritte. Wie eine Schlafwandlerin. Plötzlich, wie durch einen Zauber – so schnell war die Bewegung – steckte eine Zigarette in ihrem Mund. Sie machte einige Züge, immer noch wie im Traum. Dann warf sie die Zigarette auf den Boden ... und erwachte. Sie mußte sich wohl bewußt geworden sein, wie provozierend das war, was sie eben getan hatte. Schließlich war Tabak in diesen Zeiten knapp! Eine Art Clochard, der seine Not übers Pflaster schleifte, bückte sich und hob die Kippe so eifrig auf, daß es schon komisch wirkte. Das Mädchen verschwand in der Menge.

Ich schloß das Fenster. Jetzt hielt ich es nicht mehr aus. Ich mußte mir unbedingt eine Pfeife anzünden. Mal sehn, ob mein Schnupfen Fortschritte machte!

Er machte Riesenfortschritte. Ich legte den Krautkocher freiwillig aus der Hand. In diesem Augenblick erhob sich ein düsterer, wohlbekannter Ton über Paris. Bombenalarm!

Das war die Gelegenheit! Ich holte meinen Revolver hervor und schoß in die Decke, als die Sirene in nächster Nähe aufheulte. Dann ließ ich mich der Länge nach fallen.

Hélène riß die Tür auf und stürzte laut schreiend ins Zimmer. Ich stand wieder auf und lachte.

„Idiot!“ schimpfte sie. „Sie haben mir vielleicht einen Schrekken eingejagt!“

„Ich wollte nur wissen, ob der Gesang der Sirenen einen Knall und den Fall eines Männerkörpers übertönen kann“, verteidigte ich mich. „Was haben Sie in dem Moment gerade gemacht?“

„Auf der Maschine getippt.“

„Und die Verbindungstür ist gepolstert! Ich glaube, das Experiment ist überzeugend gelungen."

„Kann man wohl sagen."

Der Schreck saß Hélène immer noch in den Gliedern, was sie mit einer strengen Miene zu kaschieren versuchte.

„Sie haben doch bestimmt noch nicht Marc Covet angerufen", sagte sie tadelnd.

„Zuerst muß ich mit Faroux sprechen. Rufen Sie bitte die *Tour Pointue* an?"

Wenig später stand die Leitung.

„Hallo! Ist dort das Horrorkabinett?" fragte ich in die Sprechmuschel. „Wie benimmt sich Ihr Neuzugang?"

„Wenn Sie sich dazu durchringen könnten, wie alle andern zu reden", knurrte Inspektor Faroux zurück, „würde das unsere Gespräche sehr vereinfachen."

„Ist ja schon gut... Also, was macht der Zwerg?"

„Der macht sich."

„Immer noch zu Gast bei Ihnen?"

„Mehr denn je."

„Ach ja? Gibt's was Neues?"

„Und ob!" tönte Faroux. „War 'ne prima Idee, mir diesen Mac vorzuknöpfen. Er hat gestanden."

„Was?"

„Ja! Er hat gestanden. Da sind Sie platt, was? Nicht nur ein Nestor Burma bringt die Schuldigen zur Strecke."

„Aber er lebt doch hoffentlich noch?"

„Ja, natürlich. Wir haben ihn kaum angerührt."

„Tatsächlich? Der Kleine hat Ihnen alles freiwillig erzählt?"

„Nein, das nicht. Zuerst tat er so, als würde er unsere Fragen überhaupt nicht verstehen. Aber dann mußte er vor unseren schlagenden Argumenten kapitulieren."

„Schlagende Argumente, jaja", lachte ich. „Eine hübsche Bezeichnung... und so treffend!"

„Unterschieben Sie dem Wort keine Bedeutung, die es nicht hat." Mein Freund war hörbar stolz auf seinen Erfolg. „Die schlagenden Argumente waren in diesem Fall die Geldscheine, die wir bei Barton gefunden haben. Wir haben das Duftbündel hervorgezaubert mit der Bemerkung, daß nach ein paar Minuten Aufenthalt in seiner Tasche jeder Schein das verräterische Parfüm verbreiten würde. Mac Guffine blieb nichts anderes übrig, als sich schuldig zu bekennen."

„Hat er Details rausgerückt?"

„Er ist grade dabei."

„Ich möchte Sie um etwas bitten, Faroux. Ich weiß, es ist ziemlich heikel, vor allem im Moment, aber hätten Sie vielleicht die Freundlichkeit, eine Unterredung mit dem Zwerg für mich zu arrangieren, ohne daß Martinot davon erfährt?"

„Ihre Sätze werden immer länger. Warum?"

„Manchmal kann ich eben nicht im Telegrammstil reden."

„Ich hab gefragt, warum Sie mit dem Zwerg sprechen wollen."

„Möchte ihm 'n paar Tips geben, wie man schnell wachsen kann."

„So'ne informative Erklärung habe ich erwartet", sagte der Inspektor aufgeräumt. Er wurde heute einfach nicht böse!

„Jetzt, da ich nicht mehr unter Verdacht stehe..." plädierte ich.

„Nein, nein! Unter Verdacht stehen Sie nicht mehr..."

Die Beteuerung klang nicht besonders überzeugend. Beiläufig, halb im Scherz, schickte ich hinterher:

„Übrigens... Heute kurz nach Mittag ist noch jemand tot aufgefunden worden. Ganz der Nähe meines Büros. Glauben Sie, ich hab was damit zu tun?"

„Seien Sie nicht albern", brummte Faroux. Ich versprach ihm, es nicht zu sein. Mein Freund äußerte sich besorgt über meine Stimme. Ich warf ihm vor, daß er mich in Bois-le-Roi eine Nacht im feuchten Keller der Gendarmen hatte zubringen lassen. Das sei der Grund für meinen Frosch im Hals. Er riet mir zu Inhalationen mit irgendeinem Teufelszeug und legte auf.

Ich rief Marc Covet beim *Crépu* an. Unhöflich legte der Journalist los:

„Welcher Teufel hat Sie..."

Ebenso unhöflich schnitt ich ihm das Wort ab:

„Erzähl ich Ihnen später. Haben Sie die Informationen für mich?"

„Ich hab's eilig."

„Also: Die Besitzer der gestohlenen Fluchtautos hießen André Acker, Arzt, und Julien Bourguet, Architekt."

„Bourguet oder Bousquet?"

„Ach, Sie haben also auch im Archiv geblättert? Bousquet war ein Druckfehler. Der richtige Name lautet Bourguet. Ich erinnere mich so gut daran, weil eine ehemalige Freundin von mir genauso hieß."

„Oft wurde der Druckfehler ja nicht wiederholt", bemerkte ich.

„Auch das ist Ihnen aufgefallen? Möchte wissen, warum ich weiterrede! Sie sind offenbar bestens im Bilde. Aber was..."

„Erzählen Sie mir mehr über diesen Bourguet", sagte ich.

Hörte sich an wie Lucienne Boyers *Parlez-moi d'amour*!

„Julien Bourguet ist ein Freund unseres Chefs", begann Covet. „Als er seinen Namen in der Zeitung las, kam er sofort angerannt. Er wolle den Namen seiner Vorfahren nicht im Zusammenhang mit Verbrechern genannt wissen, erklärte er dem Chef. Solche Art Werbung schätze er nicht. Passiert ziemlich häufig, daß Leute, die mit Sensationsverbrechen in Verbindung gebracht werden, sich bei uns beschweren. Man läßt sie reden, aber wenn sie gegangen sind, kümmern wir uns 'n Dreck darum und machen weiter, wie's uns paßt. Mit Bourguet war das natürlich anders. Wie gesagt, er war der Freund vom Chef. Außerdem soll er Beziehungen zur Präsidiumsspitze gehabt haben. Also tauchte sein Name nicht mehr in den Zeitungsberichten auf."

„Der Arzt hatte wohl keine Vorbehalte. Kein Artikel, in dem er nicht genannt wurde."

„Das war 'n junger Kerl, hatte sich grade niedergelassen. Dem war das scheißegal. Apropos Arzt: Wie geht's Ihrem Schnupfen?"

„Macht Fortschritte."

„Hört man... 'ne Stimme haben Sie... Sie sollten mal..."

Wie Faroux riet er mir, das Zeug mit dem barbarischen Namen zu inhalieren. Ich bedankte mich. Covet wollte jetzt sofort die Früchte seiner Informantendienste ernten. Eine Flut von Fragen prasselte auf mich nieder. Ich gab ausweichende Antworten, machte ein paar bedeutungsvolle Anspielungen durch die Blume und legte auf.

Der Hörer lag kaum zwei Sekunden auf der Gabel, als das Telefon schrillte.

„Reboul“, sagte Hélène und reichte mir den Hörer.

„Schießen Sie los!“ brüllte ich ohne Einleitung in die Muschel.

„Der Tote hieß Emmanuel Chabrot“, begann mein Mitarbeiter mit sachlicher Stimme. „Vor dem Krieg leitete er eine Mischung aus Klatsch-, Erpressungs- und Käseblättchen: *In-Diskret Und Schnell*. Er wohnt... äh... wohnte in der Rue Monsigny, im Erdgeschoß, wo auch das Büro der Zeitung untergebracht war. Heute morgen ist er von zu Hause weggefahren und gegen Mittag zurückgekommen. Wollte anscheinend sofort wieder wegfahren, sein Auto stand mit laufendem Motor vor dem Haus. Offensichtlich wollte er nur schnell was holen...“

„...was er offensichtlich auch getan hat...“

„Ja, kurz vor halb eins kam er heraus und hielt sich den Bauch. Nicht vor Lachen! Nach Zeugenaussagen war ihm mehr nach Heulen zumute. Kein Wunder bei der Ladung, die er sich geholt hatte... Er ließ sich ins Auto plumpsen und raste in Richtung Boulevards. Sofort danach verließ der Mörder das Haus und rannte weg. Jede Verfolgung war zwecklos. Die Beschreibungen des Täters sind so unterschiedlich wie die Zeugen. Hab mit einem von Chabrots Nachbarn gesprochen. Vor den gedämpften Schüssen hatte er eine heftige Diskussion mitgekriegt, eine Stimme habe gebrüllt: ‚Den Floh haben Sie ihm ins Ohr gesetzt!‘ oder so ähnlich. Dann lautes Gefluche. Dann die Schüsse.“

„Gedämpft, haben Sie gesagt?“

„Ja. Ich nehme an, der Mörder hat einen Schalldämpfer benutzt.“

„Möglich. Chabrot wurde in den Bauch geschossen?“

„Ja.“

„Von unten nach oben oder von oben nach unten?“

„Normalerweise passiert so was von oben nach unten. Zufrieden?“

„Sehr.“

„Soll ich die Ermittlungen fortsetzen?"

„Nein, nicht nötig. Hängen Sie sich lieber an einen der neuen Fälle, die wir reingekriegt haben."

Ich legte auf.

„Unsere neuen Klienten müssen ja 'n prima Eindruck von der Agentur *Fiat Lux* kriegen!" sagte ich zu Hélène. „Sie warten und warten, und was passiert? Nichts! Und die Anzeige? Hat sich noch niemand gemeldet?"

„Nein, niemand."

Ich nahm meinen Hut vom Haken und ging hinaus.

* * *

Die Avenue du Parc-des-Princes strahlte in der Frühlingssonne. Die stattliche Villa von Julien Bourguet bestand aus einem Hochparterre und einer Etage. Es schien dort nicht sehr lebhaft zuzugehen. Ich überquerte die Straße.

Auf mein Klingeln hin öffnete ein vorbildlicher Hausdiener die Tür. Und auf meine Frage hin sagte er, Monsieur sei nicht zu Hause, wenn ich aber mit seinem Sekretär...

„Mein Besuch ist privater Natur", erklärte ich, „nicht geschäftlich. Würden Sie bitte Monsieur Bourguet bestellen, daß ich morgen früh noch einmal vorbeikommen werde?"

Ich überreichte dem Butler eine von meinen Visitenkarten – mit Berufsbezeichnung.

Vor dem Haus sah ich mich um. Ich hatte das Gefühl, daß eine Gardine in der ersten Etage bewegt wurde. Von wem, konnte ich nicht erkennen.

Der anschließende Spaziergang tat meinem Schnupfen gut. Mir nicht. Es wehte ein scharfer Frühlingswind. Genau zur richtigen Zeit, um mich ernsthaft zu kurieren, kam ich in meiner Privatwohnung an. Unterwegs hatte mir eine alte Bekannte dasselbe Wundermittel empfohlen, von dem auch schon Faroux und Covet gesprochen hatten. Wenn so viele Leute davon überzeugt waren, konnte ich's ruhig mal ausprobieren. Außerdem war ich's so langsam leid, nicht rauchen zu können. Eine Inhalation würde mir nicht schaden.

13
Lydia gesteht

Ich quälte meine Atemwege mit dem übel stinkenden Zeug. Dann braute ich mir einen starken Grog, versorgte den Ofen und legte mich ins Bett. Das Radio meines Nachbarn unter mir spielte einen Fox. Danach wurde geredet. Ich nahm mir ein Buch vor. Eine gute Stunde starrte ich auf ein und dieselbe Seite. Innerlich fluchte ich über das Schicksal, das mich immer noch nicht rauchen ließ. Gleichzeitig lauschte ich auf den Autoverkehr draußen vor meinem Fenster. Die Nacht war ruhig. Hin und wieder wurde die Stille des Wohnviertels durch einen Wagen unterbrochen, der durch die Straßen raste. Auf dem Bürgersteig hallten die Schritte eines Passanten wider. Ein Zug pfiff durch die Nacht.

Plötzlich riß mich das Telefon aus meinen Träumereien. Ich sah auf die Uhr: halb elf.

„Hallo!" meldete ich mich.

„Monsieur Burma?"

„Am Apparat. Was wollen Sie?"

Die Stimme stellte sich vor. Völlig überflüssig. Ich hatte Lydia Verbois sofort erkannt. Auf alles war ich gefaßt gewesen, nur darauf nicht.

„Ich würde gerne mit Ihnen reden", begann das Mädchen.

„Nur zu!"

„Nicht am Telefon. Bei Ihnen zu Hause."

„Um diese Zeit?"

„Um diese Zeit, ja."

„Wir haben die Rollen vertauscht", stellte ich lachend fest. „Jetzt laufen Sie hinter mir her. Aber wie zum Teufel sind Sie an meine Privatadresse und Telefonnummer gekommen?"

„Es gibt Telefonbücher."

„Ach ja, hatte ich ganz vergessen. Also, Sie wollen mich unbedingt besuchen?"

„Ja."

„Aber Sie sind doch bis jetzt immer vor mir weggelaufen!"

„Kann ich nun kommen oder nicht?" fragte sie ungeduldig.

„Kommen Sie! Die Haustür ist geschlossen, aber wenn Sie klingeln, öffne ich Ihnen."

Ich sprang aus dem Bett und zog mich wieder an. Dann stellte ich ein Fläschchen Rum und zwei Gläser auf ein Tablett, setzte mich daneben und wartete. Um elf Uhr schaltete mein Nachbar das Radio aus. Ich hatte langsam das Gefühl, daß die schöne Lydia mich mal wieder reingelegt hatte. Fünf Minuten später hatte ich ein ganz anderes Gefühl. Ich fing an, mir Sorgen zu machen.

Endlich klingelte es. Ich ging hinunter und öffnete die Tür. Meine Gefühle – beide – waren falsch gewesen. Die junge Frau, die draußen auf der diesigen Straße stand, war Lydia Verbois... gesund und munter.

„Erschöpft?" fragte ich, als sie beinahe auf der Treppe stolperte.

„Sie wohnen aber auch am Ende der Welt", antwortete sie.

„Legen Sie Ihren Mantel ab, nehmen Sie den Sessel dort und setzen Sie sich nahe an den Ofen", sagte ich, als wir in meiner Wohnung waren. „Einen Schluck Rum?"

„Gerne."

„Von wo aus haben Sie mich eigentlich angerufen? Die Bistros haben alle geschlossen."

„Von einer Freundin aus."

„Weit weg von hier?"

„Genau vierzig Minuten. Zu Fuß."

„Wissen Sie, wie spät es ist?"

„Ja."

„Haben Sie seinen Passierschein?"

„Nein."

„Dann sind Sie bis morgen früh um fünf meine Gefangene. Haben Sie keine Angst?"

„Ich möchte mit Ihnen reden."

„Sie sind ein kleiner Dickkopf. Wenn Sie nicht reden wollen, ist aus Ihnen nichts rauszukriegen. Und wenn Sie reden wollen, scheren Sie sich einen Dreck um Konventionen."

Sie lehnte sich zurück. Ihr Haar leuchtete auf der ledernen Sessellehne.

„Ich kann nicht mehr", flüsterte sie. „Ich muß mit Ihnen reden... dringend! Ich fühle mich von allen Seiten bedroht."

„Nur zu, fangen Sie an!" sagte ich ermunternd und beugte mich näher zu ihr.

Sie nippte an ihrem Glas, wie um sich Mut anzutrinken.

„Monsieur Burma", begann sie schließlich, „ich weiß nicht, welche Rolle Sie in dieser Geschichte spielen. Aber ich habe Vertrauen zu Ihnen. Ich befinde mich in einer schwierigen Lage... ...Das mit dem Haus am Boulevard Victor war gelogen. Ich habe die beiden Eingänge nicht als Abkürzung benutzt. Wie Sie schon vermutet haben, kam ich aus Bartons Wohnung. Ich hatte eine Verabredung mit ihm."

„Mit Barton oder mit Briancourt?"

„Macht das einen Unterschied?"

„Einen gewaltigen sogar! Wenn Sie mit Barton verabredet waren, dann kannten Sie ihn schon seit langem. Briancourt dagegen könnten Sie erst seit kurzem gekannt haben."

„Ich war mit Barton verabredet."

„Dann wußten Sie also, mit wem Sie's zu tun hatten?"

„Er war mein Schwager. Die Frau auf dem Foto, das Sie mir heute nachmittag gezeigt haben, ist meine Schwester..."

„... in Begleitung von Henri Barton..."

„Ja."

„Fahren Sie fort."

„Jeanne – meine Schwester – hatte sich in Barton verliebt, ohne zu wissen, wer er war. Als sie erfuhr, daß er kriminell war... Es war ein furchtbarer Schlag für sie. Nach seiner Verurteilung hat sie sich sofort von ihm scheiden lassen und ... und ein neues Leben begonnen. Sie ist mit einem ehrenhaften Mann verheiratet, von dem sie ein Kind hat. Sie lebt in der Provinz... als geachtete Frau."

„Verstehe. Es wäre für sie höchst unangenehm gewesen, Barton wieder über den Weg zu laufen."

„Ja. Aber genau das hatte er vor, der Schuft! Ich weiß nicht, seit wann er in Paris war und wie er aus dem Gefängnis gekommen ist... Jedenfalls versuchte er herauszufinden, wo seine ehemalige Frau wohnte. Und neulich hat er mich angesprochen, vor *Irma und Denise*."

„Wann genau?"

„Montag, einen Tag vor... vor der Tragödie."

„Mittags oder abends?"

„Mittags. Wenn ich Zeichnungen abliefern muß, mach ich das ausschließlich vormittags... Er begleitete mich ein Stück, drohte mir mit schrecklichen Dingen, wenn ich ihm Jeannes Adresse nicht geben würde. Dann plötzlich änderte er den Ton, er wolle mal nicht so sein und mir eine Bedenkzeit einräumen. Er wisse ja jetzt, wo ich arbeite, und werde es zu einem Skandal kommen lassen. Er hat mich zu sich nach Hause bestellt, für den nächsten Morgen, um elf Uhr. Ich habe natürlich zugesagt..."

Das Mädchen schwieg. Ihre Hand zuckte auf ihrem Knie, wodurch der Rock ein wenig hochrutschte. Unter dem feinen Seidenstrumpf war ein blauer Fleck zu sehen. Ein Andenken an die Fesselaktion vom „Fliehenden" & Co.

„Wußte er", fragte ich, „daß Sie um diese Uhrzeit zu ihm kommen konnten?"

„Das weiß ich nicht. Ich glaube, es war ihm auch egal. Er bestellte mich zu sich und Schluß."

„Und dann?"

„Ich ging pünktlich zu der Verabredung. Ich hatte mir schon etwas zurechtgelegt, womit ich ihn vielleicht zur Vernunft bringen konnte. Was dann ja nicht mehr nötig war." Sie grinste schadenfroh. „Na ja, ich fand seine Tür ohne weiteres. Es hing ein Zettel mit seinem Namen dran. Ich klopfte. Niemand antwortete. Ich fürchtete mich vor diesem Treffen, aber es mußte stattfinden. Ich drückte die Klinke runter... Die Tür war nicht verschlossen... Ich öffnete sie... und..." Sie schlug die Hände vors Gesicht. „Da lag er... tot!"

„Schon länger?"

„Meinen Sie etwa, ich hätte nachgeguckt? Ich war ganz benommen. Der Tod von Henri Barton, das war... das war..."

„Unverhofft?"

„Das bedeutete: Jeanne war gerettet, sie hatte von dem schrecklichen Mann nichts mehr zu befürchten! Angesichts seiner Leiche empfand ich eine boshafte Freude... Ihn für immer und ewig unschädlich zu wissen..."

„Und später dann freuten Sie sich noch mehr, als Sie von der Bombe erfuhren, die das Haus getroffen und die Leiche ordentlich begraben haben sollte...."

„Ja. Die Sirenen holten mich wieder in die Wirklichkeit zurück. Ich hatte Angst, daß jemand in Bartons Wohnung kommen könnte... Bin die Treppe runtergerannt, aus dem Haus... Und da hab ich Sie angerempelt."

„Sie hatten nur einen Gedanken: so schnell wie möglich vom Tatort weg?"

„Genau! Ich wollte auf gar keinen Fall mit dem Mord in Verbindung gebracht werden. Ich war völlig kopflos. Die Leiche würde bald identifiziert werden, und er war doch mein Schwager! Deswegen ließ ich mich durch den Alarm nicht aufhalten, deswegen habe ich Sie in der Metro abgehängt, und deswegen habe ich Ihnen das Schlafmittel in den Kaffee getan..." Sie griff nach meiner Hand und sah mich mit traurigen Augen an. „Ich bitte Sie um Verzeihung", hauchte sie. „Wie konnte ich ahnen, daß wir Freunde werden würden?"

„Wer sagt Ihnen, daß ich Ihr Freund bin?"

Kraftlos ließ sie meine Hand los.

„Sie machen's mir nicht grade leicht", seufzte sie.

„Warum sollte ich's Ihnen leicht machen?"

„Ja, ich verstehe... Ich habe Sie angelogen. Aber das hab ich doch nur getan, um Jeanne vor diesen furchtbaren Erinnerungen zu bewahren. Begreifen Sie das denn nicht? Inzwischen glaube ich jedoch, daß es besser ist, Ihnen die Wahrheit zu sagen... Sie sind nicht mein Freund, sagen Sie? Na ja, mein Feind sind Sie jedenfalls auch nicht, das spüre ich! Wenn Sie den Schmutz von früher wieder aufwühlen würden, wäre das ein harter Schlag für meine Schwester. Deswegen bin ich gekommen, um Ihnen alles zu erzählen. Das war das Klügste, glaube ich... oder das Dümmste. Ich weiß es nicht. Ich hätte bis morgen warten sollen... Aber ich wollte sofort zu Ihnen kommen."

Ein Schauer lief über ihren Körper. Wieder ergriff sie meine Hand. Ihre Augen schimmerten jetzt feucht.

„Sie glauben mir doch, oder?" sagte sie flehend.

„Was soll ich Ihnen glauben?" fragte ich beinahe teilnahmslos.

„Alles... alles, was ich Ihnen erzählt habe."

Ohne ihr meine Hand zu entziehen, zog ich mit meiner anderen einen Stuhl ran und setzte mich.

„Eben", sagte ich vorwurfsvoll, „alles haben Sie mir noch nicht erzählt."

Niedergeschlagen versank sie in ihrem Sessel, rutschte ein wenig nach vorn. Ihr Rock rutschte noch höher. Sie merkte es nicht. Sie starrte auf die brennende Kohle im Ofen. In ihren Augen stand Resignation. Wir schwiegen beide. Aus dem Radio von unten kam Klaviermusik.

„Sie haben mir bis jetzt nur einige Ihrer Befürchtungen mitgeteilt", nahm ich den Faden wieder auf. „Nur einige, nicht alle! Zum Beispiel haben Sie mir noch nicht verraten, wen Sie des Mordes an Ihrem Schwager verdächtigen."

„Aber... Niemand!" rief sie.

„Doch! Sie fürchten, daß Ihre Schwester die Mörderin sein könnte."

„Jeanne wohnt im nicht besetzten Gebiet. Sie kommt nie nach Paris. Ich habe sie seit Monaten nicht mehr gesehn", erklärte sie mit tonloser Stimme.

„Dann frage ich mich, warum Sie eigentlich zu mir gekommen sind", sagte ich achselzuckend.

„Aber verstehen Sie denn nicht? Damit kein falscher Verdacht auf eine Unschuldige fällt! Meine Schwester hat schon teuer genug dafür bezahlt, daß Sie einen Kriminellen geheiratet hat. Wenn jetzt noch die Umstände gegen sie sprechen... Ich habe gehofft, meine Beichte würde Sie davon abhalten, weiterzuforschen und dadurch Jeannes Leben endgültig zu vernichten. Ich habe Sie für rücksichtsvoll gehalten... und jetzt stehe ich vor einem Untersuchungsrichter... schlimmer noch... einem Privatdetektiv, der weniger Rücksicht nimmt als die Inspektoren damals."

Lydia war aufgestanden. Gegen den Sessel gelehnt, hatte sie mir diese Sätze mit wütender Stimme entgegengeschleudert. Ich stand ebenfalls auf, packte ihren Arm und schüttelte sie.

„Wie haben sich denn die lieben Jungs von der *Tour Pointue* damals verhalten?“ fragte ich.

„Sie waren von der Ehrenhaftigkeit meiner Schwester überzeugt und haben sie aus dem Fall herausgehalten. Nicht mal als Zeugin wurde sie vorgeladen...“

„Und ich tauge nicht soviel wie'n richtiger Flic, hm? Ich bin nicht so taktvoll?“

„Sie sind ein Ungeheuer!“ fauchte das Mädchen. „Sie haben kein Herz!“

Ich setzte zu einem Monolog an. Der Rum trug wohl sehr zu meiner Wortgewandtheit bei.

„Und Sie“, rief ich, „Sie sind eine jämmerliche Zimperliese, die beim Anblick einer Leiche den Kopf verloren hat, die geglaubt hat, alle würden sie zur Rechenschaft ziehen, die panische Angst gekriegt hat, als irgendein Unbekannter ihr gefolgt ist. Und das nur, weil sie ganz genau weiß, daß vor allem eine Person auf der Welt am Tod des Gangsters interessiert war: seine frühere Frau, Ex-Madame Barton, Ihre Schwester, Lydia! Seit drei Tagen sitzen Sie in der dicksten Tinte und wissen nicht, wie Sie sich da wieder rausziehen können – durch Wahrheit oder Lüge. Mal versuchen Sie das eine, mal das andere, mal vermischen Sie beides miteinander. Den Cocktail kenne ich! Endlich jedoch ringen Sie sich zu einer Beichte durch, machen aber einen weiten Bogen um das, was Ihre Geständnisse beinhalten. Sie sind mutig genug, die Nacht in der Wohnung eines fremden Mannes zu verbringen. Doch dann verläßt Sie der Mut. Wie ein hysterisches Weib flüchten Sie sich in Beleidigungen. Launisch sind Sie, spontan und sprunghaft. Verfolgen einen Plan, lassen ihn dann aber sausen. Weil Sie sich einen neuen Plan ausgedacht haben, den Sie dann aber auch wieder ändern... Stimmt das Porträt? Was meinen Sie? Sie selbst kennen sich doch am besten!“

Lydia wandte sich ab, stützte den Kopf in ihre freie Hand.

„Sie sind grausam“, murmelte sie.

„Weniger, als Sie glauben. Werd's Ihnen sofort beweisen... Ihr

Verhalten wird nur von dem einen Gedanken geleitet: daß Ihre Schwester den Mord begangen haben könnte." Ich packte sie an den Schultern und zwang sie, mich anzusehen. „Wenn ich Ihnen versichere, daß dieser Gedanke falsch ist, wird sich Ihr hübsches Gesicht dann wieder aufhellen?"

Schweigend klimperte sie mit den Wimpern.

„Versuchen wir's schön der Reihe nach", fuhr ich fort. „Als Sie in das Zimmer kamen, war Barton schon tot?"

Sie sah mir offen in die Augen und antwortete ohne Zögern:

„Ja."

„Gut. Das ist aber nicht möglich. Nach dem Urteil der Ärzte muß der Tod zwischen zehn und dreizehn Uhr eingetreten sein. Der Mörder konnte verschwinden, ohne gesehen zu werden. Denn warum sollte er nicht dasselbe Glück haben, das an dem Morgen noch jemand anders – Sie nämlich – hatte. Dabei liefen Sie übrigens größere Gefahr als er, überrascht zu werden, wenn... ja, wenn die Pariser den Alarmsirenen Folge leisten würden! Ihre Zeugenaussage, Lydia, wirft die polizeilichen Ermittlungen über den Haufen. Denn die stützen sich auf die Tatsache, daß niemand die Schüsse gehört hat. Also wird angenommen, daß Barton während des Bombenangriffs erschossen wurde. Auch ich habe mich mit dieser Version angefreundet... ohne an einen Schalldämpfer zu denken! Für die Polizei gehören Schalldämpfer ins Reich der Phantasie, und Phantasie haben die Flics nun mal nicht. Sie führen ihre Ermittlungen lieber mit Hilfe von Spitzeln als mit Hilfe von Spitzfindigkeiten... Also, ich bin davon überzeugt – noch nicht lange, aber das macht nichts –, daß der Mörder einen Schalldämpfer benutzt hat. Und Schüsse aus einem derart ausgestatteten Revolver gehen in den alltäglichen Geräuschen eines Mietshauses unter. Dazu müssen nicht außerdem noch Bomben explodieren. Nun verrät der Gebrauch eines Schalldämpfers eine ganz besondere... äh... Mentalität. Ich würde sogar sagen, er gehört zur Personenbeschreibung. Ich glaube zum Beispiel nicht, daß Ihre Schwester zu so einem Ding gegriffen hätte. Bei Leuten wie den beiden, die Sie in Bois-le-Roi überfallen haben, wär ich mir da nicht so sicher."

„Sie meinen, diese... diese Männer..."

„Irgendeinen Platz müssen wir ja schließlich in dem Drehbuch für sie finden, oder?“ brummte ich.

„Was... was wollten die beiden denn von mir?“ stotterte sie, nachträglich erschrocken.

„Wenn ich das wüßte, säßen wir nicht hier“, sagte ich und trank einen Schluck Rum. „Bartons Jacke lag über der Stuhllehne. Ist Ihnen nichts Besonderes aufgefallen?“

„Nein, ich war völlig durcheinander. Ich hab überhaupt nichts bemerkt.“

„Wirklich nicht?“

„Ich schwör's Ihnen. Was war an der Jacke denn so außergewöhnlich?“

„Nichts... Und auf dem Tisch?“

„Auf dem Tisch?“

„Ja! Haben Sie nichts auf dem Tisch liegen sehen?“

„Nein. Ich habe nichts gesehen... außer der...“

„Zehntausend Francs lagen da auf dem Tisch, in Hundertern und Fünfhundertern. Ich selbst hab die Scheine nicht gesehn, aber die Flics haben's mir erzählt. Sie haben das Geld nicht zufällig dort liegenlassen?“

„Nein. Außerdem... warum hätte ich soviel Geld mitbringen sollen?“

„Um Barton zur Vernunft zu bringen. Sie hatten sich doch etwas ‚zurechtgelegt‘, wie Sie gesagt haben, damit er Ihre Schwester in Ruhe ließ.“

Lydia hatte sich wieder in den Sessel gesetzt. Ich beugte mich zu ihr hinüber.

„Übrigens... Ob Sie nun das Geld mitgebracht haben oder nicht, ändert nichts. Es ist nur eine Frage der Offenheit zwischen uns... Um die Auseinandersetzung mit Barton so kurz wie möglich zu halten, kamen Sie mit den Scheinen in der Hand ins Zimmer. Denn es war 'ne furchtbare Aufgabe, sich mit diesem Kerl zu unterhalten, stimmt's? Als sich Ihnen dann das unerwartete Schauspiel bot, haben Sie vor Schreck das Geld auf den Tisch gelegt und es hinterher vergessen. War's nicht so, Lydia?“

„Nein“, sagte sie entschieden.

„Wirklich nicht?“

„Ich hätte mich gehütet, solch einem Kerl soviel Geld mitzubringen."

Schweigend sah ich sie an. Dann sagte ich:

„Na schön... Ich bin fast sicher, daß jemand anders das Geld auf den Tisch gelegt hat. Tja, wenn Sie meine Vermutung bestätigt hätten..."

„Dann war das also eine Falle?"

„Sind Sie mir deswegen böse?"

Lydia lächelte traurig.

„Sie sind 'n komischer Heiliger."

„Und Sie riechen verdammt gut." Das war bestimmt nicht gelogen. Nur konnte ich leider wegen des Schnupfens nicht an ihr schnuppern. „Was für ein Parfüm benutzen Sie?"

„Ist das auch wieder eine Falle?"

„Oh, Sie dürfen nicht hinter jedem Wort von mir was Schlechtes vermuten... Natürlich sind Sie nicht verpflichtet, mir zu antworten."

„Aber ich tu's auch ohne Verpflichtung. *Valence* benutze ich, ein Lavendelparfüm von *Charon*... falls Sie mir ein Fläschchen schenken wollen!"

„Warum nicht?" sagte ich lächelnd.

In dem Zimmer war es angenehm warm. Ich hatte eine zweite Flasche Rum hervorgezaubert. In der Ferne schlug eine Turmuhr. Wir hatten uns nichts Aufregendes mehr zu sagen.

„Wenn Sie sich etwas hinlegen möchten, bis die erste Metro fährt..." sagte ich in die Stille hinein.

„Danke. Ich fühle mich sehr wohl hier neben dem Ofen."

Ich füllte unsere Gläser nach. Die Unterhaltung plätscherte dahin. Wir vermieden es, noch einmal auf den Mordfall zu sprechen zu kommen. Dennoch... Er spukte förmlich im Zimmer umher... und in unseren Köpfen. Wir schwiegen. Ich versank in Träumereien.

„Woran denken Sie?" fragte ich plötzlich.

„An nichts. Und Sie?"

„Woran soll ich schon denken!" antwortete ich mürrisch.

Der Zwerg, Barton, I.D.U.S. und noch einige andere tanzten

eine wilde Sarabande in meinem Kopf. Ich konnte sie nicht bremsen.

Lydia verstand meine Bemerkung jedoch falsch. Wie eine Schmusekatze räkelte sie sich. Ihre gestreckten Arme und Beine zitterten. Ihre Brust hob und senkte sich unter der Seidenbluse. Herausfordernd sah sie mich an.

„Tja“, seufzte sie mit einem zauberhaften Lächeln, „woran denkt ein Mann, wenn er mit einer Frau zusammen ist? Worauf zielt sein ganzes Verhalten ab?“

„Also...“ stammelte ich.

Ich stand auf. Mein Kopf war leer und schmerzte, was vom Rum und vom Schnupfen herrührte. Letzterer zwang mich außerdem, durch den Mund zu atmen. Dadurch ähnelte ich wohl weniger Rudolfo Valentino als vielmehr einem Fisch. Mein Sex-Appeal hatte schon mal bessere Tage gesehen... Aber egal...

„Lydia“, flüsterte ich und ging zu dem Sessel, in dem sie mich erwartete.

* * *

Eine schrille Klingel riß mich aus dem Schlaf. Ich schlug auf den Knopf meines Weckers. Es klingelte wieder. Telefon. Ich knipste die Nachttischlampe an. Von Lärm und Licht im Schlaf gestört, drehte sich Lydia auf die andere Seite. Ich sah auf die Uhr: gleich vier. Ich hielt den Hörer ans Ohr.

„Monsieur Burma?“

Noch 'ne Frau!

„Ja, am Apparat. Wer...“

„Hier Madame Bourguet. Ich war sicher, Sie um diese Uhrzeit zu erreichen. Wie ich gehört habe, wollen Sie heute im Laufe des Vormittags meinen Mann besuchen?“

Sie sprach abgehackt, nervös, leise. Wahrscheinlich hielt sie ihre Lippen direkt an die Muschel. Sie artikulierte überdeutlich, damit sie das Gesagte nicht noch einmal wiederholten mußte. Jemand, der von dem Gespräch nichts mitkriegen sollte, schlief wohl ganz in ihrer Nähe.

„Das ist richtig“, antwortete ich auf ihre Frage.

„Ich würde mich gerne vorher mit Ihnen unterhalten. Kann ich zu Ihnen ins Büro kommen, sagen wir um halb zehn?“

„Ja.“

Ohne weitere Höflichkeitsfloskeln legte sie ganz sachte den Hörer auf die Gabel. Ich auch, aber etwas heftiger.

Ich war einigermaßen perplex.

14
Die Frau mit dem Schleier

Die von Faroux, Covet & Co. empfohlene Anti-Grippe-Kur half tatsächlich. Ich merkte das fünf Stunden später, als ich in der Metro saß und den üblichen Gestank wahrnahm. Ich hatte ausgiebig Zeit, um meinen Geruchsinn zu testen. Eine Betriebsstörung hielt die Fahrgäste lange unter der Erde gefangen. Ich kam zu spät zu meinem Rendezvous.

Hélène mußte lachen, als sie mich sah, und reichte mir ein Taschentuch.

„Sie beginnen ja reichlich früh am Morgen mit Ihren Abenteuern", bemerkte sie. „Wischen Sie sich den Mund ab. Ich möchte hier in der Agentur kein Eifersuchtsdrama erleben! Seit zwanzig Minuten wartet nämlich nebenan die Nächste..."

Außerdem habe sich jemand auf die Stellenanzeige gemeldet, fügte meine Sekretärin hinzu. Friant heiße er, mache aber einen so windigen Eindruck, daß sie nicht das Risiko einer Einstellung auf sich nehmen wolle. Der Mann werde noch einmal vorbeikommen.

Ich verwischte die Spuren des Abschiedskusses von Lydia und ging hinüber in mein Büro.

Madame Bourguet saß auf dem Besucherstuhl an der Wand, in der behandschuhten Hand eine Ausgabe des *Journal de Paris*. Sie war dreißig Jahre alt, elegant unauffällig gekleidet, vielleicht eine Idee zu streng. Ihr hübsches, ungeschminktes Gesicht wäre vollkommen gewesen ohne die verbitterte Falte um den Mund und das nervöse Zucken, das regelmäßig ihren Hals befiel und ihren Kopf erzittern ließ. Die Frau machte einen leidenden Gesamteindruck.

Ich entschuldigte mich für mein Zuspätkommen und schlug ihr vor, den Stuhl doch gegen einen bequemeren Sessel einzutauschen. Vor allem bat ich sie um die Erlaubnis, rauchen zu dürfen. Mein Schnupfen jedenfalls hatte nichts dagegen. Er befand sich auf dem Rückzug.

Madame Bourguet setzte sich mit halbem Hintern auf den angebotenen Sessel. Ihre Haltung verriet, daß sie nicht ewig hierbleiben wollte.

„Von mir aus können Sie ruhig qualmen, wenn's Ihnen Spaß macht", sagte sie mit einem verächtlichen Grinsen. „Hätte nicht gedacht, daß Leute Ihres Schlages so förmlich sind. Aber ich bin nicht hier, um darüber zu diskutieren... Monsieur Burma, warum interessieren Sie sich für den Mord an diesem Schwein namens Barton?"

Überrascht von dem vulgären Ton, antwortete ich erst mal mit einer Gegenfrage:

„Warum nehmen Sie an, daß ich mich für diesen Mord interessiere?"

„Unwichtig. Ich weiß es, und das genügt. Ich bin nicht gekommen, um mit Ihnen darüber zu diskutieren."

„Sie sind weder hier, über das zu diskutieren noch über jenes, was die Höflichkeit der Kö... äh... der Privatdetektive betrifft. Da drängt sich die Frage auf, Madame Bourguet, über was Sie mit mir zu diskutieren wünschen..."

„Das wissen Sie ganz genau", fauchte sie. Das nervöse Zucken kehrte in immer kürzeren Abständen wieder. „Kurz und gut, Monsieur Bur..."

Ich fiel ihr ins Wort, um ihr mit meinem brillanten Scharfsinn zu imponieren und das Maul zu stopfen. Die Zeitung in ihrer Hand hatte mich auf eine Idee gebracht.

„Sagen Sie, lesen Sie diese Zeitung jeden Tag?" fragte ich.

„Ja, aber ..."

„Sie sind nicht hier, um darüber zu diskutieren, ich weiß... In der gestrigen Ausgabe haben Sie mitten in dem Artikel über Barton die Anzeige meiner Agentur gesehen. War übrigens reiner Zufall. Daß die Anzeige mitten in dem Bericht auf der Titelseite erschienen ist, meine ich. Mein Name ist etwas ungewöhnlich. Sie haben ihn behalten. Abends dann haben Sie ihn auf meiner Visitenkarte gesehen. Nachdem Sie nämlich hinter der Gardine den Abgang des geheimnisvollen Besuchers, der ich für Sie sein mußte, beobachtet hatten, haben Sie sich bei Ihrem Butler nach mir erkundigt. Der Zusammenhang zwischen Barton, Thévenon, Dynamit-Burma und Ihrem Mann war schnell hergestellt. Dem letzteren haben Sie meinen Besuch natürlich verschwiegen, stimmt's? Lieg ich mit meiner Geschichte richtig?"

Überwältigt von dem Redeschwall und meiner Kombinationsgabe, sagte sie „Ja", was wohl die Antwort auf beide meiner Fragen war. Ich schickte gleich noch eine hinterher:

„Wie sind Sie darauf gekommen, daß mein Name was mit den anderen zu tun haben könnte?"

Sie trommelte nervös mit den Fingern auf ihrem Knie herum. Ihr Gesicht verzerrte sich.

„Das wissen Sie ganz genau", zischte sie.

Ich sah tatsächlich einen schwachen Lichtschimmer. Schonungslos ging ich aufs Ganze:

„Ich wollte von Ihrem Mann erfahren, warum er damals nicht wollte, daß sein Name rausposaunt wurde. Vielleicht können Sie mir da weiterhelfen?"

„Jetzt reicht's!" schrie sie und stand auf. „Es reicht! ... Reicht das?"

Der Wechsel im Tonfall wurde von dem Geräusch unterbrochen, das üblicherweise entsteht, wenn ein Bündel Geldscheine auf einen Schreibtisch geworfen wird. In diesem Fall waren es Hunderter und Fünfhunderter.

„Spielen Sie öfter den Guten Engel für Bedürftige?" fragte ich lachend.

Madame Bourguet antwortete nicht.

„Wie Sie wollen! ... Nächste Frage: Warum bezeichnen Sie Henri Barton als Schwein?"

In ihren Augen flackerte wilder Haß auf. Sie öffnete den Mund, schloß ihn wieder. Die Zuckungen an ihrem Hals wurden heftiger. Sie wurde aschfahl ... und glitt zu Boden wie ein nasser Sack.

Ich rief Hélène zu Hilfe. Sie kam hereingestürzt und pfiff anerkennend durch die Zähne.

„Also wirklich, Sie legen sich die Damen ja ganz nach Maß zurecht", sagte sie grinsend.

„Sparen Sie sich Ihre Scherze. Wir können ein andermal darüber lachen. Helfen Sie mir lieber bei der Wiederbelebung. Aber vorher... hier!"

Ich hielt meiner Sekretärin einen der Geldscheine unter die Nase. Ganz dicht. Meinem eigenen Riecher traute ich noch nicht so ganz.

„Wonach?" fragte ich.

„*Dernier Soir*", entschied Hélène ohne Zögern.

Ich holte ein Taschentuch hervor.

„Und das hier? *Dernier Soir*?"

„Oh, nein! Ich..."

„Das genügt im Augenblick. Später hör ich mir gerne einen Vortrag über Duftwässerchen an."

Hélène begann mit den Wiederbelegungsversuchen, ich mit der Untersuchung von Madame Bourguets Handtasche. Es gab jedoch nichts Interessantes zu entdecken, außer diesem penetranten Parfümduft.

Meine Besucherin kam wieder zu sich. Ihre Lippen bewegten sich schwach. Ich beugte mich zu ihr hinunter, konnte aber nichts verstehen.

„Eben hat sie einen Namen gemurmelt", wußte Hélène zu berichten. „Fred oder so ähnlich."

„Alfred", präzisierte ich. „Alfred Thévenon. Diese Frau hier, liebe Hélène, war seine Geliebte."

„Oh!"

Vor Überraschung vergaß Hélène, Madame Bourguets Oberkörper abzustützen. Der Kopf schlug auf dem Boden auf.

„Um Gottes willen!" rief ich. „Deswegen brauchen Sie sie doch nicht gleich umzubringen."

Der Aufprall brachte die Frau nicht um. Im Gegenteil. Ihre Rückkehr ins Leben wurde beschleunigt. Sie hob den Kopf und blickte verstört um sich. Mit vereinten Kräften setzten wir sie in den Sessel. Schluchzend vergrub sie ihr Gesicht in beide Hände.

„Mein Gott... mein Gott... Haben Sie doch Mitleid mit mir!" stieß sie hervor. „Hören Sie endlich auf, mich zu quälen."

Ich wußte: Wenn ich jetzt noch etwas Gas geben würde,

könnte ich interessante Dinge erfahren. Ich wählte einen ganz besonderen Tonfall und legte mit schneidender Stimme los:

„Sie waren Thévenons Geliebte! Und Sie waren auch die geheimnisvolle Frau, die zu ihm ins Taxi gestiegen ist. Ihr Mann ist 'n anständiger Kerl und wollte Ihnen aus der Patsche helfen. Hat Sie nicht mal nach der Taxi-Episode zum Teufel gejagt. Denn er wußte natürlich sofort, wer die Frau mit dem Schleier war! Und weil er so'n anständiger Kerl ist, wollten Sie ihm schmerzliche Erinnerungen ersparen. Deshalb sind Sie hier, stimmt's, oder hab ich recht?"

„Sie wissen ja schon ... alles", flüsterte sie.

„Nein, alles noch nicht! Zum Beispiel wüßte ich gerne, ob Thévenon Ihnen das Versteck der vier fehlenden Goldbarren verraten hat."

„Interessiert Sie das tatsächlich?"

„Unter anderem, ja. Außerdem interessiert mich tatsächlich, wer Barton umgebracht hat."

„Der hat gekriegt, was er verdiente", spuckte Madame Bourguet buchstäblich aus.

„Tja, den Verlust können wir allerdings gut verschmerzen", stimmte ich ihr zu. „Aber warum hat er eigentlich dieses Ende verdient?"

„Weil er für Alfreds Hinrichtung verantwortlich ist."

„Sie haben Thévenon geliebt", schimpfte ich. „Dabei war er ein Gangster, ein Krimineller, ohne einen Funken Ehre im Leib! Er hatte keine Skrupel, Sie in diese Goldzug-Geschichte hineinzuziehen, indem er Ihren Wagen als Fluchtauto benutzte. Und dann waren Sie auch noch so verrückt, ihn auf seiner letzten Spazierfahrt durch Paris zu begleiten!"

„Ich habe Alfred immer geliebt", flüsterte sie mit unangenehm monotoner Stimme. „Nur einmal, da hab ich ihn abgewiesen. Und da begann alles Übel! Er war verzweifelt. In dieser Situation hatte er die Idee mit dem Goldraub: Es war Selbstmord ... ein Selbstmord, der seiner Mentalität entsprach. Ich wußte, daß er ein Betrüger war. Er hatte es mir selbst erzählt. Aber er hat niemals jemand umgebracht! Dennoch trug er einen Revolver bei sich. Ich hab ihm die Waffe weggenommen. Wie dumm von mir! So etwas kann man sich leicht wiederbeschaffen... Er selbst hat unseren Wagen nicht gestohlen, sondern einer seiner Komplizen. Ein unglücklicher Zufall! Er hat mir alles im Taxi erzählt. Deshalb hat er diesen Komplizen auf der Flucht erschossen, wegen seiner unfreiwilligen Dummheit. Die Beschreibung eines der Fluchtautos paßte auf unseren Wagen, und sofort wußte ich, daß Alfred in den Raub verwickelt war. Die Schuld habe ich! Wenn ich ihn nicht herablassend behandelt hätte... Verzeih, Julien! Ich liebe Alfred, er ist der Mann, den die Polizei sucht. Der Gast unseres Hauses! Das darf nicht bekannt werden. Ja, du hast recht. Es ist besser, wenn unser Name so wenig wie möglich genannt wird. Du hast recht, ja."

Sie schwieg. Ihr Blick stierte ins Leere. Eins der wenigen Autos, die im Paris der Kriegsjahre fuhren, hupte an der Kreuzung.

„Ich bin nur aus Mitleid ins Taxi gestiegen", fuhr Madame Bourguet fort, „aber jetzt weiß ich, wie sehr ich dich liebe. Ich werde dich immer lieben, egal was geschieht! Flieh mit mir! Alles ist verloren? Du willst dich stellen? Dadurch wird alles kürzer? Genau einen Kopf kürzer, hahaha! Deinen Kopf! Ich liebe dich, Alfred! Ich liebe dich! Ich werde nie aufhören, dich zu lieben!"

Einen Augenblick fürchtete ich, sie würde wieder in Ohnmacht fallen. Sie riß die Augen weit auf, die Züge ihres blassen Gesichts erschlafften, ihr Hals zuckte immer wilder. Die Frau schien aus einem Traum zu erwachen. Ich begriff: Ihr Bewußtsein hatte sich einen Moment lang getrübt.

„Habe ich nicht schon genug durchgemacht?" schluchzte sie.

Hélène tätschelte beruhigend ihre Hände. Sie ließ sich das gefallen, sah aber nur mich an.

„Ja, schon gut", murmelte ich. „Sobald Sie sich besser fühlen, gehen Sie nach Hause. Ich werde Ihren Mann nicht besuchen. Was ich wissen wollte, haben Sie mir erzählt."

Madame Bourguet sagte nichts mehr. Sie atmete tief und hing ihren Träumen nach. Das nervöse Zucken hielt an. Krampfartig traten die Halsmuskeln hervor, das Kinn schoß nach vorne. Ein scheußlicher Tick!

„Eine Spätfolge des Abenteuers, hm?“ fragte ich leise.

Sie schloß die Augen. Das konnte ja oder nein heißen. Plötzlich erhob sie sich, wie ein Roboter, und machte Anstalten zu gehen. Ich nahm das Geldbündel vom Schreibtisch.

„Oft das Opfer von Erpressern gewesen?“

Sie stieß ein hysterisches Lachen aus.

„Haben Sie Angst, daß Sie zu spät gekommen sind, daß andere vor Ihnen abkassiert haben?“ schrie sie.

„Wenn jemand wie Sie sich mit vielen kleinen Geldscheinen bewaffnet, könnte man auf eine gewisse Übung in solchen Dingen schließen“, erklärte ich.

„Hab irgendwo gelesen, daß es so gemacht wird.“

„Lesen Sie viel?“

„Ja.“

„Auch amerikanische Literatur?“

„Ja.“

„Kennen Sie vielleicht die Geschichte von dem Chicago-Dollar?“

„Nein.“

Sie wollte ganz gerne abhauen. Verständlich. Ich drückte ihr die Geldscheine in die Hand.

„Auf Wiedersehn. Schließlich bin ich ja nicht der Chef von I.D.U.S.“, sagte ich lachend.

„Aber... Wollen Sie damit sagen, daß ich Ihnen...“

„... indiskrete Hinweise gegeben habe“, ergänzte ich, „mehr nicht. Aber ich nehme kein Schweigegeld.“ Ich schob sie sanft zur Tür. „Keinen Sou. Gehen Sie nach Hause. Ich rufe Sie eventuell in den nächsten Tagen an.“

Sie stolperte hinaus.

„Da sehen Sie mal, wohin die Liebe einen Menschen bringen kann“, sagte Hélène. „Passen Sie gut auf sich auf, Chef!“

„Armes Weib“, murmelte ich. „Aber reden wir lieber über den letzten Abend. Ich meine über *Dernier Soir*, das Parfüm. Was wissen Sie darüber?“

Hélène verzog das Gesicht und erklärte verächtlich, aber sachkundig:

„Die Frauen reißen sich darum. Zuerst wollte es keine haben, aber heute benutzen es acht von zehn Frauen. Und bei der Werbung, die der Produzent macht, werden sich bald auch noch die letzten zwei überzeugen lassen."

„Sie kennen sich ja gut aus."

„Ich war eine der wenigen, die es schon vor dem Krieg benutzt haben. Als sich dann jedes Dienstmädchen damit zugeschüttet hat, bin ich auf eine andere Marke umgestiegen."

„Was haben Sie gegen dienstbare Geister? Hier im Büro zum Beispiel könnte ich so eine Perle gut gebrauchen! Und sei's nur, um meine Pfeifen zu sortieren... In diesem Durcheinander finde ich nie meinen Stierkopf, wenn ich ihn suche..."

Das stimmte wirklich. Meine Pfeife mit dem vielbewunderten Stierkopf war wie vom Erdboden verschluckt! Ich ging systematisch vor. Ohne Erfolg. Für einen Detektiv ist so was verdammt demütigend!

15
Die Belegschaft der Agentur *Fiat Lux*

Es war kurz nach elf. Ich hatte mich soeben davon überzeugt, daß die Haare, die sich heute morgen auf meinem Kopfkissen gefunden hatten, ihre wunderschöne, kastanienbraune Farbe einzig und allein Mutter Natur verdankten. In diesem Augenblick läutete es an der Tür. Pierre Friant, Anwärter auf die offene Stelle in der Agentur *Fiat Lux*, stellte sich vor: ein Mann mittleren Alters, mit abstehenden Ohren und ungefälligen Gesichtszügen, schlecht rasiert und hektisch. Seine Augen blickten neugierig umher, wirkten aber ziemlich angegriffen... wie sein Anzug. Gierig sog er den Tabakgeruch ein, den meine Pfeife verbreitete, und seufzte tief. Dann leierte er sein Märchen herunter, so als hätte er's auswendig gelernt. Ich hörte mir die Geschichte an und fragte nach Referenzen.

„Ich hoffe, Sie erwarten keine Wunder", antwortete er ausweichend. „Ich bin nämlich neu in dieser Branche, müssen Sie wissen. Mit meinen vierzig Jahren hört sich das vielleicht lächerlich an, aber... na ja, ich würde jede Arbeit annehmen. Ich brauche Geld."

Das glaubte ich ihm aufs Wort. Bei seinen ersten Sätzen hatte ich so meine Zweifel.

„Ich brauche dringend eine Hilfskraft", sagte ich. „Sie können probeweise hier anfangen. Meine Sekretärin wird Sie mit etwas Leichtem beauftragen. Sagen Sie ihr, sie soll Ihnen eine Bürste für ihre Hose und eine zweite für Ihre Schuhe geben. Und vertauschen Sie Ihre Mütze gegen eine etwas weniger auffällige Kopfbedeckung! Außerdem... Falls der Grund für Ihren Viertagebart kein Gelübde ist, dann lassen Sie sich mal rasieren!"

Er machte sich auf den Weg, um einem unserer neuen Kunden einen denkbar schlechten Eindruck von der Agentur zu vermitteln. Ich bat Hélène, alle meine Berufskollegen in Paris anzurufen und sie zu fragen, ob ein gewisser Pierre Friant schon einmal bei ihnen gearbeitet habe.

Die ersten beiden verneinten. Der dritte Kollege fing sofort an, eine fünf Jahre alte Geschichte, bei der wir gegeneinander gearbeitet hatten, wieder aufzuwärmen. Entmutigt legte Hélène auf. Sie war sogar rot geworden. Der Kollege schien noch ruppiger zu sein als ich. Mit der vierten Telefonnummer hatten wir endlich Glück. Hätten sofort mit ihr anfangen sollen! Lucien Arribore – „Hört alles, sieht alles, versteht alles... und alle merken's!" – hatte Friant schon mal beschäftigt. Er sei kein schlechter Agent, habe nur die ärgerliche Neigung, die ihm anvertrauten Fälle an Land zu ziehen und auf eigene Rechnung zu bearbeiten. Ein zweifelhafter Charakter also. Arribore hatte ihn rausgeschmissen. Das war jetzt etwa ein Jahr her.

„Behalten wir ihn?" fragte Hélène, bereit, Arribores Beispiel zu folgen.

„Im Augenblick, ja", entschied ich. „Wenn sich ein passabler Bewerber vorstellt, können wir Friant immer noch ersetzen."

Es war Zeit zum Mittagessen. Ich traf Lydia in einem Lokal für Verliebte, wo Cupido Pfeil und Bogen gegen ein Maschinengewehr ausgetauscht hatte. Unterwegs kaufte ich mir *Paris-Midi*. Die Zeitung brachte eine kurze Notiz über den Mord an Barton. Die Polizei vermute, daß eine Frau die Tat begangen habe. Warum die Flics das vermuteten, stand nicht dabei.

* * *

Ich verabschiedete mich von Lydia vor einem Plakat des Zirkus' Médrano. Der Name Mac Guffine war darauf verschwunden. Ich trat in das erstbeste Bistro, um mich in dem Hotel nach dem Zwerg zu erkundigen. Man sagte mir, er sei verreist. Als nächstes wählte ich die Nummer eines Restaurants an der Place Dauphine, in dem ich Faroux vermutete. Ich vermutete richtig.

„Hören Sie mal, wechseln Sie Ihre Mörder jetzt täglich?" fragte ich ihn. „Momentan war's also eine Frau... Wie sind Sie denn auf so was gekommen?"

„Das Parfüm“ knurrte der Inspektor. Hörte sich nicht grade gutgelaunt an.

„Ich dachte, das Wässerchen hätte das Erdmännchen reingerissen“, erinnerte ich mich.

„Das Erdmännchen, wie Sie ihn nennen, ist aus dem Schneider.“ Faroux’ Stimme klang immer düsterer. „Einer meiner geschätzten Kollegen hat ihm nicht geglaubt.“ Also, dieser Kollege war bestimmt nicht der beste Freund meines Freundes! „Hat nach dem Alibi geforscht, das Mac uns nicht liefern wollte. Und hat’s auch gefunden! Während des Bombenalarms, d.h. zur Tatzeit, hat der Zwerg im Keller seines Hotels mit den Zähnen geklappert. Ein bombensicheres Alibi, wenn ich das mal so sagen darf.“

Sein Bedauern darüber war nicht zu überhören.

„Ach! Kriegt der Kleine schnell Schiß?“

„Bei Bombenalarm, ja.“

„Hab vielleicht ’ne interessante Neuigkeit für Sie, Faroux: Mac Guffine ist abgehaun! In seinem Hotel jedenfalls gilt er als verreist.“

„Woher wissen Sie das denn?“

„Hab im Deux-Jumeaux angerufen.“

„Warum? Ach, richtig! Sie wollten mit ihm sprechen. Warum?“

„Nur so.“

„Na ja, dann ist es ja nicht so dringend“, sagte Faroux und lachte hämisch. „Gedulden Sie sich ein paar Tage. Wir behalten ihn noch etwas bei uns. Von wegen uns aufs Kreuz legen wollen...!“

Der Inspektor legte auf. Seine schlechte Laune war anstekkend. Dementsprechend kam ich in der Agentur an. Als Hélène Pierrre Friant bei mir anmeldete, hatte sich meine Laune immer noch nicht gebessert.

Unser neuer Angestellter machte einen vorteilhafteren Eindruck als heute morgen. Rasiert, gekämmt und gebürstet erstattete er mir sehr präzise Bericht über den Fall, auf den er angesetzt worden war. Zwei- oder dreimal faßte er nervös an seine Manteltasche, so als wolle er etwas hervorholen, zog seine Hand aber immer wieder zurück. Seine Finger waren vorne ganz gelb. Als er zu Ende berichtet hatte, rief ich Hélène herein.

„Haben Sie Monsieur einen Vorschuß gegeben?“ fragte ich sie.

„Nein.“

Ich stand auf. Friants flinke Äuglein blitzten seltsam. Ich packte ihn an den Revers seines Mantels und zog ihn aus dem Sessel. Unsere Gesichter berührten sich beinahe. Sein Atem stank nach Tabak. Ich griff in seine Manteltasche und förderte ein frisch angebrochenes Päckchen Zigaretten zutage. In der anderen Tasche fand ich ein leeres Päckchen, in dem er bis zum äußersten Ende aufgerauchte Kippen gesammelt hatte. Ich warf meinen Fund auf den Schreibtisch. Ohne den Mann loszulassen, sagte ich:

„Im Grunde genommen versteh ich Sie sehr gut. Wenn Sie keinen Tabak haben, werden Sie verrückt. Das ist mir heute morgen sofort aufgefallen, als Sie den Rauch aus meiner Pfeife so gierig eingeatmet haben. Sie waren ganz krank vor Entzugserscheinungen. Aber Tabak ist teuer, und Sie waren blank! Es gibt keinen Grund dafür, daß Sie plötzlich reich geworden sind. Einen Vorschuß hat meine Sekretärin Ihnen ja nicht gegeben. Trotzdem haben Sie für 250 Francs Zigaretten in der Tasche. Besser gesagt, für 125. Ein Päckchen haben Sie sozusagen an einem Stück geraucht. Das passiert immer, wenn man zu lange gelitten hat. Und die Kippen, die Sie für schlechtere Zeiten aufbewahrt haben, sind winzig, fast bis ganz zu Ende geraucht. Ihre Finger waren heute morgen noch nicht so gelb! Also: Wo haben Sie sich das dafür nötige Geld besorgt?“

Er begann einen Satz. Ich nehme an, er wollte mich bitten, mich um meine eigenen Angelegenheiten zu kümmern. Ich nehme es an, denn er kam nicht weit. Meine Laune war nicht danach, irgend jemand ausreden zu lassen. Meine Faust traf den neuen Angestellten der Agentur *Fiat Lux* am Kinn. Er ging zu Boden. Hélène stand lächelnd dabei und beobachtete die Szene. Ich ließ dem Kerl keine Zeit, sich wieder hochzurappeln. Mit einem Satz war ich bei ihm und stemmte ihm mein Knie auf die Brust.

„Monsieur Friant", schrie ich, „Sie sind nicht gerade ein Ausbund an Ehrlichkeit! Ich hab mich bei Lucien Arribore erkundigt, und in Ihrem Fall hat er sich mal nicht geirrt. Sie haben nach alter Gewohnheit hinter meinem Rücken Geschäfte mit dem Klienten gemacht oder ihn irgendwie übers Ohr gehauen, stimmt's? Los, raus mit der Sprache!"

Sein Gestammel war deutlich genug, um es als Fluchen zu deuten.

„Ich hab Zeit", sagte ich so ruhig wie möglich. „Von mir aus können wir die Sitzung bis morgen früh fortsetzen. Ich bin zwar kein Schwergewicht, aber um Sie festzuhalten, reicht es."

Er bat mich keuchend, mein Knie von seiner Brust zu nehmen. Sonst könne er nicht sprechen. Ich tat ihm den Gefallen. Er stand auf und begann mit seiner Geschichte, wobei er die ganze Zeit auf die Zigaretten schielte. Nach und nach erfuhren wir, was in der Rue Cardinet passiert war, in die uns ein Mann namens Guy Duval gerufen hatte.

„Ich komm also da an, und der Kerl fragt mich: ‚Sind Sie neu bei Nestor Burma?' Ja, sag ich, seit knapp einer Stunde. Dann haben wir über die Sache selbst geredet, und er hat schließlich erklärt, das Ganze sei so'ne Art Bluff, mehr 'n Witz. Er selbst habe keine Zeit, die Komödie weiterzuspielen, aber wenn ich's an seiner Stelle machen wolle... Ich würd's nicht bereuen, hat er gesagt. Wir haben uns sofort verstanden. Er hat mir erklärt, was ich zu tun hätte. ‚Sie sagen Ihrem Chef nichts davon', hat er gesagt, ‚und tun so, als würden Sie den Fall weiterverfolgen. Und in ein paar Tagen verläuft das Ganze im Sand.' Und dann hat er mir... äh... 1000 Francs gegeben."

„2000", korrigierte ich. „Hören Sie endlich auf mit der Lügerei!"

„2000, ja", gestand er.

„Beschreiben Sie den Kerl", forderte ich ihn auf. „Er ist nicht zufällig jung? Schiefe Nase, fliehendes Kinn, fliehende Stirn, ausweichender Blick, dünnes Bärtchen?"

„Genauso sah er aus! Bis auf das Bärtchen..."

„So was kann man abrasieren... Wie sieht das Haus aus, in dem er wohnt?"

„Mehr 'ne Absteige..."
„Alles klar, Hélène?" wandte ich mich an meine Sekretärin. „Wir brauchen gar nicht nachzusehen, ob Guy Duval noch in seinem Nest ist. Unser Freund, der Fliehende, hat sie wieder ergriffen, die Flucht!"

Ich dachte einen Augenblick nach, schob dem Geständigen die Zigaretten rüber. Er steckte sich sofort eine in den Mund und zündete sie an. Dann stammelte er verlegen:

„Also dann... ich glaube..."

„Aber nein", fiel ich ihm ins Gestottere, „Ich habe nicht vor, Sie rauszuschmeißen. Sie können weiter für mich arbeiten. Aber für mich, klar? Gut. Sie tun jetzt so, als hätten wir kein Wort über die Sache verloren, und halten sich an Duvals Anweisungen. Erfundene Berichte und das ganze Tralala. Aber ganz seriös, so als wollten Sie mich hintergehen. Und vor allem: Klappe halten! ... Später werden wir dann sehen, ob wir was anderes für Sie haben. Bis dahin..."

„O. k.", sagte Friant überglücklich.

* * *

Es schlug drei Uhr, als Hélène einen jungen Mann in mein Büro führte. Sie konnte gar nicht genug bewundernde Augen für ihn haben. Es war in der Tat sehr attraktiv, geschniegelt und gebügelt, mit wachem Blick hinter seinen Brillengläsern. Ausgesprochen sympathisch. Wollte er sich um die freie Stelle bewerben? Vielleicht hatte er sich in der Etage geirrt. Die Filmproduzenten Grimault haben ihr Büro direkt unter uns. Der Besucher war jedenfalls genau der Typ des jugendlichen Liebhabers.

Laurent Gaillard – so hatte er sich vorgestellt – lächelte, als ich ihm meine Vermutung mitteilte. Mit ruhiger, leicht singender Stimme sagte er, daß man bei Auguste mit der Tradition schlecht gekleideter Detektive gebrochen habe.

„Sie haben bei Auguste gearbeitet?" rief ich erfreut.

„In Lyon?"

„Ich hatte die Ehre", antwortete er und reichte mir seine Zeugnisse.

„Ich zögere, Sie einzustellen", sagte ich, nachdem ich die Blätter kurz überflogen hatte. „Ein guter Detektiv muß unauffällig sein und darf... äh... keine körperlichen Gebrechen haben. Ihre Brille..."

Er lachte laut auf, fröhlich wie ein kleiner Junge.

„Fensterglas", erklärte er und gab mir die Brille, damit ich mich davon überzeugen konnte. „Mal trag ich sie, mal setz ich sie ab, wie es die Situation erfordert..."

„Wunderbar", sagte ich begeistert und schüttelte ihm die Hand. „Hiermit sind Sie engagiert, Monsieur Gaillard, und gehören von nun an zur Belegschaft der Agentur *Fiat Lux*. Meine Sekretärin", stellte ich ihm die errötende Hélène vor.

„Das weiß ich bereits", sagte unsere neueste Errungenschaft mit einem etwas zu selbstgefälligen Lächeln.

„Sie sind ja verdammt flott", bemerkte ich. „Wir werden uns bestimmt gut verstehen."

Versehen mit den nötigen Anweisungen seines neuen Chefs und gefolgt von einem schmachtenden Blick Hélènes, verließ er das Büro. Ich zog einen Mantel über und schickte mich an, es ihm nachzutun. Das Telefon klingelte. Hélène nahm ab. Reboul war am anderen Ende. Er brauchte einige Zusatzinformationen. Nachdem Hélène sie ihm gegeben hatte, nahm ich den Hörer in die Hand.

„Hallo! Wie läuft's?"

„Es läuft."

„Nichts Besonderes?"

„Nein, nichts."

„Gabeln Sie noch mal den Ohrenzeugen des Mordes an Chabrot auf und veranlassen Sie ihn, morgen früh zu mir ins Büro zu kommen... oder besser, ins Bistro gegenüber. Werd ihn dann holen lassen. Verstanden?"

„Ja."

Ich legte auf.

„Sie haben inzwischen nicht zufällig meinen Stierkopf gefunden?" fragte ich Hélène.

„Hab gar nicht gesucht", gestand sie.

„Macht nichts, ich geh in die *Bibliothèque Nationale*. Und da darf man sowieso nicht rauchen."

„Was wollen Sie denn schon wieder in der *Nationale*?"

„Die Sache mit dem Überfall auf den Goldzug auswendig lernen. Da ist noch so einiges, was ich schlecht behalten habe."

16
Der Selbstmord

Am selben Abend noch war meine Pfeife der Grund für den ersten Ehekrach zwischen Lydia und mir.

Ich konnte den Krautkocher einfach nicht finden. Alles Fluchen half nichts. Ich schob die anderen Pfeifen, die ich in meinen Schubladen fand, einfach zur Seite. Eine *Ropp*, mit der ich sowieso unzufrieden war, beförderte ich per Fußtritt in eine Zimmerecke. Lydia sagte, es könne ja lustig mit mir werden, wenn ich häufiger eine solche Stinklaune hätte. Sie wickelte sich in ihren eleganten Morgenmantel, den sie aus der Wohnung ihrer Freundin geholt hatte – denn warum sollte sie nicht eine Zeitlang bei mir wohnen? – , seufzte tief, zuckte die Achseln, nahm ein Buch in die Hand und war nicht mehr zu sprechen.

Ich legte den feierlichen Schwur ab, das schönste Stück meiner Pfeifensammlung wiederzufinden, koste es, was es wolle. Auch wenn die Sucherei bis zur nächsten Revolution dauern sollte!

Nach einer Viertelstunde war das Chaos perfekt. Ich mußte mir neue Flüche ausdenken, die immer länger und lauter wurden.

Schließlich nahm ich mir den Kleiderschrank vor. Bei meinem behutsamen Vorgehen flog eine Schachtel aus einem Fach. Eine Staubwolke hüllte mich ein. Nase, Mund und Augen kriegten was ab. Dementsprechend kräftig fielen meine Flüche aus.

Plötzlich sah ich mein noch etwas feuchtes Jackett und wußte sofort: In einer der beiden Taschen hatte ich das gute Stück vergraben. Ich irrte mich nicht.

Der Stierkopf war ganz staubig. Ich wollte mich gerade daranmachen, die Pfeife zu säubern, als...

Donnerwetter! Ich war platt! Ich... Nein, nicht mal zu einem gepfefferten Fluch reichte es, so sprachlos war ich.

Die Wanduhr zeigte elf. Ich stürzte zum Telefon. Seit einiger Zeit brachte der *Crépuscule* eine Morgenausgabe heraus. Marc Covet war bestimmt in der Redaktion, und mit ihm mußte ich unbedingt sprechen. Faroux hätte sich eigentlich noch besser dafür geeignet, aber ihn wollte ich nicht in mein neues Geheimnis einweihen.

Das Telefon zierte sich ein wenig. Beim fünften Versuch hatte ich den Journalisten endlich an der Strippe. Sein dröhnendes „Hallo!“ ließ beinahe mein Trommelfell platzen. Er war sehr aufgeregt.

„Hab schon den ganzen Tag versucht, Sie zu erreichen!“ bellte er mich an.

„Und ich schlag mich schon zehn Minuten mit dem Apparat rum!“ brüllte ich zurück. „Irgend etwas klappt nicht... Was wollten Sie mir denn Wichtiges sagen?“

„Daß Sie allen Grund hatten, sich für Bourguet zu interessieren. Seine Frau hat sich heute nachmittag umgebracht.“

„Was?“

„Ja. Und zwar mit einem Ding, das in bürgerlichen Kreisen eher unüblich ist: mit einem Revolver, Kaliber 7,65, mit Schalldämpfer.“

„Was?“

„Doch, Sie haben richtig gehört! Aber ich kann's noch mal wiederholen, wenn Sie wollen.“

„Nicht nötig. Bleiben Sie da, wo Sie sind, Covet! Ich komme sofort. Bedeutet zwar eine halbe Stunde Fußmarsch durch die Kälte, aber ich glaub, es lohnt sich. Ich hab Ihnen nämlich auch was Interessantes zu erzählen.“

Ich legte auf. Ganz vorsichtig nahm ich die Pfeife mit dem Stierkopf bei den Hörnern und verstaute sie so, daß sie sich nicht bewegen konnte. Dann zog ich meinen Mantel über und setzte meinen Hut auf.

„Ich muß noch mal weg“, sagte ich zu Lydia. „Ich bin richtig glücklich.“

„Weil du mich alleine läßt?“

„Nein. Weil ich mich geirrt habe!“

* * *

In der Dunkelheit machte das Gebäude des *Crépu* einen düsteren Eindruck. Die leeren Flure hallten von meinen Schritten wider. Ein Lichtstrahl unter einer Tür verriet mir, wo sich Covets Büro befand. Aus dem Erdgeschoß drang der Lärm der Rotationspressen gedämpft nach oben.

Der Journalist wartete ungeduldig auf mich. In seiner Reichweite stand eine sehr angebrochene Flasche Rotwein. Ich erbarmte mich und versetzte der Flasche den Gnadenstoß, während Marc seine sensationelle Neuigkeit präzisierte.

Madame Bourguets Selbstmord war, zusammen mit vier oder fünf anderen, durch eine Nachrichtenagentur gemeldet worden. Als Covet davon erfahren hatte, war er sofort in die Avenue du Parc-des-Princes geeilt. Daher wußte er, welche Waffe – mit der unbürgerlichen Vorrichtung! – Madame Bourguet benutzt hatte. Mein Freund war überzeugt, daß ich mehr darüber wußte.

„Halten Sie sich fest, Covet!“ begann ich lächelnd. „Ich hab was ganz Besonders für Sie: Madame Bourguet war Thévenons Geliebte, die geheimnisvolle Frau mit dem Schleier!“

„Oh!“

Marc pfiff durch die Zähne und riß die Augen auf. Ich berichtete ihm von meinem Rendezvous heute morgen in der Agentur und dem Bestechungsversuch.

„Sie schien sich mit solchen Aktionen auszukennen“, fügte ich hinzu. „Hat wohl immer in der Angst vor Erpressung gelebt. Das Geld, das bei Barton gefunden wurde, stammt aus ihrer Tasche. Als sie vor dem Verräter ihres Immer-Noch-Geliebten stand, hat sie rot gesehn und geschossen.“

„Sie vergessen den Schalldämpfer“, erinnerte mich Covet. „Wenn jemand so'n Ding auf einen Revolver setzt, läßt das auf vorsätzlichen Mord schließen.“

„Nicht unbedingt“, widersprach ich. „Das war doch wohl der Revolver, den sie ihrem Geliebten weggenommen hat... aus lauter Liebe. Sie hat die Waffe wie eine Reliquie aufbewahrt. Die Idee, den Schalldämpfer abzumontieren, ist ihr überhaupt nicht gekommen. Warum sollte sie auch? Sie hat ihn ja sogar draufgelassen, um ihren letzten Willen zu vollstrecken. Im allgemeinen ist es Selbstmördern egal, ob sie bei ihrem Abgang Krach machen oder nicht…"

„Bleibt aber trotzdem die Tatsache, daß sie bewaffnet zu Barton gegangen ist", beharrte Covet.

„Reine Vorsicht", konterte ich. „Erpresser sind keine Chorknaben, auch wenn sie drohen, bei Nichterfüllung ihrer Bedingungen zu singen."

Mein Freund schüttelte skeptisch den Kopf.

„Man geht zu einem Erpresser, um zu zahlen oder um ihm die Fresse zu polieren. Nicht mit beiden Absichten gleichzeitig."

„Wenn einem die Nerven flattern wie dieser Frau, dann denkt man nicht so logisch wie Sie jetzt. Man steckt das Schweigegeld ein… und dazu eine Waffe, für alle Fälle. Barton ist nicht vorsätzlich erschossen worden."

„Waren Sie dabei?" knurrte Marc.

„Madame Bourguet war normal groß. Wie hätte sie ihn dann in den Bauch schießen können? Kniend?"

„Tja… Also?"

„Also? Tja, also wollte Barton die Frau gar nicht erpressen, sondern Informationen von ihr haben. Sie ist in das Zimmer gekommen, hat das Geld auf den Tisch gelegt, Barton hat ihr gedroht – leise, denn es mußte ja nicht das ganze Haus Bescheid wissen! –, er geht auf sie zu, sie weicht zurück, fällt… und kniet schließlich vor dem Verräter. Zweierlei vermischt sich in ihrem Kopf: die Notwendigkeit, sich selbst zu verteidigen, und die Möglichkeit, ihren ehemaligen Geliebten zu rächen. Sie holt den Revolver raus und schießt. Von unten nach oben, aus einer Entfernung von ungefähr vierzig Zentimetern. So lautete der ärztliche Befund."

„Welche Informationen wollte Barton denn von ihr haben?" fragte Covet. „Geld verachtete er…"

„… Gold aber nicht!"

„Verdammt! Die Barren?"

„Genau die! Wird Zeit, daß Sie daran denken. Ich hab noch mal die Zeitungen von damals studiert. Sie erwähnen das verschwundene Gold erst, nachdem Thévenon sich selbst den Flics gestellt hat. Barton war im Knast, hat aber wohl alles von seinem

Anwalt erfahren. Wie alle anderen vermutet auch er, daß nur die Frau mit dem Schleier das Versteck der Barren kennt. Er selbst ist nicht in das Geheimnis eingeweiht, davon bin ich überzeugt, auch wenn Hélène und noch einige andere das Gegenteil glauben... Barton kehrt so schnell wie möglich nach Paris zurück. Anfang März in Deutschland repatriiert, wartet er nicht erst auf den Heimtransport. Das kann noch Monate dauern. Nein, er hat nichts Eiligeres zu tun, als in die Hauptstadt zurückzukehren. Irgend etwas zieht ihn magisch an. Was sonst, wenn nicht die Goldbarren, sozusagen sein Anteil? Vermutlich weiß er schon seit langem, wer die Unbekannte in dem Taxi war. Er macht sich sofort auf die Jagd nach Madame Bourguet und noch nach jemand anderem, aus unterschiedlichen Gründen. Er geht sehr behutsam vor, sucht z.B. seine alte Wohnung erst dann auf, als er erfährt, daß der Concierge gewechselt hat. Und auch dann nur nach Einbruch der Dunkelheit. Bei dem Tempo kann seine Suche lange dauern. Plötzlich, letzten Montag, ein Glückstag – der nächste Tag sollte ihm weniger Glück bringen! –, trifft er durch einen wunderbaren Zufall ganz kurz hintereinander – ich weiß von jemandem, mit dem er sich unterhalten hat, daß er's verdammt eilig hatte –, trifft er also auf beide Personen, hinter denen er her ist. Er war schon drauf und dran, sich mit mir in Verbindung zu setzen."

„Was?" staunte jetzt Marc.

„Ach, richtig, das wußten Sie ja noch gar nicht..."

Ich erzählte ihm das Nötigste.

„Herrlich!" rief er begeistert. Seine Nase, die ins Violette spielte, zitterte vor Erregung. „Das könnte 'n prima Artikel werden."

„Wieso ‚könnte'? Haben Sie Ihren Beruf an den Nagel gehängt?"

„Im Augenblick gibt es Wichtigeres, über das man schreiben kann! Aber egal, für mich selbst habe ich einen Ordner angelegt. Werd gleich dazuschreiben, was Sie mir soeben erzählt haben... Aber sagen Sie: Warum ist diese Frau, die immerhin den Taxi-Coup hinter sich gebracht und einen Kerl abgeknallt hat, warum ist ausgerechnet die plötzlich schwach geworden und hat sich umgebracht?"

„Die Nerven, Covet, die Nerven! Die Spritztour mit dem Taxi hat sie geschafft und ihr nachhaltig geschadet. Ich konnte mich heute morgen davon überzeugen. Die Frau hat Barton getötet. Nicht vorsätzlich, sondern im Affekt. Sie wollte mir Schweigegeld geben, was völlig unnötig war. Mein Verhalten konnte nur ein Nervenwrack wie sie beunruhigen. Heute hat sie aus der Zeitung erfahren, daß eine Frau verdächtigt wird. Sie ist müde, will nicht mehr weiterkämpfen, bringt sich um. Logisch, nicht wahr?"

„Ja, hört sich ganz schlüssig an", brummte Covet.

„Das hört sich nicht nur so an, das *ist* schlüssig! Barton wurde mit einem 7,65er getötet. Die Schüsse hat niemand im Haus gehört, obwohl er schon beim Bombenalarm tot war. Madame Bourguet besaß 7,65er Schalldämpfer. Haben die Flics schon den entsprechenden Schluß gezogen?"

„Keine Ahnung."

„Haben sie bestimmt. Aber es kann nicht schaden, ihnen zu verstehen zu geben, daß nicht nur sie zwingende Schlüsse ziehen können. Damit sie hübsch bescheiden bleiben..."

Auf der Rückseite eines Leserbriefs tippte ich mit Covets Maschine einen anonymen Liebesbrief an Faroux. Auf einen der gelben Briefumschläge, die zu horrenden Preisen vor Metroeingängen verkauft werden, schrieb ich: *Inspektor Florimond Faroux, Brigade Martinot, 36, quai des Orfèvres.* Dann wischte ich mit meinem Taschentuch Umschlag und Brief ab, zog Handschuhe an, um den einen in den andern zu stecken. Marc wollte sich ausschütten vor Lachen. Man müsse immer auf der Hut sein, belehrte ich ihn, selbst wenn der Erkennungsdienst keine Fingerabdrücke von einem habe. Derjenige, der 1938 den Flics Thévenons Revolver zugeschickt habe, sei jedenfalls todtraurig gewesen über seine Unvorsichtigkeit...

„Stille Nacht, Heilige Nacht", trällerte Marc und sah mich bedeutungsvoll an. „Hab das Gefühl, daß der Baum der Erkenntnis noch die eine oder andre Frucht für mich bereithält..."

„Vorausgesetzt, Sie pflegen weiterhin guten Kontakt mit Ihrem Informanten bei der Kripo! Ich brauche ein Foto des Fingerabdrucks mit dem Andreaskreuz."

„Der Heilige Andreas ist doch schon längst tot! Aber daran soll's nicht scheitern ... Ich hab ja meinen Aktenordner. Er ist so vollständig wie der in der *Tour Pointue*. Sogar ein Foto des besagten Fingerabdrucks ist drin."

Vorsichtig holte ich meine Pfeife hervor und hielt sie schräg gegen das Deckenlicht. Auf der glatten, polierten Fläche des staubbedeckten Stierkopfs war der Abdruck eines Daumens zu sehen, verziert mit einer kreuzförmigen Narbe.

„Leck mich am Arsch!" brüllte mein Freund, der Journalist. „Den Abdruck würd ich unter Tausenden rauskennen. Kein Zweifel! Aber woher ..."

* * *

Gegen vier Uhr morgens verließ ich Covets Privatwohnung. Es war wissenschaftlich bewiesen, daß der Abdruck auf meiner Pfeife und der auf Thévenons Schußwaffe von demselben Finger stammten.

Unterwegs warf ich die Nachricht für Faroux in einen Briefkasten.

Lydia schlief schon, unschuldig wie ein Engel, das hübsche Gesicht im Kopfkissen vergraben. Angesichts dieser friedlichen Szene fielen mir meine Sünden wieder ein. Ich leistete für so einiges Abbitte bei dem Mädchen.

Ich schnappte mir das Telefon und weckte Reboul. Bartons Mörderin sowie den geheimnisvollen Absender des Pakets mit Thévenons Revolver zu kennen, hieß nicht, die I.D.U.S.– Clique aus den Augen zu verlieren.

Mit belegter Stimme teilte mir mein Mitarbeiter mit, er habe den Ohrenzeugen nicht auftreiben können. Eigentlich hatte ich Reboul nur sagen wollen, daß ich die Verabredung morgen früh in meinem Büro nicht einhalten würde.

Ich hatte anderes zu tun.

17
Der Köder

Um neun Uhr stand Marc Covet bei mir auf der Matte. Seine Augenlider waren geschwollen und so rot wie seine Schnapsnase. Im Gegensatz zu mir hatte er schlecht geschlafen. Als er Lydia bemerkte, zwinkerte er mir zu und wünschte uns viele Kinder. Ich erwiderte, solche Prachtexemplare wie er seien nicht grade dazu angetan, einen zu derartigen Projekten zu ermuntern. Nach diesen geistreichen Reden gingen wir hinunter und setzten uns in den Wagen, den der Journalist besorgt hatte. Während der gesamten Fahrt wechselten wir keine drei Sätze. Die Farbe des Himmels war wieder zu Grautönen übergegangen. Zwischendurch wurden wir von einem erstklassigen Regenschauer überrascht. In Bois-le-Roi sah der Himmel dann allerdings wieder etwas weniger düster aus.

Ohne große Schwierigkeiten fand ich die Rue Albert-Blain wieder. Madame Jander – oder wer immer sie sein mochte – öffnete uns die Tür. Ich trug meine Bitte vor, ihren Mann sprechen zu dürfen.

„Monsieur Jander ist soeben erst aufgestanden", sagte sie bedauernd. „Wenn Sie eventuell..."

„Nein, wiederkommen... kommt nicht in Frage!" erwiderte ich unhöflich und bestimmt. „Ich muß jetzt sofort mit Monsieur sprechen. Kommen Sie, Marc."

Ich schob die Frau zur Seite und trat in die Wohnung. Eine Tür wurde geöffnet. Es erschien der Hausherr in einem fadenscheinigen Morgenmantel, auf dem Kopf das runde Käppi. Sein wütendes Gesicht war weder rasiert noch gewaschen, aber in seinem Mund steckte eine Pfeife.

„Was soll..." begann er zu schimpfen.

„Ich gebe Ihnen einen guten Rat", unterbrach ich seinen Wutausbruch und drängte ihn in das Zimmer zurück, aus dem er gekommen war. „Gehen Sie nicht unvorsichtig mit Dingen um, die Dritten gehören."

„Ich verstehe nicht..." sagte er verwirrt.

„Sie werden's bald verstehen", tröstete ich ihn.

„Ich verstehe nur soviel, daß Sie eine merkwürdige Art haben, in anderer Leute Haus einzudringen."

„Monsieur Burma ist ein dynamischer junger Mann", erklärte Covet lächelnd.

„Mit Ihnen rede ich gar nicht", sagte Monsieur Jander zu meinem Freund. „Bei Ihrem ersten Besuch, Monsieur Burma, haben Sie nicht den Eindruck eines Flegels gemacht. Und wenn Sie tatsächlich so dynamisch sind, wie es der Herr dort behauptet, dann beweisen Sie's mir: Verschwinden Sie so schnell wie möglich!"

„Nein", erwiderte ich ruhig.

„Dann rufe ich die Polizei."

Ich war schneller als er – dynamischer eben! – und legte meine Hand aufs Telefon.

„Seien Sie nicht kindisch", sagte ich begütigend. „In Ihrem Alter! Bitten Sie lieber Ihre Frau, uns allein zu lassen. Ich muß mit Ihnen von Mann zu Mann sprechen."

Er wollte nicht hören. Also reichte ich ihm den Telefonhörer, wobei ich ihm etwas ins Ohr flüsterte. Er ließ gleichzeitig Hörer und Pfeife fallen. Ganz grün im Gesicht, stammelte er:

„Aber... Wie... Ich..."

„Nur keine Panik", beruhigte ich ihn. „Wir werden Sie nicht gleich fressen."

Er bemühte sich krampfhaft, ein Lächeln auf sein Gesicht zu zaubern.

„Laß uns bitte alleine", sagte er zu seiner Frau, die ihn völlig verständnislos ansah. „Die Herren machen nur Spaß. Wir..."

Er hatte Madame aus dem Zimmer geschoben und schloß die Tür. Als er sich zu uns umdrehte, sah er um Jahre älter aus. Sein friedliches, gemütliches Rentnergesicht drückte Angst aus.

„Wie haben Sie das herausgefunden?" fragte er wie erschlagen.

„Nebensächlich. Ich weiß es eben. Und Sie erzählen mir jetzt bitte die ganze Geschichte im einzelnen."

„Ich wüßte trotzdem gerne..."

Der Kerl versuchte doch tatsächlich, um den heißen Brei herumzureden. Ich drohte ihm:

„Wie Sie wissen, bin ich Privatdetektiv. Und zwar ein guter!

Mein Freund hier gilt als hervorragender Journalist, aber außerdem... Sehen Sie, was er Ihnen mitgebracht hat." Ich zeigte Monsieur Jander das Foto mit dem Fingerabdruck. „Eindeutig Ihr Markenzeichen, gefunden auf Thévenons Revolver. Seit vier Jahren vergleichen die Leute vom Erkennungsdienst ihren Daumen mit den Fingerabdrücken ihrer neuen Kunden. Die Flics würden einiges darum geben, in diesem Augenblick an meiner Stelle zu sein. Und eins ist ganz klar, Monsieur: Wenn Sie hier nicht reden wollen, werden Sie's bald am Quai des Orfèvres tun müssen, das schwör ich Ihnen! Aber wenn Sie hier und jetzt reden, kann der Quai des Orfèvres..."

Ich machte eine wegwerfende Handbewegung über meine Schulter. Im Argot der Gesten hieß das soviel wie: Die Jungs von der *Tour Pointue* können mich mal kreuzweise!

„Darf ich Ihnen vertrauen?" flüsterte Jander.

„Hören Sie! Ich bin der Privatdetektiv Nestor Burma. Die Gesellschaft ist groß und stark genug, um alleine klarzukommen. Ich jedenfalls kämpfe nicht für sie, sondern nur für mich ganz persönlich. Auf eigene Rechnung, sozusagen. Und wenn ich kämpfe, dann kämpfe ich!"

„Ich weiß nicht, ob ich eine so egoistische Berufsauffassung gutheißen kann, aber..."

Er war wirklich entrüstet. Ich lachte laut los, Marc ebenfalls. In unserem Gelächter ging der zweite Teil des Satzes unter, den uns der bürgerliche Moralapostel vorsetzen wollte. Trotz seiner Angst hatte er immer noch nicht aufgegeben.

„Wir kommen ein andermal wieder, um uns Ihre Moralpredigt anzuhören", sagte ich, Tränen in den Augen. „Mit so einem Vorbild wie Ihnen wird das 'n Mordsspaß... Im Moment jedoch..."

„Oh, ich will Ihnen gerne alles erzählen", entschied er sich.

„Na, dann mal los!“

„Und setzen Sie sich doch ruhig“, lud Marc Covet ihn ein.

Er seinerseits lümmelte sich in einem Sessel, so als wär er der Hausherr.

Der ehrenwerte Monsieur Jander gehorchte mechanisch. Verlegen drehte er seine erloschene Pfeife in den Händen, wobei er von Zeit zu Zeit die verräterische Narbe vorwurfsvoll ansah.

„Nach dem Überfall in Le Havre“, begann er schließlich, „wußte niemand, wo Thévenon sich versteckt hielt. Also, Messieurs, er wohnte bei mir! Nicht hier im Haus, oh nein! In dem Häuschen in der Allée du Platane...“

„Ach!“ rief ich verblüfft. „Aber fahren Sie fort.“

„Das Haus ist immer schon schwer zu vermieten gewesen. Ich war froh, einen netten jungen Mann gefunden zu haben, Ende 1937. Alain Tannier, liebenswürdig, unauffällig, mit einem schmalen Künstlerbärtchen. Er wohnte nicht regelmäßig in dem Häuschen. Erst Mitte Januar 38 zog er endgültig ein. Plötzlich dann, seit dem 22. Februar, war Tannier spurlos verschwunden. Ich weiß nicht, wie und warum, aber ich stellte einen Zusammenhang her zwischen seinem Verschwinden und der Verhaftung des berühmt-berüchtigten Gangsters, dessen Überfall auf den Goldzug die Zeitungsspalten füllte. Auch fiel das Datum des Überfalls genau mit dem Tag zusammen, an dem Tannier endgültig in mein Haus eingezogen war. Zufall? Ich verglich Thévenons Foto aus der Zeitung mit dem Gesicht meines Mieters, nahm im Geiste einige kleinere Veränderungen vor... und war mir ganz sicher, daß die beiden Männer identisch waren. Allerdings hielt ich es nicht für angebracht, meine Entdeckung der Polizei zu melden. Das Haus war schlecht zu vermieten, ich sagte es schon. Wenn jetzt noch eine undurchsichtige Geschichte darüber durch die Presse gegangen wäre, hätte ich's gleich abreißen lassen können. Also hielt ich den Mund. Schließlich war der Mann ja gefaßt worden!“

„Ja, natürlich, das war die Hauptsache“, stimmte ich ihm zu. „Und durch Ihr Schweigen hatten Sie volle Handlungsfreiheit...“

„... um es gegebenenfalls sofort wieder vermieten zu können“, ergänzte Jander.

„Nein!“ widersprach ich. „Um die Goldbarren zu suchen! Zu dem Zeitpunkt sprachen die Zeitungen von nichts anderem. Allgemein wurde angenommen, daß die Barren dort sein mußten, wo Thévenon sich drei Wochen lang versteckt gehalten hatte. Also wurden Sie zum Goldgräber. Alt genug sind Sie dafür…“

Das war ein dicker Brocken für Jander, der ihm quer runterging. Er schwieg eine Weile und fing dann an, seine Pfeife auseinanderzunehmen. Das schien ihm wieder etwas Mut zu machen. Mit den hellblauen Augen eines Bürgers, der immer pünktlich seine Steuern bezahlt, aber 1. Klasse fährt mit einer Fahrkarte 2. Klasse, sah er mich an.

„Ja, das stimmt“, sagte er beinahe provozierend. „Ich habe sofort mit der Suche begonnen. 1941 gab ich's dann auf: Ich hatte nichts gefunden. Also entschloß ich mich, den Kasten wieder zu vermieten.“

Er setzte eine richtige Leichenbittermiene auf.

„Und der Revolver?“ fragte ich.

„Der war das einzige Ergebnis meiner Anstrengungen.“

„Wo haben Sie ihn gefunden?“

„Dort, wo ich die Beute vermutet hatte.“

„Erzählen Sie schon!“

„Meine Suche konzentrierte sich vor allem auf den Keller. Dort hatte nämlich der falsche Tannier einmal mit Zement gearbeitet. Ich hatte gedacht, er wolle irgend etwas reparieren. Da ich kein Interesse hatte, die Kosten dafür zu übernehmen, spielte ich den Ahnungslosen. Als ich aber dann von den Goldbarren hörte, bekam das Ganze plötzlich eine andere Bedeutung. Ich nahm an, er habe eine Art Tresor in die Wand eingebaut. Und ich täuschte mich nicht… bis auf die Tatsache, daß dort kein Gold versteckt war! Der Tresor war leicht zu finden, aber was lag drin? Ein Revolver! Die berühmte Tatwaffe, das gefährliche Beweisstück! Klar, daß Thévenon die Waffe eingemauert hatte.“

„Und Einmauern war sicherer, als sie in den Fluß zu werfen“, brummte ich.

Monsieur Jander hatte die Reinigung seiner Pfeife beendet und stand auf, um Tabak zu holen.

„Mit dem Revolver“, fuhr er im Ton eines Generalstaatsanwalts fort, „besaß ich den eindeutigen Beweis für die Schuld des Gangsters. Ich bin ein verantwortungsvoller Staatsbürger... Gerechtigkeit geht über alles...“

„Und dann war es ja auch sehr gefährlich, die Waffe zu behalten“, bemerkte Marc Covet scheinheilig.

„Genau... äh... Ich meine... nun ja...“

„Und außerdem“, fügte ich hinzu, „waren Sie von der erfolglosen Schatzsuche enttäuscht. Wie schön für Sie, daß sich eine Gelegenheit bot, Thévenon eins auszuwischen. Denn daß Sie nichts gefunden hatten, sahen Sie als persönlichen Affront an. Wenn die Tatwaffe nicht aufgetaucht wäre, hätte der Täter seinen Kopf retten können! Ob dieser Kopf nun hübsch war oder nicht: Meinen Sie, Sie, ein verantwortungsbewußter Staatsbürger, der sich das Gold der *Banque de France* unter den Nagel reißen wollte, ausgerechnet Sie wären der geeignete Mann gewesen, ihm die Schlinge um den Hals zu legen?“

„Ich habe nur meine Pflicht getan“, schnauzte der verantwortungsvolle Monsieur Jander, dessen unbestreitbar sympathisches Gesicht sich vor Wut häßlich verzerrte. (Und so was rauchte Pfeife!) „Ich habe die Waffe der Polizei geschickt.“

„Anonym“, erinnerte Covet ihn mit erhobenem Zeigefinger.

„Laß es gut sein“, sagte ich zu meinem Freund und stand auf. „Darauf kommen wir demnächst zurück, wenn Monsieur uns seine Moralpredigt über Berufsehre hält. Jetzt machen wir am besten 'ne Mücke. Ich wüßte nicht, was wir hier noch erfahren könnten...“

Als wir wieder in dem geliehenen Wagen saßen, bemerkte der Journalist:

„Hoffentlich kommen die Engländer bald und schmeißen 'n paar Bömbchen auf dieses Nest. Hoffentlich! Wie der Kerl mich ankotzt!“ Für einen Zeitungsmenschen hat Marc einen erstaunlichen Sinn für Sauberkeit. „Und wohin geht's jetzt?“ fragte er seufzend.

„Zur *Banque de France* natürlich! Ich hoffe, Sie haben noch nicht verlernt, wie man aus einer Haarnadel einen Schlüssel macht.“

* * *

Der Keller war alles andere als geräumig. Gestapeltes Holz, etwas Kohle, zwei alte Kisten und staubige Flaschen genügten, um ihn vollzustellen. Durch ein vergittertes Kellerloch fiel schwaches Licht aus dem ungepflegten Garten herein.

Marc Covet ließ den Schein seiner Taschenlampe in alle Ecken wandern. Das von Thévenon angelegte, von Jander ent- und dann wieder verdeckte Versteck war nicht zu übersehen.

„Meinen Sie, das Zeug liegt hier rum?“ fragte Covet skeptisch.

„Oh nein!“ rief ich lachend. „Da drin war nur der Revolver. Nichts als der Revolver. Es *durfte* gar nichts anderes drinliegen!“

„Sie reden wie Sherlock Holmes“, sagte mein Freund grinsend. „Ein gutes Zeichen! Noch ’n paar Sprüche von Ihnen, und die Goldbarren fressen mir aus der Hand... Ich bin sicher, Sie zaubern die Dinge gleich aus den Flaschen da...“ fügte er hinzu, als er sah, daß ich mich mit meinem Korkenzieher-Messer an einer der staubigen Flaschen zu schaffen machte.

Kurz darauf tranken wir einen Wein, der gar nicht mal so übel war.

„Apropos Sprüche“, nahm ich den Gesprächsfaden wieder auf. „Einer davon hätte Sie bei unserem traurigen Staatsbürger eben eigentlich stutzig machen müssen. Ein Gedanke, den ich vor mich hingebrummt habe, um zu hören, wie dumm er klang. Wissen Sie, was ich meine?“

„Moment...“ Seine Denkerstirn legte sich in Falten, sein Zeigefinger strich über die Schnapsnase. „Ich glaub, da war was... ja... Ich hab’s! Irgend etwas über das gefährliche Beweisstück... Daß es hier im Keller sicherer wär als im Fluß oder so. Fand ich ziemlich unlogisch.“

„Warum?“

„Tja...“

„Hier, trinken Sie noch ’n Schluck! Dann denkt es sich schneller.“

Ich reichte ihm die Flasche. Der Wein tat seine Wirkung.

„Weil es ausgesprochen dämlich ist“, sagte Covet, „ein so entscheidendes Beweisstück an dem Ort zu verstecken, an dem man sich selbst versteckt hat. Man muß doch damit rechnen, daß die Flics ausgiebig rumschnüffeln, wenn sie durch Zufall rauskriegen, wo man sich verkrochen hat... Ein Teich, drei Kilometer von hier, wär bestimmt sicherer gewesen als dieser Tresor."

„Bravo, Covet!" lobte ich den allesschluckenden Journalisten. „Weiter!"

„Nein, im Moment hab ich nichts mehr zu bieten."

„Aber auf eine Frage antworten, das werden Sie doch wohl noch können, oder?"

„Kommt auf die Frage an."

„War Thévenon dämlich?"

„Ja, genau!"

„Genau, was?"

„Er war alles andere als dämlich."

„Genausowenig wie ich. Hier der Beweis: Kriminelle kennen sich mit Alibis aus. Es gibt verschiedene Arten von Alibis. Dieser Tresor hier ist zum Beispiel eins. Lassen sie es mich erklären: Während seines erzwungenen Aufenthalts in Bois-le-Roi hat Thévenon eine Idee, wie er die Goldbarren vor möglichen Durchsuchungen retten kann. Nehmen wir an, er braucht dafür Zement. Er besorgt sich welchen und tut das, was zu tun ist. Nun besteht aber die Gefahr, daß sein Zementkauf bekannt wird und alles verrät. Die Flics sind hartnäckig. Mit viel Geduld stolpern sie früher oder später über das Versteck. Man muß sie also irreführen, ihnen einen Köder anbieten, der den Kauf und Gebrauch von Zement erklärt. Dadurch wird ihre Neugier befriedigt und ihr Schwung gebremst. Der Köder muß etwas Wichtiges sein, etwas, das so viel Aufwand rechtfertigt. Zum Beispiel ein wichtiges Beweisstück!"

„Dann liegen die Barren also doch hier rum?" rief Covet aufgeregt und machte eine kellerumfassende Geste.

„Wir haben allen Grund, das anzunehmen."

„Und warum nicht irgendwo im Haus?"

„Zement hinterläßt Spuren. Thévenon wollte nicht unbedingt überall eine Zementspur legen. Das eigentliche Versteck – das der Goldbarren – befindet sich demnach ganz in der Nähe des Alibi-Fliegenfänger-Verstecks."

„Hm... Dann werden wir wohl jeden Stein umdrehen müssen, den Boden aufreißen, die Decke ankratzen..."

„Nein, nein", beruhige ich meinen Freund. „Wir wollen doch nicht die klassische Wühlarbeit der Jungs vom Quai des Orfèvres imitieren! Die würden nämlich haargenau so vorgehen, wenn der Gott der Goldschmiede sie hierher geführt hätte... was Thévenon natürlich wußte."

„Verstehe", seufzte Covet. „Überlegen wir also weiter. Sie strapazieren heute ganz schön meine grauen Zellen!"

„Und Sie Ihre Batterien", gab ich zurück und zeigte auf seine Taschenlampe. „Knipsen Sie das Ding aus. Wir brauchen kein Licht, um erleuchtet zu werden."

„Und unseren Mund finden wir auch im Dunkeln", lachte Covet.

Er knipste die Lampe aus, griff zur Flasche und nahm einen ordentlichen Schluck. Dann setzte er sich auf einer der wackligen Kisten in Denkerpose.

Nach und nach gewöhnten sich unsere Augen an das Halbdunkel. Erstaunlich, was der graue Tag zu bieten hatte. Plötzlich drang Sonnenlicht durch das Kellerfenster: Die Frühlingssonne hatte sich durch die Wolken gekämpft und warf ein gestreiftes Rechteck auf den Kellerboden. Zwischen den Streifen bewegte sich ein schwarzer Punkt. Ich sah zum Kellerfenster hoch. Eine Spinne war dabei, zwischen den Gitterstäben ihr Netz zu spinnen.

„Wie viele Goldbarren waren das noch mal?" fragte ich Marc.

„Vier, wenn Sie die meinen, die fehlten. Die kann man lei..."

„Zylindrisch?"

„Ja. Aber..."

Das Messer in der Hand, stürzte ich zum Fenster. Wie wild kratzte ich an einem der Gitterstäbe herum. Die Spinne ergriff freiwillig die Flucht. Eine Schicht Dreck sprang ab, dann eine Schicht Farbe.

Golden blinkte das Edelmetall in der Sonne.

18
Die Tatwaffe

Marc Covet setzte mich vor der Agentur ab. Auf der Fahrt hatte er keinen Piep von sich gegeben. Die vier Goldbarren hatten auf ihn dieselbe Wirkung wie vier gezielte Hammerschläge auf den Kopf.

„Ich fahr in die Redaktion", murmelte er, als wir uns verabschiedeten. „Da kann ich duschen. Vielleicht holt mich das wieder ins Leben zurück."

Ich konnte seiner Wassertherapie nur zustimmen.

Oben warteten Hélène und Reboul bereits auf mich. Pierre Friant hatte den vereinbarten Bericht geschrieben. Reboul hatte endlich mit dem Ohrenzeugen aus der Rue Monsigny gesprochen, einem gewissen Thiry. Der Mann hielt sich zu unserer Verfügung. Ich trug meinem Mitarbeiter auf, ihn für heute abend hierher zu bestellen. Hélène sagte, Laurent Gaillard müsse jeden Augenblick kommen. Laurent Gaillard! Meine Sekretärin sprach den Namen in einem ganz anderen Ton aus als den von Pierre Friant. Der elegante Detektiv war ihr offensichtlich ins leuchtende Auge gesprungen. Ich sagte ihr, sie solle ihren heimlichen Schwarm zu mir reinschicken, sobald er aufkreuze. Dann ging ich in mein Büro.

Nach einer Viertelstunde unterbrach das Klingeln des Telefons meine Grübeleien.

„Hallo!" brüllte Marc Covet am anderen Ende der Leitung. „Die Flics haben uns soeben wissen lassen, daß Madame Bourguet die Unbekannte im Taxi war."

„Ach! Hat mein Brief an Faroux gewirkt?"

„Sieht so aus. Da gibt es aber noch was ..."

„Was?"

„Sie werden mir vorwerfen, daß ich Ihren Triumph von heute

morgen schmälern will. Aber Ihre Idee war so brillant, daß Sie einen kleinen Dämpfer vertragen können."

„Das reicht als Vorspann", fiel ich ihm ins Wort. „Kommen Sie zur Sache! Hab noch über andere Dinge nachzudenken."

„Ach ja? Also... nicht immer sind Ihre Grübeleien von Erfolg gekrönt. Was zum Beispiel diese Madame Bourguet betrifft... Bei der haben Sie total danebengehauen! Die Flics haben inzwischen ermittelt, daß der Revolver, mit dem Barton erschossen wurde, nichts mit der Waffe der Selbstmörderin zu tun hat. Die Gutachten sind eindeutig: dieselben Kaliber, aber verschiedene Charakteristika der Projektile. Außerdem hat sich die Tote am 17. nicht aus ihrem Haus fortbewegt. Mindestens fünf glaubwürdige Zeugen haben das ausgesagt. Was sagen Sie nun, Burma?"

„Daß nur derjenige, der nichts macht, nichts falsch macht."

„Sie reden wie meine Großmutter! Die hat auch immer gesagt..."

Was Covets Vorfahren gesagt hatten, interessierte mich nun wirklich nicht. Respektlos knallte ich den Hörer auf die Gabel. Ich stand auf und ging nachdenklich im Zimmer auf und ab. Die Probleme häuften sich. Ich beschloß, das einfachste in Angriff zu nehmen – das der Goldbarren –, dachte darüber nach, wie ich mich in dieser Angelegenheit zu verhalten hatte, und zündete mir zur Belohnung eine Pfeife an.

Kaum setzte die Flamme des Feuerzeugs den Tabak in Brand, kam in mir eine Erinnerung hoch. Ich taumelte, so sehr hatte mich die plötzliche Erkenntnis getroffen. Auch wenn der Redakteur des *Crépu* meinte, zu angestrengtes Nachdenken schade nur, so kamen dabei doch hin und wieder einige gute Ideen heraus. Manchmal auch ziemlich merkwürdige...

Wie der Blitz verließ ich die Agentur.

* * *

Der Concierge des Hauses in der Rue Lecourbe, in dem ich am vergangenen Dienstag den Bombenangriff überlebt hatte, war kurzsichtig wie ein Maulwurf. Er akzeptierte ohne weiteres

– wie der Nachtportier im Hotel Deux-Jumeaux – meine blau-weiß-rot gestreifte Visitenkarte als Ausweis des Zivilschutzes. Ich bat ihn, mich in den Luftschutzkeller zu begleiten, wo ich etwas überprüfen müsse.

Unten warf ich offizielle Verwaltungsblicke um mich. Dann fragte ich ihn, ob er mir bei einem kleinen Experiment behilflich sein wolle. Er wollte. Ich stellte ihn dorthin, wo ich während des Alarms gestanden hatte, knipste das Licht aus und stellte mich schräg hinter ihn. Für den Bruchteil einer Sekunde ließ ich mein Feuerzeug aufflammen.

„Haben Sie etwas gesehen?" fragte ich den Concierge.

„Sie haben Ihr Feuerzeug aufflammen lassen", war die prompte Antwort.

„Haben Sie das *gesehen*?"

„Ja."

Der Mann war keineswegs erstaunt. Unkonventionelles Vorgehen von Verwaltungsangestellten konnte ihn nicht aus der Fassung bringen. Ich trat ein paar Schritte zurück und wiederholte das Spielchen.

„Und jetzt?" fragte ich.

„Sie haben wieder Ihr Feuerzeug angeknipst."

„Moment... Sagten Sie ‚angeknipst'? Meinen Sie damit, daß Sie keine Flamme gesehen haben?"

„Ja, genau das. Ich hab nur das Geräusch gehört."

„Ich danke Ihnen, Monsieur", sagte ich, ohne mich von der Stelle zu bewegen. „Schalten Sie jetzt bitte das Deckenlicht an."

Der Concierge ging zum Schalter und knipste das Licht an. Ich befand mich vor der hintersten Kellertür, der Nr. 7. Zwischen der groben Holztür und dem oberen Teil der Türöffnung klaffte eine beträchtliche Lücke.

„Der Keller gehört zur Wohnung im dritten Stock rechts", erklärte der Concierge auf meine Frage. „Monsieur Denis, arbeitslos."

Aber, wenn er so sagen dürfe, ein berufsmäßiger Arbeitsloser, fügte er hinzu. Doch, Monsieur Denis sei bestimmt zu Hause, er gehe nie weg. Sonst könne er ja womöglich Arbeit finden... Na ja, eine komische Zeit sei das eben!

Lange nachdem ich geläutet hatte, öffnete Monsieur Denis seine Wohnungstür. Sein Gesicht sprach Bände: So als sei er darauf gefaßt, daß das Gas abgesperrt und gleichzeitig der Gerichtsvollzieher vor der Tür stehen würde. Sein Blick allerdings verriet mir, daß man dem „berufsmäßigen Arbeitslosen" nichts vormachen konnte. Also verplemperte ich meine Zeit nicht damit, ihm eins meiner üblichen Märchen aufzutischen.

„Dem Concierge hab ich mich als Inspektor des Zivilschutzes vorgestellt", begann ich, „Ihnen kann ich erzählen, daß ich mich für Archäologie interessiere. Sie sind jedoch nicht verpflichtet, mir zu glauben. Eins ist aber ganz sicher: Für Sie springen hundert Francs raus."

Bei den letzten Worten hellte sich sein Gesicht auf; zunächst hatte es skeptische Verwirrung widergespiegelt.

„Sie sehn nicht aus wie'n Flic", bemerkte er scharfsinnig.

„Nein, aber im Schnüffeln bin ich genausogut. Und genau deshalb bin ich hier! Also, hier meine 100-Francs-Frage: Waren Sie in letzter Zeit in Ihrem Kellerraum?"

„Vor einem Monat hab ich das letzte Stück Kohle rausgeholt. Wein war nie drin, bei einem Liter pro Woche..."

„Das heißt, Sie waren seit einem Monat nicht mehr in Ihrem Keller?"

„So ungefähr."

„Würden Sie so nett sein und jetzt mit mir zusammen runtergehen?"

Mit den versprochenen 100 Francs begegnete ich seinem Zögern.

„Ein teures Schlüssel-Herumdrehen!" stellte ich lachend fest. „Ich hätte das Schloß auch aufbrechen können, aber ich kann das Geräusch nicht leiden."

„Na gut", murmelte er, ein wenig überrumpelt.

Quietschend öffnete sich die Tür zum Keller Nr. 7. Ich ließ den Schein meiner Taschenlampe über den Boden gleiten.

„Ach du Scheiße!" rief der Arbeitslose. „Haben Sie 'n Tip gekriegt, 'n anonymen Brief oder so was? Ich schwöre Ihnen, ich..."

„Schon gut“, beruhigte ich ihn. „Der *Militärbefehlshaber* wird ganz bestimmt nichts davon erfahren.“

Ich bückte mich, um die Browning aufzuheben.

* * *

Hinter der gepolsterten Tür meines Büros und der einer Abstellkammer, die zum Labor avanciert war, untersuchte ich meinen Fund. Die Glühbirne war so stark, daß jeden Moment die Sicherung rausspringen konnte.

Es war eine 7,65er Automatic. Drei Kugeln fehlten im Magazin. Zwei waren verschossen worden, eine steckte noch im Lauf. Die Waffe war vor ungefähr vier Tagen zum letzten Mal benutzt worden. Ich hielt mich nicht damit auf, nach Fingerabdrücken zu suchen (denn die Browning war mit Handschuhen angefaßt worden!). Auch sonst gab es keine Spuren. Nicht mal die eines aufmontierten Schalldämpfers!

Nachdenklich ging ich hinüber in mein Büro. Die Browning legte ich in eine Schublade, und die schloß ich ab. Sofort riß ich sie jedoch wieder auf und holte die Waffe raus, um meine eigenen Fingerabdrücke abzuwischen. Dann schloß ich sie endgültig ein.

Ich schnappte mir das Telefon und wählte die Nummer des Deux-Jumeaux. Man sagte mir, Mac Guffine sei „von seiner Reise zurück“ und habe „unverzüglich seine Arbeit im *Médrano* wiederaufgenommen“.

Es war Samstag. Bis zur Kindervorstellung hatte ich noch eine Stunde Zeit.

Unterwegs kaufte ich mir eine Zeitung. Man hatte den Journalisten freie Hand gelassen. Julien Bourguet verdrängte die aktuellen Kriegsereignisse von der ersten Seite. Hatte wohl seine guten Beziehungen von 1938 verloren! Im Augenblick wurde er von der Kripo verhört. *Die tragische Geliebte*, lautete die Schlagzeile. Kommissar Martinot hatte was für seine eigene Publizität getan und ein Interview über den Fall Barton gegeben. Ich fragte mich warum: Er hatte die Sammlung nichtssagender Allgemeinplätze um einige weitere bereichert, ohne auch nur eine einzige interessante Neuigkeit preiszugeben.

19
Die Tatzeit

Gegen fünf war ich wieder in der Agentur. Den Zwerg hatte ich nicht getroffen.

Laurent Gaillard und Hélène saßen da, als würden sie für einen Fotografen posieren, der sich auf romantische Kitschfotos spezialisiert hat. Ich unterbrach ihre Zweisamkeit.

„Gehen Sie bitte nach nebenan", bat ich die neue Attraktion unserer Agentur.

Als er meiner Bitte nachgekommen war, wählte ich die Nummer des Bistros gegenüber.

„Ich möchte mit Monsieur Reboul sprechen", sagte ich. „Ja, er ist bei Ihnen im Lokal." Kurz darauf hörte ich die Stimme meines einarmigen Mitarbeiters. „Hallo, Reboul! Bringen Sie bitte Monsieur Thiry rauf."

Hélène sah mich beunruhigt an. Mein Feiertagsgesicht und ihr siebter Sinn warnten sie vor einer drohenden Gefahr.

„Suchen Sie sich einen anderen Liebhaber", riet ich ihr. „Der hier wird eventuell bald aus dem ... Verkehr gezogen." Grinsend fügte ich hinzu: „Sie können ja wieder 'ne Anzeige aufgeben ..."

Mit diesen Worten ging ich hinüber in mein Büro, wo es sich Laurent Gaillard in einem Sessel bequem gemacht hatte. Ich setzte mich ihm gegenüber hin, und wir redeten über den Fall, mit dem er beauftragt war. Plötzlich ging eine Tür auf. Herein spazierte Reboul mit einem Herrn, dessen seriöses Aussehen durch den Regenschirm an seinem Arm noch unterstrichen wurde. Seine Haltung war so unbeugsam wie Justitia. Es war Monsieur Thiry, der heißersehnte Ohrenzeuge.

„Und?" fragte ich ihn.

„Er ist es", sagte der Mann mit dem Schirm. „Genau dieselbe Stimme! Irrtum ausgeschlossen. Außerdem ..." Er kniff die

Augen zusammen. „Ich erkenne in diesem Mann einen häufigen Gast von Monsieur Chabrot wieder."

„Was haben Sie dazu zu sagen, Monsieur Gaillard?" wandte ich mich an den Charmeur, der in seinem Sessel nervös hin- und herrutschte.

Er stand auf. Inzwischen hatte er seine Brille aufgesetzt. Leider zu spät! Durch das Fensterglas warf er dem Zeugen einen vernichtenden Blick zu. Einen Blick, der mit dem sonst so gewinnenden Lächeln nichts mehr gemeinsam hatte.

„Nun, Monsieur Gaillard? Ich warte!"

Plötzlich machte er einen Satz, rannte mich um und stürzte auf die Verbindungstür zu Hélènes Büro zu. Beherzt schwang Monsieur Thiry seinen Regenschirm und versperrte dem Flüchtenden den Weg. Mit einem Schlag in den Magen schickte Gaillard ihn zu Boden. Inzwischen hatte aber Reboul geistesgegenwärtig auf einen Perlmuttknopf gedrückt. Ein schweres Eisengitter fiel vor der Eingangstür herunter und machte jede Flucht unmöglich. Chabrots Mörder brüllte vor Wut auf, als er merkte, daß er in der Falle saß. Vielleicht war es auch der Schmerz, der ihn aufheulen ließ: Er war mit einer Hand gegen das Gitter geknallt. Ich stürzte mich auf den Schönling.

„Nicht!" schrie Hélène und kam ihrem neuen Freund zu Hilfe.

Ich konnte meine Reflexe nicht mehr kontrollieren, drehte mich um und versetzte meiner Sekretärin eine schallende Ohrfeige. Sie hielt sich die Wange, taumelte rückwärts und fiel weinend auf einen Stuhl.

Ich packte Gaillard am Kragen, schleifte ihn zurück in mein Büro, warf ihn in einen Sessel und hielt ihn fest. Sein Gesicht war schmerzverzerrt. Die geschwollene Hand ließ ihn wohl die Engel im Himmel singen hören.

„Du Schlauberger!" schrie ich keuchend. „Wolltest mal 'n bißchen bei *Fiat Lux* rumschnüffeln, hm? Gar keine schlechte Idee, mir Aufträge von fingierten Kunden zu verschaffen und sich dann um die fällige zusätzliche Stelle in der Agentur zu bewerben! Nach den falschen Polizisten nun falsche Opfer und erfundene gehörnte Ehemänner! Du bist mir vielleicht 'n Spaßvogel!

Klar, daß Nestor Burma Hilfe brauchen und einen Bewerber bevorzugen würde, der ausgezeichnete Referenzen vorlegen konnte. Von Auguste... aus Lyon... Welch ein Zufall! Schwer zu überprüfen, jenseits der Demarkationslinie. Damit, mein lieber Gaillard, hattest du wenigstens zwei Wochen lang nichts zu befürchten. Mehr als genug für ein so schlaues Kerlchen wie dich, um einiges rauszukriegen. Erst alleine, dann mit Hilfe von Hélène, die du schon nach zwei Minuten um den kleinen Finger wickeln konntest. Sie hätte dir alles verraten, ohne das geringste zu merken. Deine Taktik war wirklich geschickter als die brutale Tour, die klassische Methode des Emmanuel Chabrot. Ein Erpresser der alten Schule war das, ein Blödmann, der mit seinen romantischen Anwandlungen alles versaut hat. Ja, auf seine Art war er ein Poet! Wollte den Leuten imponieren, und dieses kindische Bedürfnis mußte er teuer bezahlen."

„Und du bist genauso einer!" schrie Gaillard. „Du willst nur Staub aufwirbeln, du eitler Affe! Hör auf mit dem Theater und ruf die Flics, das wär normaler!"

„Aber, aber, junger Mann! Ich hab dich zwar als einen Spaßvogel bezeichnet, aber jetzt übertreibst du. Erst beschimpfst du mich als ‚eitlen Affen', und dann tust du so, als wär ich 'n braver Staatsbürger. Nein, nein, mein Sohn, warum sollte ich dich den Flics ausliefern? Wegen des Mordes an Chabrot? Du kannst dir gar nicht vorstellen, wie egal mir das ist. Fast würde ich dich dazu beglückwünschen... Ja, doch! So ist er nun mal, dieser Nestor Burma, verständnisvoll und alles. Nur eins, das kann er nicht leiden: daß man versucht, ihn zu verarschen! Dann inszeniert er so kleine Schau- und Hörspiele wie eben, nur damit seine Feinde merken, was er so alles merkt. Um Dynamit Burma reinzulegen, muß man verdammt früh aufstehen! Ich hab dich nur zu Demonstrationszwecken entlarvt, nur deshalb... Ja, nur deshalb. Wie gesagt, der Mord an Chabrot ist mir scheißegal; und der Grund für dein Interesse an meiner Person ist mir bekannt: das Gold von Le Havre, stimmt's? Aber das kannst du in den Mond schreiben, du Lackaffe! Du bist doch hergekommen, um mehr darüber zu erfahren. Also, sperr die Ohren gut auf: Weißt du, wer sich die Barren an Land gezogen hat? Meine Wenigkeit!

Und weißt du auch, was mich dazu bewegen kann, sie wieder rauszurücken? Nichts! Und glaub ja nicht, daß ich Staub aufwirbeln will! Im Gegenteil, ich werd mich mucksmäuschenstill verhalten..."

Gaillards Blick verriet, daß er mir aufs Wort glaubte.

„Wenn Sie das Gold haben, was wollen Sie dann noch von mir?" stieß er hervor. Sein Ton war merklich höflicher geworden.

„Barton", antwortete ich trocken. „Du wirst mir erzählen, wie du ihn umgebracht hast... und warum."

Er riß die Augen weit auf.

„Was?" schrie er.

„Du wirst mir jetzt erzählen, wie und warum du Barton getötet hast", wiederholte ich ruhig.

„Aber..."

„Du wirst es mir sogar schriftlich geben. Wir werden das hübsch gemeinsam vorbereiten. Ein einwandfreies Geständnis mit allen Einzelheiten, so als würden wir einen Artikel für die Zeitung schreiben. Eine Gemeinschaftsproduktion sozusagen! Aber keine Angst: Ich erhebe keinen Anspruch auf Urheberschaft. Unterzeichnen wirst nur du, du ganz allein! Und dann... Hör gut zu: Du haust ab, verstanden? Findest du nicht, daß ich sehr großherzig bin? Ich..."

Reboul hüstelte. Nicht zum ersten Mal, aber ich hatte bisher nicht darauf geachtet. Jetzt kapierte ich endlich. Vor allem deshalb, weil er mich am Arm berührte. Ich drehte mich um.

Monsieur Thiry war immer noch da. Ich hatte ihn ganz vergessen. Seine vornehmen Ohren waren ganz rot geworden von dem, was er in den letzten Minuten über die dynamischen Methoden des Nestor Burma erfahren hatte. Ja, sie hatten wirklich viel zuviel gehört.

Fieberhaft suchte ich nach einer Möglichkeit, den guten Mann einzuschüchtern. Sonst würde er das, was er hier mitgekriegt hatte, später weitererzählen. Ich kramte meine kümmerlichen Deutschkenntnisse hervor, die sich auf Dinge wie „Mahlzeit", „Wiedersehn", „Danke schön" und „Ist verboten" beschränkten. Das warf ich Reboul schnarrend an den Kopf, wobei ich die

Augen rollen ließ. Mein Mitarbeiter antwortete mit einem erstklassigen „Jawoll", eins von denen, die man nur in schlechten Spionagefilmen zu hören kriegt. Es fehlte nicht viel, und er hätte die Hacken zusammengeknallt. Während wir diese Privatvorstellung gaben, betete ich, dieser Thiry möge doch bitte kein Germanist sein. Das hätte uns ziemlich alt aussehen lassen!

Monsieur Thiry war glücklicherweise der deutschen Sprache nicht mächtig. Das verriet mir sein beunruhigter Blick. Später sollte uns die Zeugenaussage dieses Mannes ins Zwielicht bringen; aber erst einmal stopfte ihm unsere Komödie das Maul. Und das war im Moment die Hauptsache. Gut, daß mir dieser Trick eingefallen war.

Laurent Gaillard holte mich wieder in die Wirklichkeit zurück. Er hatte meine vorübergehende Unaufmerksamkeit ausgenutzt und sich mit einem Kraftakt befreit. Wie ein Trottel lag ich auf dem Boden. Die vielen Clownsnummern rührten wahrscheinlich daher, daß ein Zwerg aus dem Zirkus in diesen Fall verwickelt war.

Ich rappelte mich wieder hoch... und hörte, wie die Tür zu meinem Abstell-Labor zugeknallt wurde. Gaillard behielt einen kühlen Kopf. Er wollte übers Dach flüchten. Ich stürzte zur Tür. Der Riegel wurde von innen vorgeschoben. Mit vereinten Kräften drückten Reboul und ich die Tür ein. Der Tisch stand unter der Dachluke, das Fensterchen war hochgeklappt. Ich kletterte aufs Dach. Die Zirkusnummer war noch nicht zu Ende.

Etwa fünfzig Meter weiter entdeckte ich den Flüchtenden hinter einem Kamin auf dem Nachbarhaus. So gut es das schwierige Gelände erlaubte, rannte er weiter, den rechten Arm angewinkelt, wie um seine angeknackste Hand zu schützen.

Die Nacht brach herein. Es fiel ein Nieselregen, der dem Februar alle Ehre gemacht hätte. In den Büros gegenüber hatte man schon lange Licht gemacht und die dunklen Vorhänge zugezogen, wie es der Zivilschutz verlangte. Niemand konnte uns sehen, wie wir hier wie die Affen rumturnten. War mir auch lieber!

Langsam, ganz langsam verringerte sich der Abstand zwischen mir und dem schönen Gangster. Da sprang er auf ein

Dach, auf dem rettende Luken offenstanden. In diesem Augenblick kam donnernder Lärm näher. Mit unbeschreiblichem Getöse hielt eine Maschine der *Luftwaffe* direkt auf uns zu. Diese Tiefflüge waren ja die reizende Spezialität der deutschen Piloten…

Ich mußte an die Filmserien meiner Kindheit denken. An Strickleitern, die aus Hubschraubern geworfen wurden, um Pearl White aus den Klauen eines teuflischen Chinesen zu retten. Aber dies hier war kein Film. Der *Stuka* schnappte mir Gaillard nicht vor der Nase weg. Im Gegenteil. Von dem Lärm überrascht, hob der Charmeur den hübschen Kopf. Das reichte, um ihn aus dem Gleichgewicht zu bringen. Er rutschte auf dem nassen Dach aus. Ich sah, wie er den Mund aufriß, konnte aber den Angstschrei nicht hören… oder war es schon das Todesröcheln? Er schoß die schiefe Ebene hinunter auf den unvermeidlichen Abgrund zu. Die Dachrinne hielt einen Lidschlag lang seinen Fall auf, ohne ihn allerdings zu stoppen. Der Körper fiel über den Rand, mit einer Hand klammerte sich der Unglückliche an die Regenrinne. Aber es war wohl die rechte, die er sich am Eisengitter in meiner Agentur verletzt hatte.

Von der Straße drangen entsetzte Schreie herauf, als der Mörder des Direktors von I.D.U.S. auf dem Pflaster aufschlug. Ende der Vorstellung!

Ich beeilte mich, zurück in mein Büro zu kommen. Jetzt konnte ich mit Bestimmtheit sagen, zu welcher Uhrzeit Barton umgebracht worden war. Gleichzeitig zerstreute das die letzten Zweifel an der Identität des Mörders.

* * *

In der Agentur warteten Reboul und Hélène. Monsieur Thiry hatten sie hinauskomplimentiert.

„Glauben Sie, er hält die Klappe?“ fragte ich Reboul.

„Ganz bestimmt“, versicherte mir der Einarmige. „Der konnte gar nicht schnell genug das Weite suchen! Muß ihm wohl ziemlich gefährlich vorgekommen sein, das Ganze hier. Er wird bestimmt nicht darüber sprechen.“

„Das solltet ihr zwei auch nicht tun", ermahnte ich meine Mitarbeiter. „Gaillard ist vom Dach gefallen. Trotz der Kälte wird seine Leiche jede Menge Schmeißfliegen anziehen."

Hélène schluchzte auf. Achselzuckend ging ich in mein Büro. Mein erster Blick galt der Schublade, die ich abgeschlossen hatte. Sie stand offen. Ich wurde blaß. Fluchend öffnete ich die Schublade. Der Revolver, den ich in der Rue Lecourbe gefunden hatte, lag nicht mehr an seinem Platz!

Ich rannte zurück in Hélènes Büro.

„Wer war an meinem Schreibtisch?" brüllte ich meine Sekretärin an. „Wer hat die Schublade geöffnet?"

Hélène sah zu mir auf. Die Wimperntusche war verlaufen und hatte zwei schwarze Furchen auf ihr Gesicht geschmiert.

„Wer?" schrie ich. „Verdammt nochmal, antworten Sie! Wer war da drin?"

„Faroux!" brüllte sie zurück. Ihre Stimme kippte beinahe um. Vielleicht wurde ein hysterisches Lachen draus. „Das hab ich ganz vergessen. Er war hier, bevor Sie zurückkamen. Wollte auf Sie warten, ist dann aber doch gegangen... Wenn er was mitgenommen hat, wird er wohl seine Gründe gehabt haben..."

Sie vergrub sich wieder in ihr Taschentuch. Ich schwankte, als hätte man mir mit dem Hammer vor den Kopf geschlagen. Mein Zorn verrauchte. Ich hörte auf, Hélène zu schütteln. Meine Hände lagen immer noch auf ihren Schultern. Tröstend versuchte ich, sie zu streicheln.

Unten auf dem Boulevard kam ein Polizeiwagen angerast, gefolgt von der Ambulanz. Laurent Gaillard trat seine letzte Reise an.

Leise sagte ich zu Hélène:

„Sind Sie mir sehr böse?"

Statt einer Antwort schob sie meine Hand von ihrer Schulter.

„Verzeihen Sie mir", flüsterte ich. „Aber Sie sollten sich vor der Liebe in acht nehmen!"

Daß ich selbst diesen Rat besser auch befolgt hätte, verschwieg ich.

20
Enträtselung

Zum dritten Mal innerhalb einer Viertelstunde läutete das Telefon.

„Geht das noch lange so?" fragte ich Lydia ungeduldig. „Leg den Hörer doch daneben, wenn du sowieso nicht abheben willst."

Halb ärgerlich, halb wütend sah sie noch reizender als gewöhnlich aus. Sie saß zusammengerollt in einem Sessel neben dem Ofen und las etwas, ohne sich darauf zu konzentrieren. Mein seltsames Benehmen war ihr so langsam unheimlich. Seitdem sie bei mir wohnte, war ich nicht grade gesprächig.

„Genau das werd ich machen", griff ich ihren Vorschlag auf. „Werd einfach den Hörer daneben legen. Der Kerl hat schon angerufen, bevor wir nach Hause gekommen sind, und er wird so bald nicht aufgeben. Er soll endlich kapieren, daß ich zu Hause bin, aber nicht ans Telefon gehen will. Vielleicht bequemt er sich dann her."

Lydia zeigte auf den Apparat, der nur darauf gewartet zu haben schien, um von neuem zu läuten.

„Weißt du denn, wer er ist?"

„Nestor Burma weiß alles."

Ich holte ein Päckchen Zigaretten hervor.

„Ach, sieh an! Du wirst deiner Pfeife untreu?" stellte Lydia erstaunt fest.

„Nein, die sind für dich."

„Ich rauche nicht."

„Trotzdem hast du Zigaretten in deiner Tasche."

„Hin und wieder..."

„Ja, genau, wie alle andern! Hin und wieder. Unter ganz bestimmten Umständen. Wie jetzt zum Beispiel. Los, nimm eine! Du mußt eine Entscheidung treffen."

„Versteh ich nicht."

„Gleich wirst du's verstehn. Barton ist nämlich doch von seiner Ex-Frau umgebracht worden!"

„Was?" rief sie entsetzt. „Von meiner Schwester?"

„Von deiner Schwester? Daß ich nicht lache! Mir ist nicht danach... Hör zu!"

Ich zog einen Stuhl ran, setzte mich neben sie und nahm ihre Hand. Ihre schmalen Finger mit den lackierten Nägeln zitterten leicht. Ich konnte mit meinem Monolog beginnen.

„Ich hab dich mehr als einmal mit 'ner Zigarette im Mund gesehn. Zum ersten Mal in dem Luftschutzkeller. Dann in Bois-le-Roi. Und schließlich, als du mein Büro verlassen hast. Und jedesmal lag vorher oder nachher eine Entscheidung an. Bei dir zu Hause hattest du dich entschlossen, einen lästigen Verehrer aus dem Weg zu räumen. In meinem Büro hattest du mir gerade eine plausible Erklärung für dein Verhalten in den letzten Tagen geliefert. In der Rue Lecourbe hast du dir aus Erleichterung eine Zigarette angezündet. Den kurzen Moment, in dem das Licht ausging, hattest du genutzt, um die Browning in einen der Kellerräume zu werfen. Die Anekdoten über den eifrigen Flic hatten dich wohl nervös gemacht. Also nichts wie weg mit der Waffe! An dem Tag mußt du übrigens eine weitere Zigarette geraucht haben. Geraucht! Zwei- oder dreimal dran gezogen und sie dann auf den Boden geworfen, wie es so deine Art ist! Die Kippe wurde von einem Jungen des Räumkommandos auf der Treppe gefunden, aufgehoben und zu Ende geraucht. Diese Zigarette hattest du angezündet, kurz nachdem du mit Barton abgerechnet hattest."

Ihre Augenlider wurden schwer und noch dunkler, als es der Lidschatten erlaubte. Ihre Ohrläppchen waren weiß.

„Na, was sagst du dazu?"

Ohne die Augen zu öffnen, stieß sie gespielt ironisch hervor:

„Das ist hier wie bei 'ner Hellseherin! Na ja, du bist ja auch Detektiv. Ihr lest alle aus Handlinien, wenn auch aus verschiedenen..."

„Nein, nein! Keine Fingerabdrücke, wenn du darauf hinauswillst. Du weißt sehr gut, daß du an dem Tag Handschuhe getragen hast."

Sie überhörte meinen Einwurf und fuhr fort:

„Wenn ich dir 'ne Haarlocke von mir gebe, liest du bestimmt daraus, daß ich mit zehn Jahren krank geworden bin, weil mir der Weihnachtsmann keine Puppe gebracht hat..."

„Ich glaub nicht an den Weihnachtsmann. Nur ein ganz klein wenig an die Wissenschaft. Du wirst lachen, aber ich hab tatsächlich 'ne Haarlocke von dir. Von der ersten Nacht, die du hier verbracht hast... Erinnerst du dich?... Du weißt doch: Man darf nichts außer acht lassen! Und ein Flic ist und bleibt eben ein Flic. Die Analyse hat ergeben, daß die wunderbare Farbe deiner Haare echt ist. Jeanne Barton jedoch war brünett, fast schwarz... War sie zumindest noch 1938..."

„Warum versuchst du mir dann einzureden, daß Jeanne und ich ein und dieselbe Person sind? Meinst du, ich hätte eine Sekunde lang mit dem Gedanken gespielt, diese wunderschöne Haarfarbe zu verändern?"

„Natürlich nicht! Das wär beinahe 'ne Todsünde! Ich mein das wirklich so."

„Also warum..."

„Wegen der Kinderkrankheit, von der du eben gesprochen hast. War das nicht zufällig Typhus?"

Sie zuckte die Achseln, antwortete aber nicht. Ihr Gesicht war noch blasser geworden.

„Nehmen wir mal an, daß du Typhus gehabt hast. Aber nicht mit zehn, sondern mit zwanzig Jahren. Und nehmen wir weiter an, daß dir davon die Haare ausgegangen sind. Aus einer Laune heraus kaufst du dir eine schwarze Perücke. Seit Conchita Moralés in Paris war, sind dunkle Raben *en vogue*. Das macht dir solch einen Spaß, daß du dich mit der schwarzen Perücke fotografieren läßt. Das Foto schenkst du jemandem, der dir lieb und teuer ist. Aber dieser Jemand kennt die Gefahr solcher Souvenirs. Er wirft das Foto in den Papierkorb, und ein Freund von ihm fischt es wieder raus. Für den ist es nämlich so was wie 'ne Reliquie. Von der Natur mit Zwergwuchs bestraft, ist seine Sexualität ziemlich verkorkst. Er verliebt sich natürlich in dich. Treibt den Kult sogar so weit, fünf Jahre später einen Mord zuzugeben, von dem er annimmt, daß du ihn begangen hast. Du hast von seiner

Leidenschaft nie was bemerkt, und Mac Guffine hat dir seine Liebe nicht gestanden. Warum sollte er auch? Er als Erdmännchen hätte sich von dem angebeteten Stern nur einen Korb holen können. Aber das hält ihn nicht davon ab, dich abgöttisch zu lieben. Außer Profi-Fotos hat er noch mindestens ein weiteres, das er selbst geschossen hat. Darauf sieht man Jeanne Barton zusammen mit einem Mann, von dem nur die untere Gesichtshälfte zu sehen ist. Henri Barton? Nein, wahrscheinlich handelt es sich um Thévenon. Der Zwerg war dem Gangster hündisch ergeben.

Welchen Schluß läßt das zu?

Offensichtlich gehst du sehr verschwenderisch mit deinen Reizen um. Das soll kein Vorwurf sein, *chérie*... Du warst Thévenons Geliebte. Dein Ehemann hat erst nach der Suche in Le Havre von seinen Hörnern erfahren. Rasend vor Wut will er sich rächen... und liefert seinen Boß ans Messer. Über den Grund für den Verrat ist viel spekuliert worden. Wollte er sich selbst möglichst vorteilhaft aus der Affäre ziehen? Wollte er an das Gold ran? Niemand jedoch hat an ein Liebesdrama gedacht. Weder damals noch bei dem Mord am letzten Dienstag."

Ich holte tief Luft.

„Sehr amüsant, deine Geschichte", bemerkte Lydia.

„Spar dir deine Ironie", erwiderte ich kühl. „Deine Karten sind nicht so gut, wie du meinst. Sicher, deine Position ist stark... Jedenfalls gehst du davon aus. Nestor Burma wird doch nicht seine Geliebte verpfeifen, hm? Das denkst du doch, oder?"

Sie ließ sich auf den Boden gleiten, umschlang meine Knie und sah mich aus entsetzten Augen an. Wieder schrillte das Telefon.

„Leider bin ich nicht allein", flüsterte ich und strich ihr übers Haar. „Der, der das Telefon die ganze Zeit quält, ist ein Flic. Ein richtiger, mit Schlapphut und Schnurrbart und allem drum und dran. Ein vom Staat bezahlter Flic. Und er will mich fragen, was der Revolver in einer Schublade der Agentur *Fiat Lux* zu suchen hatte. Der Revolver, mit dem Barton erschossen wurde und den ich heute im Keller in der Rue Lecourbe gefunden habe... Nein, ich bin nicht alleine", wiederholte ich seufzend. „So leid es mir tut, denn... ich glaube, ich liebe dich."

„Ich liebe dich auch", flüsterte sie.

„Komm mir nicht mit deinen Gefühlen“, schnauzte ich.

„Ich liebe dich, *chéri*, und...“

„Klar“, sagte ich bitter lachend. „Du hast mich sofort geliebt, als wir uns begegnet sind. Liebe auf den ersten Blick! Kann ich gut verstehn, bei meinem unwiderstehlichen Charme... Halt bloß die Klappe von Liebe!“

„Nein, ich bin nicht still! Es stimmt, in der Nacht von Bois-le-Roi wollte ich dich...“

„... aus dem Verkehr ziehen, ja. Und ich hab dich auch noch blöderweise selbst darauf gebracht! Hab dir das Foto gezeigt und was von einer Schwester gefaselt. Anscheinend wußte ich so einiges, aber nicht alles. Würde ich den Rest auch noch über kurz oder lang rauskriegen? Bestimmt! Schließlich bin ich kein Amateur, sondern Detektiv. Wenn du mich also auf eine falsche Fährte locken würdest? Das würde immerhin die Aufdeckung der Wahrheit hinauszögern. Und in der Zwischenzeit könntest du versuchen, zu mir ins Bett zu kriechen... was dir ja auch prima gelungen ist!“

„Du hast so begeistert von mir gesprochen... Das wollte ich ausnutzen.“

„Hure!“

„Beleidige mich ruhig“, sagte sie resigniert. „Vielleicht war ich's auch... bis vorgestern. Jetzt jedenfalls liebe ich dich... Wirklich! Auch wenn du mir nicht glaubst.“

„Nein, das tu ich auch nicht! Dafür hast du mich zu oft an der Nase herumgeführt. Mir ist jetzt noch ganz schwindlig davon. Und ich will dir noch was sagen – wir sind ja alleine: Seit Dienstag war ich so durcheinander, daß ich kaum klar denken konnte! Für einen dynamischen Schnelldenker hab ich verdammt lange gebraucht, um alles zu kapieren. Daß ich aber auch einer wie dir auf den Leim gehen mußte! Andererseits hast du das wirklich nicht schlecht eingefädelt. Und das Glück war auch auf deiner Seite... Deine Geschichte wurde nämlich von Fakten gestützt, von denen du gar nichts wissen konntest: Der Zwerg hatte gestanden, und ein weiterer Mord, bei dem ein Schalldämpfer benutzt wurde, legte gewisse Schlüsse nahe... Aber letztlich konnte Eros mich nicht total einlullen. Ich wachte rechtzeitig wieder auf. Du konntest Jeanne Barton sein. Aber deine Haarfarbe ist echt, und Jeanne war nicht kastanienbraun, sondern fast schwarz. Du mußt zugeben: Die Idee, daß du dir deine wunderschönen Haare färben würdest... Einfach undenkbar! Also nahm ich dir die Schwester ab. Gestern hab ich dann mit Madame Bourguet gesprochen. Alles deutete darauf hin, daß sie die Mörderin war. Mich störte nur der Schalldämpfer auf der Waffe. So was ist doch eher was für Berufskiller! Und dann war da auch noch Mac Guffines Geständnis. Inzwischen hab ich aber aus der Zeitung erfahren, daß die Polizei jetzt eine Frau verdächtigt. Und das Zwergengeständnis? Na ja, der Kleine hatte eben gelogen. Allerdings erst, als die Flics ihm die Geldscheine auf den Tisch knallen, die bei Bartons Leiche gefunden wurden. Das Parfüm verrät ihn. Er selbst benutzt nämlich ebenfalls dieses *Dernier Soir*, und zwar literweise. Warum wohl?, fragt man sich da sofort. Sollte es das Parfüm seiner platonisch Angebeteten sein? In dem Fall hätte er nämlich – durch die duftenden Scheinchen – die Mörderin identifizieren können. *Und er opferte sich für sie*, wie der Dichter sagt... Aber wer ist diese Frau? Ich überlege hin und her. Jeanne? Lydia? Madame Bourguet? Alle drei hätten keinen Schalldämpfer benutzt. Ich bleibe dabei: Solch ein Gerät paßt zu keiner der Frauen. Also wurde das Verbrechen während des Bombenangriffs begangen! So schwer es mir fällt, aber ich muß den Hornochsen von der *Tour Pointue* recht geben. Schlußfolgerung: Du hast mich belogen. Barton war noch nicht tot, als du in sein Zimmer kamst. Als mir das klar wird, erfahre ich von Marc Covet, daß Madame Bourguet sich erschossen hat... unter Verwendung eines Schalldämpfers! Jetzt gibt es keinen Zweifel mehr: Sie ist die Mörderin! Alles muß sich so zugetragen haben, wie du's mir erzählt hast

Wieder ein Irrtum! Madame Bourguet hat Barton nicht umgebracht. Das ergibt die Untersuchung ihrer Waffe. Die Flics haben sie auch nie verdächtigt. Als ich das erfahre, spukst du mir schon die ganze Zeit im Kopf rum, allerdings – entschuldige – aus ganz unromantischen Motiven. Nein, ein seltsamer Typ läßt mich immer wieder an dich denken... Apropos, hattest du einen bestimmten Grund, dieses Häuschen in Bois-le-Roi zu mieten? Oder war es reiner Zufall?"

Lydia sah mich ehrlich erstaunt an, sagte aber nichts. Ich wiederholte meine Frage.

„Nein", erwiderte sie schließlich. „Ich bin wie so viele nach Paris zurückgekommen, nach 1940. Hier war natürlich keine Wohnung zu kriegen. Sogar in Bois-le-Roi stand nur das Häuschen leer. Also hab ich's genommen..."

„Herrlich!" rief ich. „Und da wird immer gesagt, Zufälle gäb's nicht!"

„Wie meinst du das?"

„Das erklär ich dir später... falls Faroux mir Zeit dazu läßt. Ruft schon seit 'ner ganzen Weile nicht mehr an, mein Freund. Wahrscheinlich ist er auf dem Weg zu uns, zusammen mit 'nem ganzen Trupp Uniformierter."

Lydia erschauerte. Ich fuhr fort:

„Ich denke also fieberhaft nach... an dich und an andere. Du erscheinst vor meinem geistigen Auge wie auf einem Bildschirm. Ich rufe mir jede einzelne deiner Gesten ins Gedächtnis zurück. Und plötzlich durchzuckt mich der Blitz der Erleuchtung. Wie eben dieser Blitz renne ich in die Rue Lecourbe. Mein Kopf arbeitet angestrengt weiter. Ist gar nicht zu bremsen. Der alte Verdacht keimt wieder auf, stärker noch als zuvor. Ich denke an deine Schwester, von der du mir nur erzählt hast, daß sie in der nicht besetzten Zone wohnt. Mhm... Und wenn's nun gar keine Schwester gibt? Die verschiedenen Vornamen beweisen gar nichts. Du brauchtest nur deinen zweiten Vornamen in den Rang des ersten zu befördern. Was die Haarfarbe betrifft... Die Zeitungen von 1938 schreiben von einer Krankheit, von der sich Madame Barton gerade erholt hatte. Während meiner Grübelei muß ich an die allgemein verbreitete Überzeugung denken, daß man nach bestimmten Fieberkrankheiten schwach auf den Beinen ist... und bleibt. Ich erinnere mich, daß du zweimal auf der Treppe gestolpert bist. Typhusfieber! Das erklärt alles.

Dann finde ich in der Rue Lecourbe die Browning, zweifellos die Tatwaffe. Aber leider weist sie keinerlei Spuren eines Schalldämpfers auf. Damit ist alles in Frage gestellt. Barton konnte nicht vor dem Bombenangriff erschossen worden sein, denn keiner der Nachbarn hatte einen Schuß gehört. Und du behauptest,

Barton sei schon vorher eine Leiche gewesen? Ein unlösbares Problem! Ich komme erst dahinter, als mir klar wird, zu welcher Uhrzeit Barton erschossen wurde. Tja, *chérie*, ich weiß mehr als du, die Mörderin! Ich weiß vor allem zwei Dinge: Warum Barton dich zu sich bestellt hatte und in welchem Moment du auf den Abzug gedrückt hast. Wie alle Mörder kannst du dich nämlich auch nicht mehr auf die Minute genau an die Tatzeit erinnern. Aber ich, ich kann das. Barton wurde um fünf vor elf von dir erschossen."

Ich genoß einen Augenblick Lydias Überraschung und fuhr dann fort:

„Mit dem, was du mir vorgeschwindelt hast, und meinen Irrtümern in Bezug auf Madame Bourguet können wir uns die Wahrheit zusammenreimen: Barton hat dich wiedergetroffen und zu sich bestellt, ohne sich darum zu kümmern, ob du Zeit hattest oder nicht, denn... Sag mal, hast du 1938 schon in demselben Beruf gearbeitet?"

„Nein."

„Das dachte ich mir. Er hat dich nämlich nicht für eine Angestellte, sondern für eine Kundin von *Irma und Denise* gehalten."

„Eine Kundin?"

„Ja. Er hielt dich für reich... für sehr reich... Du gehst also am Dienstagmorgen zu ihm in die Rue Desnouettes, klopfst an seine Tür, er springt aus dem Bett. Durch den Rausch vom Vorabend hat er den Hintern noch nicht hochgekriegt. Du sagst keinen Ton, wirfst die 10000 Francs auf den Tisch, damit er dich endlich in Ruhe läßt. Was ich nicht kapiere: Die Scheine duften nach einem Parfüm, das du gar nicht benutzt!"

„Früher hab ich's benutzt. Thévenon mochte es. Als ich zu Barton ging, hab ich das Geld in eine alte Handtasche gesteckt. Warum, weiß ich nicht. Es war noch ein Fläschchen *Dernier Soir* von früher drin, ganz unten. In der Metro bin ich mit jemandem zusammengestoßen, und das Fläschchen ist ausgelaufen."

„Du leugnest also nicht mehr?" fragte ich.

„Hab ich denn jemals irgendwas geleugnet?" hauchte sie.

„Dann erzähl mal weiter! Ich bin's leid, immer nur ein Puzzle zusammenzusetzen."

„Ich wollte ihn nicht töten", sagte Lydia tonlos. „Ich wollte mir nur meine Ruhe erkaufen... Hab sogar vorgeschlagen, ihm von Zeit zu Zeit eine bestimmte Summe zu zahlen. Ich wollte nur in Ruhe gelassen werden."

„So große Angst hattest du vor ihm, daß du selbst dich auf eine zeitlich unbegrenzte Erpressung eingelassen hast?"

„Ich weiß es nicht... Ja, ich hatte immer Angst vor ihm..."

„Darum konnte er auch so sicher sein, daß du zu der Verabredung kommen würdest. Nicht mal nach deiner Adresse hat er sich erkundigt..."

„Ich glaube, er wußte über mich bestens Bescheid. Wie hätte er mir sonst vor *Irma und Denise* auflauern können?"

„Er hat dir nicht aufgelauert! Ihr seid euch rein zufällig begegnet."

„Zufall oder nicht, ich wär auf jeden Fall zu ihm gegangen."

„Und du hast ihn damals mit Thévenon betrogen? Trotz der Angst, die du vor ihm hattest?"

„Als ich Barton kennenlernte, war ich noch ein halbes Kind. Die Ernüchterung kam schnell... und war sehr groß. Thévenon dagegen hat mich nett und zuvorkommend behandelt. Ganz anders als Barton... Ich weiß nicht, ob ich den jemals geliebt habe..."

„Und?"

„Was ‚und'?"

„Barton. Was hat er gesagt, als du ihm das Geld auf den Tisch geschmissen hast?"

„Gelacht hat er und gesagt: ‚Hör mal, mach dich nicht lächerlich!' Und ist auf mich zugekommen. Ich begriff, was er von mir wollte. Nicht wieder mit mir zusammenleben, nein, sondern nur... jetzt sofort..."

„Nein."

Mein Einspruch brachte Lydia noch mehr aus der Fassung. Sie sah mich mit leidendem Blick an. Zwei Falten zogen sich symmetrisch von der Nase abwärts und machten das Mädchen um zehn Jahre älter. Verzweiflung verdüsterte ihre wunderschönen braunen Augen. Sie drückte meine Hände.

„Ich belüge dich nicht", schluchzte sie. „Jetzt nicht mehr, ich schwör's dir..."

„Ich sage auch nicht, daß du lügst. Ich hab nur gesagt: Nein, er wollte nicht wieder mit dir zusammenleben. Er wollte nur das eine: die Goldbarren! Oder den Gegenwert in Banknoten. 10000 Francs! Da konnte er wirklich nur lachen. Er hat dich die ganze Zeit über für die verschleierte Frau gehalten, die zu Thévenon ins Taxi gestiegen war. Denn du warst ja die Geliebte seines ehemaligen Chefs. Und alle haben geglaubt, daß die Frau aus dem Taxi wußte, wo die Goldbarren versteckt waren. Barton ist es nie in den Sinne gekommen, daß Thévenon polygam gewesen sein könnte."

Wir schwiegen eine Weile. Dann fuhr Lydia mit ihrer Schilderung fort:

„Ich bin zurückgewichen, bin gefallen..."

„Du hast immer noch einen blauen Fleck am Knie. Ich dachte, den hätten dir der Fliehende und sein Boxer verpaßt."

„Im Fallen bin ich gegen etwas Hartes gestoßen. Es war in der Jacke, die über dem Stuhl hing. Ich weiß nicht, was ich gedacht habe. Habe ich überhaupt gedacht? Jedenfalls hatte ich plötzlich die Waffe in der Hand. Das Ganze hat vielleicht eine Sekunde gedauert. Und dann hab ich geschossen... zweimal..."

„Um genau fünf vor elf! In diesem Augenblick rasierte nämlich eine Maschine der *Luftwaffe* die Dächer. Daß sich keiner der Zeugen erinnern konnte, ist klar: So was kommt häufiger vor, man achtet gar nicht mehr darauf."

„Er stürzte zu Boden", fuhr Lydia fort, „ohne einen Schrei... Ich hab den Revolver eingesteckt... Ich wußte nicht mehr, was ich tat. Vielleicht wollte ich eigentlich das Geld einstecken, das auf dem Tisch lag. Nur eins wurde mir blitzartig klar: Ich war frei! Und ich wollte diese Freiheit um jeden Preis verteidigen. Die ganze letzte Woche hab ich darum gekämpft. Und jetzt..."

„Jetzt hat Faroux die Tatwaffe, und Kommissar Martinot gibt Interviews, in denen er über alles spricht, nur nicht über die heiße Spur! Das heißt, das die Flics ganz nah dran sind, den Täter zu fassen. Genauer gesagt, die Täterin. Faroux hatte überhaupt keinen Grund, mich in der Agentur zu besuchen. Um mir guten Tag zu sagen? Warum sollte er dann meine Schubladen durchwühlen? Sicher, er hat nicht erwartet, die Waffe bei mir zu finden. Wenigstens hoffe ich das. Aber sein Verhalten spricht Bände. Der Kreis wird enger, und wir sitzen wie Ratten in der Falle. Verdammt!“ Ich schlug mit der rechten Faust in die offene Handfläche der linken. „Auf so was Ähnliches war ich gefaßt. Aber ich dachte, die Flics würden mir noch ’ne Verschnaufpause gönnen. Die ganze Geschichte ist gründlich in die Hose gegangen. Bis hin zu diesem Gaillard, dem ich den Mord an Barton anhängen wollte und der mir blöderweise entwischt ist. Na ja, das hätte sowieso nicht hingehauen. Zu dem Zeitpunkt hatte Faroux schon die Tatwaffe gefunden.“

Lydia sah mich vertrauensvoll und gleichzeitig ungläubig an.

„Du wolltest mich...“ flüsterte sie und schluchzte los.

„... dich retten, ja!“ vollendete ich ihren Satz. „Und ich will’s immer noch. Hab dir eben nur Angst eingejagt. Schließlich mußte ich mich dafür rächen, daß ich so oft von dir reingelegt worden bin.“ Ich legte einen Arm um ihre Schultern. „Lydia, ich weiß nicht, ob du mich wirklich liebst. Egal. Ich jedenfalls liebe dich, und nur das bestimmt mein Handeln... Faroux ist ein Freund von mir. Er hat das wichtige Beweisstück an sich genommen, ohne daß ein Zeuge anwesend war. Das ist gegen die Bestimmungen. Vielleicht hat er ja gar nicht die Absicht, den Trumpf sofort an seinen Vorgesetzten weiterzugeben. Ich glaube vielmehr, er will mich vorher zur Rede stellen. Deswegen versucht er, mich zu erreichen. Ist ’n prima Kerl, der Florimond. Aber er ist ’n Flic und kann das Beweisstück nicht einfach verschwinden lassen. Wir haben nicht mehr viel Zeit, *chérie*. Die Uniformierten können jeden Augenblick aufkreuzen... oder in einer Woche. Hier, das ist für dich...“

Ich gab ihr eine Fahrkarte. Dann kritzelte ich ein paar Worte auf einen Briefumschlag und reicht ihn ihr ebenfalls.

„Du nimmst diesen Zug“, erklärte ich. „In Bordeaux gehst du zu dieser Adresse. Da wohnt noch ’n Freund von mir. Er wird dich über die Grenze bringen. Du wartest in San Sebastián auf mich. Wir sehen uns dann ein wenig Spanien an... Na, hättest du gedacht, daß wir so ’ne tolle Hochzeitsreise machen würden?“

Lydia zog ein so komisches Gesicht, daß ich trotz der ernsten Situation lachen mußte.

„Du willst sicher wissen, von welchem Geld wir leben werden, oder?“ fragte ich. „Tja, ich bin pleite, das ist wahr. Aber wenn ich nach Spanien komme, werd ich ein kleines Vermögen bei mir haben. Erinnerst du dich noch an die beiden Männer, die dich in Bois-le-Roi überfallen haben?“

„Die hatte ich schon fast vergessen“, sagte Lydia. „Aber was...“

„Die zwei gehörten zu einer Bande, die von Erpressungen und anderen Betrügereien lebte. Sie wußten, daß Barton wieder in Paris war, und glaubten, er wollte sich Thévenons Goldbarren holen. Aber bevor sie mit deinem Ex-Mann sprechen konnten, war er schon tot. Wahrscheinlich wußten sie auch, daß du mal mit ihm verheiratet gewesen warst. Jedenfalls hatten sie deine Adresse. Und als Barton tot war, haben sie sich an dich gehalten. Vielleicht, so dachten sie, kanntest du das Versteck der Goldbarren. Irrtümer, nichts als Irrtümer! Schon erstaunlich, was bei diesem Fall alles angenommen und vermutet wurde... Mein zufälliges Auftauchen in deiner Wohnung hat sie in ihrer Meinung, daß du über die Barren Bescheid wissen mußtest, noch bestärkt.“ Wieder mußte ich lachen. „Wenn ich mir überlege, daß der Fliehende und der Boxer in deinem Häuschen Inquisition spielten...“

Ich lachte, bis mir die Tränen kamen. Als ich mich endlich wieder beruhigt hatte, erzählte ich Lydia, daß Thévenon vor ihr in dem Häuschen gewohnt hatte und daß die Goldbarren jetzt als Gitterstäbe vor dem Kellerloch in der Rue Lecourbe dienten. Der Überraschungsschrei, den das Mädchen ausstieß, war das Schönste, was ich je in meiner Laufbahn gehört hatte.

„Diese vier Zauberstäbe“, schloß ich, „werden einen schlechtbezahlten Privatflic und eine kleine Modezeichnerin in zwei liebenswürdige, wohlhabende Touristen verwandeln.“

„Du... du willst das Gold behalten?“ fragte Lydia beinahe entrüstet.

„Ach, weißt du, die Keller der *Banque de France* sind leer. Die armen Barren würden sich dort nur langweilen, so alleine. Mit mir dagegen werden sie die große, weite Welt kennenlernen!“

„Das darfst du nicht. Das ist...“

Ich verschloß ihr mit einem Kuß den Mund. Von einer Mörderin lasse ich mir keine Moralpredigten halten!

21
Nestor Burmas Irrtum

Wenige Stunden später begleitete ich Lydia zum Zug. Unterwegs trafen wir zwar keinen bösen Menschen, aber ich war dennoch froh, als ich die roten Rücklichter des Zuges sah. Das unfreundliche Gebäude der Gare d'Austerlitz wurde von einer freundlichen Morgensonne durchflutet. Ein unbestimmtes Gefühl der Einsamkeit überfiel mich. Doch es war weniger denn je der richtige Augenblick, sich hängenzulassen.

Aus einer Telefonzelle rief ich meinen Freund Coco „Lederjacke" an. Wenn man ihn sah, hätte man gerne eine Sammlung für ihn veranstaltet (was ihm übrigens sehr recht gewesen wäre!), so schlecht war er gekleidet. Nichtsdestoweniger war er ein geschickter Hehler für Edelmetalle und besaß ein hübsches Bankkonto in der Schweiz. Ich verabredete mich mit ihm für den kommenden Montagmorgen. Dann tat ich das, was alle Pariser am Wochenende tun: Ich fuhr aufs Land. Ziel meines Ausflugs war Bois-le-Roi.

Montag kam ich früh nach Paris zurück. Die vier dicken Würste in meiner Aktentasche hätten einen Kontrolleur Bauklötze staunen lassen. Aber glücklicherweise begegnete ich keinem, der sich für meine Tasche interessierte. In Paris ging ich in ein stilles Bistro. Die Chefin diskutierte mit einem Gast über die schlechten Zeiten.

„Als wenn wir nicht schon genug mit dem Krieg zu tun hätten", sagte sie gerade seufzend.

Der Gast blickte nicht von seiner Zeitung auf. Seine Antwort machte mich hellhörig. Die Schlagzeile auf der Titelseite ließ mir die Haare zu Berge stehen. Ich zahlte meinen Kaffee und machte, daß ich rauskam.

Die Verabredung mit meinem Freund, dem Hehler, strich ich

erst mal vom Programm. Stattdessen ließ ich mich mit einem Fahrradtaxi zur Agentur bringen. Hélène saß an ihrem Platz, trotz des Vorfalls am Samstag. Aber ich hatte keine Zeit, mich zu wundern. Besorgt rief sie mir zu:

„Was haben Sie, Chef? Fühlen Sie sich nicht gut?"

„Rufen Sie Marc an", keuchte ich. „Schnell!"

Ich warf die Goldbarren in eine Schublade meines Schreibtischs und wartete, die Zähne fest auf das Mundstück meiner Pfeife gepreßt.

„Covet", sagte Hélène und reichte mir den Hörer.

„Hallo, Marc!"

„Ach, der liebe Nestor Burma!" brüllte der Journalist am anderen Ende. „Hab schon gedacht, Sie hätten in dem Zug gesessen..."

„Nein, hab ich nicht. Also... Dann stimmt das?"

„Ja, natürlich! Ist einfach aus den Gleisen gehopst, in der Nähe von Angoulême."

„Gab's... viele Tote?"

„Bis jetzt 150. Aber die sind mit den Bergungsarbeiten noch nicht fertig."

„Haben Sie 'ne Liste mit den identifizierten Opfern?"

„Ja, hab ich. Ist ganz kurz. Aber was..."

„Lesen Sie!" befahl ich.

„Gaston Aurenche", begann Marc, „13, rue..."

„Nur die Namen. Sind sie alphabetisch geordnet?"

„Ja."

„Buchstabe V."

„Da haben wir... Moment... Lucien Valet, Jean Vandame... Paul Vauger. Von dem hat man den rechten Arm noch nicht gefunden! Aber dafür seine Militärmarke. Ist ja fast dasselbe, nicht wahr?"

„Weiter!"

„Dann nur noch eine Frau... Na ja, bisher nur ein Arm mit Schulter und etwas Kopf. Alles bestens erhalten. Die Hand hielt eine Tasche fest, halb verbrannt, aber mit gültigem Personalausweis. Lydia Verbois heißt die Unglückliche..."

Ich heulte auf. Das Büro verschwamm vor meinen Augen. Ob

ich nun fluchte oder weinte oder beides gleichzeitig: An den Tatsachen würde es nichts ändern. Außerdem fühlte ich mich weder zum einen noch zum andern imstande. Ein Arm, eine Schulter, ein halber Kopf! Wie verlockend erschien mir jetzt das Gefängnis, das ich ihr hatte ersparen wollen!

Hélène trat zu mir. So als wolle sie ein Kind trösten, nahm sie meine Hand.

„Chef…" murmelte sie.

„Sie sind lieb", flüsterte ich.

Mehr fiel mir nicht ein. Ich wankte in mein Büro.

* * *

Arm, Schulter, Kopf. Die schrecklichen Wörter gingen mir nicht aus dem Sinn. Ich fing an zu zählen. 1, 2, 3, 4, 5,… Bei 1000 fing ich wieder von vorne an. Nur nicht mehr an diese Wörter denken! Arm, Schulter… Es nützte nichts. Als Hélène Florimond Faroux meldete, war ich ganz erleichtert. So weit war's mit mir schon gekommen!

Der Inspektor trat gutgelaunt ein. Sein schokoladenbrauner Schlapphut saß noch schräger als gewöhnlich auf seinem… Kopf.

„Da ist ja der Unsichtbare!" rief er lachend. „Den ganzen Samstag bin ich hinter Ihnen hergerannt. Erst hab ich hier auf Sie gewartet. Wissen Sie, wie ich mir die Zeit vertrieben habe? Ich hab Sherlock Holmes gespielt! Wollte Ihnen beweisen, daß ich noch neugieriger sein kann als Sie… Schicken Sie mir in Zukunft bitte keine anonymen Briefe, Burma! Oder geben Sie sich wenigstens mehr Mühe!"

Er zog meinen Brief aus der Tasche und erklärte mir genüßlich, wie er mich entlarvt hatte.

„In jeder freien Minute", fuhr er dann fort, „habe ich versucht, Sie zu erreichen. Wollte Sie zwingen, meinen Scharfsinn zu bewundern! Ich hätte außerdem gerne gewußt, wie Sie soviel über diese Bourguet rauskriegen konnten. Aber Sie waren wie vom Erdboden verschluckt… Na ja…" Er machte eine großzügige Geste, in der Hand seinen Tabaksbeutel. „Das ist jetzt alles nicht mehr so furchtbar wichtig.“ Geschickt drehte er sich eine seiner krummen Zigaretten. „Wir wissen jetzt, wer Barton umgebracht hat.“

„Ja“, flüsterte ich.

„Der Gerechtigkeit ist Genüge getan.“

Ich nickte stumm.

„Sie haben doch sicher Zeitung gelesen?“ fragte er.

„Ja.“

„Wer hätte das gedacht! Lange genug haben wir ja gebraucht, bis wir ihn hatten... So’n gerissener Kerl!“

„Wer?“

„Verdammt nochmal!“ brüllte Faroux. „Sie müssen gestern ja ganz schön gesoffen haben, so wie Sie aus der Wäsche gucken! Saufen macht dumm, Burma! Sie kapieren doch sonst so schnell... Wer gerissen sein soll, fragen Sie? Na, Bartons Mörder!“

„Bartons... Mörder?“

„Ich dachte, Sie hätten Zeitung gelesen. Der Kerl, der vom Dach gefallen ist! Samstag abend, ganz in der Nähe. Und wissen Sie auch, wer das war? Ein alter Bekannter von uns, Fernand Gonin. Der Gangster, der uns damals in Le Havre durch die Lappen gegangen ist. In seiner Tasche haben wir die 7,65er Browning gefunden, mit der er seinen ehemaligen Komplizen umgelegt hat. Es gibt da noch ’n paar Fragen, aber eins steht fest: Er war der Täter! Unser Verdacht gegen Madame Bourguet hat sich nicht bestätigt. War übrigens auch nur so’ne Idee vom Chef...“

Vor mir tat sich ein Abgrund auf. Wie vor Gaillard, der vom Dach gerutscht war. Er war es, der den Revolver aus meinem Schreibtisch genommen hatte. Ich Esel hatte Lydias Situation falsch eingeschätzt. Ihre Karten waren gezinkt gewesen, aber sie hätte ein hervorragendes Spiel damit machen können! Die Polizei hatte sie zu keinem Zeitpunkt verdächtigt. Jetzt war sie tot, zerstückelt, gestorben durch meinen tragischen Irrtum!

Ich war leichenblaß im Gesicht. Ganz langsam stand ich auf, stürzte zuerst meine Unterarme auf die Schreibtischplatte, dann meine Hände. Jeder Muskel in meinem Gesicht tat mir weh vor Anspannung. Die Pfeife mit dem Stierkopf fiel auf die Schreibunterlage. Ich spuckte das Stück aus, das ich vom Mundstück abgebissen hatte.

Faroux starrte mich an, verwundert über die Verwandlung, die vor seinen Augen mit mir vorging. In meinen Augen loderte Haß auf diesen verdammten Flic. Wenn der am Samstagabend nicht in mein Büro gekommen wär, um den ganz Schlauen zu spielen...

„Raus!“ brüllte ich mit heiserer Stimme.

„Aber... Mein lieber Bu...“

„Raus hab ich gesagt! Moment... Das ist für dich! Du hast es dir verdient!“

Ich zog die Schublade auf, holte die verdreckten Goldbarren raus und warf sie ihm an den Kopf. Von einem waren Dreck und Farbe abgekratzt. Als er von einem Sonnenstrahl getroffen wurde, glänzte er golden.

„Die Goldbarren!“ rief der Inspektor fassungslos.

„Ja, die Goldbarren.“ Ich lachte bitter. „Nimm die verfluchten Dinger bloß mit! Später... später werd ich dir alles erklären. Aber jetzt mach, daß du wegkommst!“

Faroux war inzwischen genauso blaß im Gesicht wie ich. Vor Erregung und auch ein wenig vor Angst, glaube ich. Eilig sammelte er die Barren auf und rannte hinaus.

Ich fiel auf meinen Sessel und vergrub mein Gesicht in beiden Händen.

Draußen vor dem offenen Fenster begrüßte ein Vogel trällernd den Frühling. Wie ein Echo drang das frische Lachen eines jungen Mädchens zu mir herauf.

Ich stand schwerfällig auf und schloß das Fenster.

Anmerkungen des Übersetzers

2. Kapitel
Stalag: „Stammlager“, im 2. Weltkrieg Kriegsgefangenenlager in Deutschland.

4. Kapitel
Tour Pointue: Polizeidienststelle im Palais de Justice am Quai de l'Horloge.
Quai des Orfèvres: Sitz der Kriminalpolizei in Paris.

6. Kapitel
C.P.D.E. (*Centrale Parisienne de l'Electricité*): Zentrales Elektrizitätswerk in Paris.

8. Kapitel
Belote: Kartenspiel.
Sûreté (*nationale*): Franz. Sicherheitspolizei, Abteilung des Innenministeriums.
Conciergerie: Historischer Ausdruck für das dem Palais de Justice angegliederte Gefängnis.

10. Kapitel
Der Mann aus der Auvergne gab mir 'ne normannische Personenbeschreibung:
Auvergne: Region in Frankreich, deren Bewohner und Dialekt für zahlreiche Witze herhalten muß.
Eine normannische Beschreibung (oder Antwort): unklar, mehrdeutig.

17. Kapitel
Der Gott der Goldschmiede: *orfèvre* (s. 4. Kap. Quai des Orfèvres)
= Goldschmied, auch im Zusammenhang von „Fachmann sein“, „sich auskennen“.

Inhalt